LOUCA PRA
CASAR

LOUCA PRA
CASAR

ROMANCE

Susanne Weinemann

EDITORA
25 Anos
EUROPA

Editora Europa
Rua M.M.D.C, 121
São Paulo, SP

Editor e Publisher	Aydano Roriz
Diretor Executivo	Luiz Siqueira
Diretor Editorial - livros	Mário Fittipaldi
Tradução	Sayuri Arakawa
Preparação	Paola Schmid
Revisão de Texto	Cátia de Almeida
Edição de Arte	Jeff Silva
Título original em alemão	Warteschleife / ISBN 978-3-453-35418-0
Foto da capa	© iStockphoto/drbimages

Dados Internacionais de catalogação na Publicação (CIP)
(Câmara Brasileira do Livro, SP, Brasil)

Leinemann, Susanne
Louca pra casar : romance / Susanne Leinemann ;
[tradução Sayuri Arakawa]. -- São Paulo: Editora Europa, 2012

Título original: Warterschleife.

ISBN 978-85-7960-125-5

1. Ficção alemã I. Título.

12-02930 CDD-833

Índices para catálogo sistemático:
1. Ficção : Literatura alemã 833

Atendimento ao Leitor	Fabiana Lopes - fabiana@europanet.com.br
Livrarias	Flávia Pinheiro - flaviapinheiro@europanet.com.br
Promoção	Aida Lima - aida@europanet.com.br

Sumário

Capítulo 1

EM ALGUNS INSTANTES, vamos parar um em frente ao outro e nos beijar. Nessa brisa fresca de fim de verão, em plena avenida a caminho do apartamento dele.

A esta hora, quase não passam mais carros. Os primeiros pássaros da manhã já estão acordados e trinam tão alto como se fossem pagos para isso. No horizonte, é possível pressentir o alvorecer do dia, e a sacola da loja de conveniências crepita em suas mãos. O café da manhã já foi providenciado.

Enfim, ele coloca o braço no meu quadril e gira comigo sobre o asfalto, experiente como um dançarino em uma competição de dança, fazendo os edifícios ao redor de nós girarem também. Os lábios se aproximam, posso sentir o calor de sua respiração. Poderia ser um momento perfeito.

Infelizmente, não tenho ideia de como esse cara se chama.

Tenho uma vaga lembrança de um nome curto e comum. Frank, Peter, algo assim. Martini também seria um bom nome, combinaria com o tanto que ele bebeu hoje à noite no bar, à beira do rio. Seguindo o raciocínio, meu nome seria senhorita Daiquiri de Morango. Então, em uma agradável noite de verão, o Sr. Martini e a Sra. Daiquiri se conhecem em um bar à beira do Rio Spree, bebem alguns drinques juntos, começam a flertar e agora cambaleiam para a casa de Martini para terminar a noite. Como isso soa discreto. Na verdade, o que está prestes a acontecer no apartamento dele já entra na categoria da indiscrição.

Quando se considera a possibilidade de ir para a cama com alguém, não seria apropriado saber ao menos como a pessoa se chama? Não precisa saber o sobrenome, isso já seria um exagero. Mas o primeiro nome é obrigação mínima. Será que já cheguei ao ponto de transar com um sem-nome?

É bem provável que ele tenha feito uma breve apresentação. O meu medo é que isso tenha acontecido enquanto eu estava agachada debaixo da espreguiçadeira, procurando o guarda-chuvinha azul-claro do meu coquetel. Lembro-me vagamente de levantar e murmurar: "Meu nome é Nina". E, ao que parece, essa foi nossa apresentação oficial.

Todo esse fluxo de pensamento deve ter feito com que eu recuasse um pouco. Com a mão suave, porém firme, ele me puxa pelo queixo e nós nos beijamos.

Um bom beijo. Não, um beijo realmente bom. É preciso dizer que não é a primeira vez que fazemos isso. Visto sob o aspecto esportivo, estamos em forma.

Agora ele está pronunciando meu nome ao céu, que vai se despedindo da noite: "Nina, Nina, Nina, tão linda". Definitivamente, já é muito tarde para perguntar como ele se chama. Com sorte, vou poder ler seu nome na porta do edifício.

Mas se eu estiver com azar, vai estar escrito apenas F. Martini. Aí, posso recorrer ao jargão dos socialistas de 1968 e dizer: "Companheiro, vamos tomar um café da manhã?", ou tratá-lo como um amigo: "Ei, cara. Tem café em casa?". As duas opções parecem horríveis.

Não quero passar uma impressão errada. Não faço isso com frequência, quer dizer, sair do bar depois de beber a noite inteira com um cara que nem conheço direito para transar com ele. Não sou nenhuma ordinária nem uma imitação estúpida de mulheres das revistas fúteis. Na casa dos trinta, estou longe da confusão da puberdade. Digamos que sou apenas uma mulher com necessidades.

Além disso, esse homem é muito, muito atraente. E a conversa também é interessante. Por que não me dar ao luxo?

O que me desencanta é o fato de o desconhecido ao meu lado não mostrar qualquer sinal de insegurança. Todos os movimentos dele caem como uma luva. Nesse meio-tempo, ele me prendeu sob os braços com facilidade, como fazia o cantor Pete Doherty com a pobre Kate Moss nas fotos de divulgação do casal que corriam o mundo. Dependente dele e viciada em drogas, sempre a imagino como um passarinho desnorteado, caído do ninho.

Toda essa experiência está começando a me deixar preocupada. Será que ele é um mulherengo profissional? Os olhos não estarão brilhando apenas pela excitação da caçada? Agora, o olhar dele está tampado pelos cabelos longos e escuros, quase pretos. Talvez seja o nariz levemente curvado que me lembre de uma ave de rapina. Ele é muito bonito, corpo atlético, e veste um casaco azul-escuro de comprimento médio, com botões. E ele sabe muito bem como usar esses atrativos.

Oh, meu Deus, acho que ele vai me levar para cama.

Até poucos meses atrás, nem imaginava que um pensamento desses pudesse passar pela minha cabeça. Até então, tinha a certeza de que eu transava com quem eu quisesse. Que uma mulher como eu não poderia ser levada para a cama, porque eu decidia quem podia se aproximar de mim. Em termos de relacionamentos, pensava que tinha o controle nas mãos. Mas então minha irmã mais velha precisou se casar, e me demonstrar como a vida pode ser desoladora quando a gente se ilude com alguma ideia por muito tempo.

Bete sempre foi meu maior exemplo. Eu sempre a segui, como um pequeno meteorito segue o rastro brilhante de um cometa. Vim atrás dela até esta grande cidade, na qual ela se estabeleceu primeiro. Eu me mudei para cá em seguida. Ela era para mim simplesmente a mulher mais bacana do mundo, eu adorava ficar perto dela.

Como posso explicar? Bete possuía uma aura especial. Quando entrava em algum lugar, e podia ser na balada mais disputada da cidade, era como se uma leve brisa tomasse o recinto. Todos os olhares a acompanhavam. Ela atravessava o espaço com uma superioridade inata, mas sua figura tinha também uma leve imperfeição, responsável por tornar um ser humano misterioso e inesquecível. O tom de loiro um pouco desbotado, o nariz um pouco comprido demais, as maçãs do rosto estranhamente altas.

Durante as primeiras três décadas de vida, minha irmã tinha o mundo aos seus pés. Ela podia ter tudo e todos, mas nunca se contentava. Abandonava homens e empregos, empregos e homens, um após o outro. E, de repente, do dia para a noite, Bete perdeu o brilho e o carisma, parecia cansada e envelhecida. O loiro desbotado estava cada vez mais opaco, até um pouco descuidado. Logo, ela mesma também percebeu que algo tinha mudado. O medo a fez entender isso. No seu último aniversário, quando completou quarenta anos, decidiu traçar rápido um novo objetivo e encontrar um homem com quem pudesse construir uma família.

Agora, ela se chama Sra. Pritzel, está grávida e em breve será mãe de meninos gêmeos univitelinos, gerados com a ajuda de um tratamento hormonal. Esses tratamentos são um pesadelo! Até ficar grávida, a cozinha dela parecia um consultório médico. Por todo o lado havia agulhas, ampolas e lenços desinfectantes. Não era mais possível tomar um cafezinho ali.

Há alguns dias, quando vi minha irmã na fila de uma bilheteria, com a barriga visivelmente esférica e o marido ao lado — Rüdiger, um homem que em outros tempos nunca mereceria a atenção dela —, prometi a mim mesma nunca chegar a essa situação fatal. Jogar no lixo um amante mais maravilhoso do que o outro para, no fim das contas, passar o resto da vida com um sujeito que em tempo algum estaria à minha altura. Como os homens se esforçavam para conquistá-la, e como ela os deixava padecer, de braços abertos! Mas, como minha irmã finalmente queria ir direto ao ponto, já que se tratava de formar uma família, foram todos dispensados; todos, exceto um patético e deprimido professor de escola técnica, que vestiu um fraque usado no próprio casamento. Não por motivos financeiros. Por princípio!

Mas no que meu comportamento é diferente do da minha irmã? Eu mesma passo longe de relacionamentos sérios. Em vez disso, começo namoricos curtos um atrás do outro, sem significado e sem juízo. Por exemplo, o que estou fazendo aqui, de madrugada e no meio da rua, aos beijos com esse cara bonitão? Um cara de quem não sei nada, absolutamente nada? Nem a idade, nem a profissão, nem ao mesmo o primeiro nome! Só sei que ele imita com perfeição o marido reprimido pela esposa megera (um personagem de um *sitcom* japonês chamado *Oni-yome Nikki*), e também sabe cantar inteirinho o hino da Moldávia.

Isso poderia demonstrar algum conhecimento do mundo e servir bem para impressionar mulheres como eu, mas não era o suficiente para construir um futuro juntos. Eu não deveria me iludir. É o que sempre acontece. Bonito, fácil, engraçado e sem nenhuma responsabilidade. Sinto que com o Sr. Martini vai ser apenas diversão. Depois de tantos anos, desenvolvi uma intuição sismográfica para essas coisas.

A mão dele revolve os meus cabelos, o gesto parece carinhoso. Ele beija a curva do meu pescoço e sussurra: “Pescoço de cisne”.

Pescoço de cisne é bonito. Ainda não tinha ouvido essa. Mas é bonito o suficiente para me fazer esquecer esses pensamentos e simplesmente me deixar levar? Só desta vez?

Ele dá um passo à frente, segura firme minha mão e me puxa atrás dele como uma mula teimosa. Ele está sentindo minha hesitação, mas não me solta, não quer me perder. Sou o troféu da noite.

Agora, ele se vira para mim. O cigarro pende soberano do canto direito da boca. Sinto uma fisgada; ele é tão bonito. Tão másculo.

— O que foi?

— Para onde vamos, afinal? — pergunto, o mais casual possível. Não vou soar alarmada agora.

Ele sorri.

— Isso está incomodando você, minha rainha? Está com medo de ser arrastada para um barraco? Não se preocupe, meu apartamento está de acordo. Edifício antigo, 120 metros quadrados, com visão panorâmica da cidade e um grande terraço na cobertura.

Caramba, uma cobertura. Um verdadeiro abatedouro de mulheres.

Não é necessário ver uma cobertura dessas para saber como elas são por dentro. A cama é tão gigante, que comporta com folga uma farra com todas as coelhinhas de meia temporada da *Playboy*. Apesar disso, o sujeito deve ter apenas um travesseiro e um cobertor. Porque ninguém precisa de um segundo travesseiro para transar, e ele não espera que nenhuma mulher passe as noites lá. Se, apesar disso, eu me aventurar a ficar até de manhã (com a cabeça sobre uma almofada e o corpo sob um cobertor velho de lã, que ele encontrou em algum lugar), tenho certeza de que a sofisticada e caríssima máquina de café expresso vai demorar um século para produzir a segunda xícara enquanto ele toma a primeira. Apartamento de solteiro!

Na verdade, deve-se evitar a qualquer custo tomar café da manhã com caras que têm coberturas. Eles só convidam as mulheres para que possam discretamente misturar a "pílula do dia seguinte" em seu cereal. Mesmo depois de terem usado duas camisinhas na noite anterior.

Paramos. Ele estica o braço para o alto na frente de um edifício antigo cor-de-rosa. Lá em cima, com janelas panorâmicas enormes, iluminadas por uma luz quente e fraca, está o maldito apartamento na cobertura. É possível distinguir os contornos de uma bicicleta ergométrica e da provável televisão gigantesca de tela plana.

Fecho os olhos e vejo o filme do nosso curto futuro.

O início é arrebatador — beijos, abraços, corpos se devorando. Então, depois de um breve período, os primeiros sinais de desinteresse. Algumas semanas depois, ele não me recebe mais na porta quando o visito, e prefere ficar sentado no sofá, vendo futebol, basquete, golfe ou qualquer coisa do tipo, como sempre. Vejo como, de repente, preciso eu mesma pegar a cerveja da geladeira de aço escovado, caríssima e de alto desempenho, sempre vazia, com exceção de bebidas alcoólicas e dois tubos de mostarda. Como preciso afastar a roupa suja sobre o sofá de grife para encontrar um lugar ao lado dele, enquanto ele continua vidrado no jogo. Como o sexo se torna cada vez mais rápido e mecânico. Como um dia decidimos que a relação não vai a lugar nenhum. E então, na última cena, me vejo chorando e correndo pela porta do edifício rosa, o mesmo que vejo agora na minha frente.

A verdade é que já não quero mais passar por esses constantes fins de relacionamento. Não tenho mais forças para investir o menor esforço em um homem que não deseja se comprometer. E, com um homem como o Sr. Martini, a história termina no momento em que começa.

O Sr. Martini é como a última dose de uma longa série de tequilas, que é melhor não tomar para não dar com a cara no chão. Estou admirada com o fato de que eu, aos 35 anos, esteja sentindo pela primeira vez alguma expectativa. Quero alguma coisa desse homem, e não é somente sexo. Por que deveria ir para a cama com o Sr. Martini, se já sei de antemão que não vai dar em nada? Fazendo as contas, devo admitir que já dormi com muitos caras assim. Não me lamento, mas agora estou repetindo isso pela enésima vez. Não preciso mais desse tipo de experiência.

Ao abrir novamente os olhos, percebo que coloquei minhas mãos no rosto dele. Tem um pouco de barba no queixo e nas laterais da face. O suficiente para pegar com a mão. Pela última vez, dou-lhe um beijo longo e prazeroso. Ele me olha surpreso, deve ter sentido o gosto da despedida.

— É melhor eu ir agora. Isso entre nós dois não tem futuro. — E então me viro. Como poderia explicar tudo aquilo? Ele com certeza não entenderia.

De costas, ouço ele balbuciar:

— Por causa de uma cobertura?

Mas ele não vem atrás de mim. Depois de cem metros, quando me viro, ele ainda está parado na frente do edifício, com os braços pendentes. Então, tira o maço do bolso, acende outro cigarro e olha para mim. Eu aceno mais uma vez, como quando se está bem longe, com um movimento longo e circular que termina acima da cabeça, o que de certa forma parece deselegante e sedutor ao mesmo tempo.

Engraçado, estou me sentindo quase eufórica. Dessa vez, consegui resistir, e isso vai valer a pena. Às vezes, é necessário desistir de algo bom para ganhar outra coisa ainda melhor: um homem para toda a vida. Precisei rir agora, acho que fui longe demais. Digamos que seja um homem para os próximos anos, talvez até para os próximos dez anos. Se for para toda a vida, ótimo. A partir de agora, estou determinada a encontrar esse homem. Sem distrações, sem casinhos de uma noite ou algumas semanas. A partir de hoje, o negócio é sério.

E, para que a minha missão seja completada com êxito, apresento um sacrifício ao Deus do Amor: esse homem lindo que deixei antes de terminar a noite. Sr. Martini ou seja lá qual for o seu nome.

"Pescoço de cisne, pescoço de cisne...", as palavras ecoam apaixonadamente na noite.

Só o melhor prêmio vale a pena.

Capítulo 2

TUDO SE DISSIPOU, toda a euforia. Aqui estou, sentada no restaurante da empresa, me sentindo péssima. Apática. E de ressaca.

Se pelo menos fosse uma verdadeira ressaca. Uma daquelas que sucedem uma festa inebriante regada a álcool. Então, eu teria passado pela portaria com um daqueles superdimensionados par de óculos estilo Jackie Onassis, procurado uma lanchonete nas redondezas, pedido uma enorme porção de batatas fritas extrassalgadas e meio litro de *milk-shake* de chocolate. E devoraria tudo tão rápido como um animal. Apesar de ultrapassar a necessidade média diária de calorias, conseguiria curar a ressaca. Sem problemas.

Mas esta é uma ressaca emocional. Daquelas que a gente pega por não ter se divertido como se deve. A dor de cabeça é de imaginar o que se perdeu. A noite com o Sr. Martini poderia ter sido tão boa... Uma ressaca emocional é a garantia de um terrível mau humor.

Eu sou mesmo brilhante. Como vou encontrar um marido sem me relacionar com o sexo oposto? A despedida rápida de ontem foi provavelmente um erro. Quem sabe, talvez surgisse algo realmente importante dali. Se continuar assim, é capaz que eu acabe logo apelando para um site de relacionamentos. Sei muito bem como seria o meu perfil. "Tem filhos? Não. Deseja ter filhos? Sim." Assim como milhões de mulheres da minha idade.

Mexo a comida com o garfo, sem vontade de comer. Lasanha de trigo recheada de tofu, acompanhada de salada de beterraba e cenoura crua. Desde que a Sra. Schneider assumiu a chefia da cozinha da cantina, os funcionários têm sido tiranizados com *slow-food* e tudo o que faz parte de uma alimentação saudável. A máquina de doces no subsolo nunca foi tão disputada quanto nesses dias difíceis.

Entre os colegas, sempre houve suposições de como a Sra. Schneider havia conseguido esse emprego no grupo automotivo. O boato mais persistente dizia que, apesar do nome inspirar um bom berço, ela não era uma cozinheira formada, mas um tipo alternativo de profissional amador. As pessoas dizem que ela antes vivia com alguns independentes de esquerda em um *trailer*, alimentando com uma panela de gulache os posseiros, punks imundos, filhos perdidos da burguesia e cachorros vagabundos. O projeto se chamava "Hell's Kitchen".

Esse boato se apoiava em uma foto, que a Sra. Schneider deixava à vista de todos no caixa. Mostrava uma Sra. Schneider bem mais jovem, uma senhorita Schneider, em cuja cabeça se empilhava uma montanha de *dreadlocks* vermelhos de hena, e com as orelhas tão carregadas de brincos que era impossível não pensar em um caderno espiral.

Atrás do balcão de salada, a Sra. Schneider sorri, feliz da vida. É provável que ela esteja mais uma vez muito orgulhosa do cardápio. Independentemente do quão agitado tenha sido o seu passado, ela é impressionante. O uniforme branco cai de forma tão elegante, como se tivesse sido criado por Karl Lagerfeld. Os cabelos de cor de mogno, curtos e com franja, parecem um capacete sobre a cabeça. A Sra. Schneider tem um aspecto jovial e saudável, mas não aquele ar de jovialidade campestre, com as bochechas coradas. Ela apresenta um ar soberano de saúde e bem-estar da cidade grande. Não é de se admirar que a matriz do grupo, lá do sul do país, tenha decidido de imediato e sem grandes referências deixar a cargo dela o restaurante da empresa na capital. Principalmente depois que a Sra. Schneider pôde mostrar à esposa de um dos presidentes do conselho, por onde corria o chi deles. E esse não é um boato, a própria Sra. Schneider me contou essa história.

Mas mesmo com chi e yin-yang aqui ou ali, é impossível comer essa lasanha de trigo politicamente correta. Prefiro trocá-la por um café com leite sem cafeína e mastigar obstinada os biscoitinhos integrais de amêndoa, duros como pedra. A comida está tão desoladora quanto o meu humor. E é claro que as migalhas integrais vão ficar muito bem grudadas na minha última aquisição equivocada, uma calça horrível feita de um tecido caríssimo de R$ 625 por metro quadrado. A calça que eu precisei vestir de emergência hoje de manhã, porque minha depilação já venceu. Tem dias em que tudo acontece ao mesmo tempo.

No que eu estava pensando ontem à noite? Apesar de tudo, minha vida amorosa estava em ordem até então. Tudo bem, nenhum relacionamento havia durado mais de alguns meses, mas, mesmo assim, durante todos esses anos me diverti bastante. Posso mencionar uma série de momentos iniciais românticos. Um primeiro beijo sob a mesa de jantar dos meus pais (com um colega da escola), um excitante no trem de Lyon para Madri (com um mochileiro israelense), um na cabine do teleférico para os Alpes Peninos, balançando durante uma tempestade (com um médico residente), e assim por diante. Amantes nunca me faltaram. Mas como se captura o tal homem para toda a vida? No laço? Não faço ideia.

— *Hi, honey!*

Essa só pode ser a Linda, nossa *trainee* americana. Ela está participando do nosso programa de intercâmbio interno por um ano. É impossível não escutar a voz de Linda. Soa como chiclete com gosto de bala. Como uma rosquinha cheia de açúcar. Não é difícil para um europeu culto assumir de imediato uma postura arrogante frente a ela.

Entretanto, todos na empresa perderam a presunção depois que Linda conquistou duas vitórias decisivas durante as quatro primeiras semanas após a sua chegada. Em primeiro lugar, conseguiu um novo e importante cliente para a empresa, que decidiu comprar uma frota de carros. E, em segundo lugar, introduziu no restaurante da Sra. Schneider a Coca-Cola Zero. Isso impôs um respeito repentino.

Linda está me olhando, dispara um sorriso e começa a caminhar decidida na minha direção, como uma unidade de batalha da marinha dos Estados Unidos. Que bom, ela é exatamente a distração de que preciso agora.

— Estou indo aí! — berra do outro lado do restaurante.

Alguns colegas se viram com uma expressão de reprovação. Apesar do sucesso, nem todos na empresa gostam de Linda. Até a Sra. Schneider fala mal dela pelas costas. "Mulher de imperialista", disse ela sobre Linda há alguns dias. A Sra. Schneider não consegue perdoar o fato de ter sido obrigada a ceder à demanda de Coca-Cola Zero.

Linda parece não perceber essas reações negativas. Os olhos azul-violeta brilham. Que cor linda! Lembra esses produtos de higiene e limpeza. O nariz arrebitado — será que ela fez plástica? — se retorce um pouco quando ela sorri, o que é gracioso. Como sempre, os tons da maquiagem foram escolhidos com perfeição, a pele tem um aspecto suave e maravilhosamente limpo. Linda está usando uma sombra bastante discreta e um pouco de ruge rosa. Os brincos de pérola à esquerda e à direita arrematam o visual e, junto com o jeans e a blusa elegante, dão um ar menos esportivo. Hoje ela está com cara de primeira-dama, prestes a voar em uma viagem de fim de semana com o presidente e o cachorro para Camp David.

Hoje à noite, quando deixar a empresa, ela vai estar com a aparência tão fresca como agora na hora do almoço. Mesmo o dia sendo muito cansativo.

Eu, ao contrário, em dias difíceis, já apareço totalmente desgrenhada na hora do almoço. Quando estou estressada, tenho o horrível costume de passar as mãos pelos meus cabelos, compridos e enrolados. Em questão de minutos, me sinto a própria encarnação da Janis Joplin sob o efeito de LSD. Pode ser que isso funcione na cama, mas no trabalho não produz uma impressão muito profissional.

Linda está se sentando à minha mesa. Ela me examina de cima a baixo.

— Você... não parece bem — conclui, após uma curta e séria observação do meu rosto.

Linda fala alemão perfeitamente. Em um curto período, enfiou o idioma no cérebro com a ajuda de uma combinação de cursos intensivos durante o dia e fitas de áudio durante a noite. Entretanto, nem o professor nem as fitas conseguiram evitar o pesado sotaque. Por isso, a pronúncia de Linda do nome de uma cidade como Heidelberg poderia soar tanto como uma fruta quanto como a cidade universitária no sul.

"Você não parece bem." Para uma mulher que começa todas as conversas com o padrão "*How-are-you?-Thank-you-fine*", essas eram palavras bastante francas. Ou realmente estou com uma aparência miserável hoje, ou a tendência alemã para a sinceridade impiedosa, quer o interlocutor deseje ou não ouvir a verdade, estava se manifestando em Linda após a estada de quatro meses.

Em vez de responder, deixei minha cabeça pender de forma melodramática sobre a mesa do restaurante. Ela entendeu meu gesto internacional de desespero. Linda pegou minha mão e disse, tentando me encorajar:

— Homens?

Eu concordo com a cabeça, sem levantar os olhos; é bem provável que os restos de comida sobre a mesa estejam grudados na minha testa.

— O que estou fazendo de errado? — pergunto, desesperada.

A resposta segue imediatamente:

— Tudo, *darling*.

Com suavidade, Linda ergue a minha cabeça da mesa, enquanto balança a outra mão na altura dos meus olhos. Lá está ele novamente, o anel de noivado. Ele reina, imenso, no dedo anelar dela. O quilate do diamante é assustadoramente alto. Deve ser difícil usar esse anel todos os dias. Tenho certeza de que Linda se preparou desde a adolescência com algum exercício de dedos para esta fase da vida. É provável que ela seja capaz de levantar com facilidade uma garrafa de cerveja com aquele atlético dedo anelar. As pessoas precisam saber que as americanas amam seus anéis de noivado acima de tudo. Para elas, eles significam muito mais do que o posterior anel de casamento. Talvez porque a alegria de antes do casamento é sempre mais pura do que o matrimônio em si.

— ESTE AQUI — ela balança a mão com o diamante de modo tão dramático que chego a ficar preocupada com a articulação dela — é o maior. Mas, Nina, não se iluda. Um anel de noivado como este não se recebe assim de repente. Este pedido de casamento foi o resultado de muito trabalho duro. Você acha que o meu Greg teria se ajoelhado na minha frente, voando sobre o Kansas, para me perguntar se eu queria ser a esposa dele simplesmente por pura paixão e livre e espontânea vontade? Sem que eu tivesse dado um empurrãozinho? Pensar assim é ser muito ingênua.

Greg, também conhecido como Greg Foguinho, trabalha como corretor da bolsa de valores de Wall Street. Há seis meses, dentro de um balão de ar flutuando sobre os campos de trigo do meio-oeste americano, ele pediu a mão de Linda em casamento. O pedido foi documentado pelo irmão de Greg de modo tão meticuloso quanto um boletim de ocorrência. Além de centenas de fotos, havia também uma gravação. Assisti a esse vídeo diversas vezes, porque Linda obriga todas as suas visitas a vê-lo. Em imagens tremidas, é possível observar como a cesta, sob um balão estampado com uma propaganda da cerveja Miller, se arrasta em direção ao horizonte plano e infinito, enquanto Greg se ajoelha aos pés de Linda, retira uma caixinha do bolso da jaqueta Tommy Hilfiger e pergunta (nessa parte, o foco está nos lábios dele) se ela quer ser a esposa dele. "*Yes, I will marry you*" foi o que Linda anunciou em um tom bem mais alto, claramente audível no vídeo, apesar do barulho do vento que gerava um ruído constante no microfone da câmera. Como agradecimento pela resposta, ela recebeu o caríssimo anel.

Agora, Linda já engrenou no assunto.

— *Honey*, nós, americanas, tratamos o amor de forma estratégica. Você precisa seguir um plano e refletir em detalhes o que o cara deve dizer, fazer e até mesmo pensar no próximo encontro. Você não pode cometer nenhum erro, deve sempre manter o controle da situação, mas deve deixá-lo com a impressão de que é ele quem determina os acontecimentos. Sem perceber, o meu Greg sempre me obedeceu direitinho. Tudo aconteceu como eu havia previsto. O primeiro encontro em um restaurante, a noite romântica às margens do Rio Hudson, a visita à mãe dele em Idaho. E então o pedido. Esse era o meu plano. E deu certinho!

Sobre o rosto tão bem-arrumado de Linda paira uma sombra demoníaca. Seus olhos flamejam com um brilho que mais lembra poder do que amor. Algo obscuro. Combina bem com ela.

— Isso não soa muito romântico — digo com uma voz lastimosa.

— Ah, *darling*, esqueça um pouco o romance. Sei que vocês, alemãs, são obcecadas por isso. Se um homem maravilhoso chegasse aqui de conversível e chamasse apaixonadamente o seu nome, pedindo que você fosse a esposa dele, *darling*, eu seria a primeira a ir no seu casamento. Mas não está parecendo que isso vai acontecer. Muito pelo contrário. — Ela se inclina para trás, com um olhar meio solidário e meio gozador, e pergunta: — Quantos?

— Quantos o quê? Homens? Não contei.

— Homens? Não, que absurdo! Quantos pedidos?

Deve ser a expressão desconcertada no meu rosto a me entregar, porque ela então perfura ainda mais a minha dor com sua flecha envenenada.

— Em toda a sua vida amorosa, você ainda não recebeu nenhum bendito pedido de casamento?

Ela tinha razão. Nenhum.

Nenhum homem nunca havia se ajoelhado aos meus pés para perguntar se poderia passar o resto de sua existência ao meu lado. Para ser sincera, até agora não pediram nem para passar o próximo ano comigo.

— Nina, já está na hora de você ditar as regras do jogo. Você precisa de... — ela inclina o corpo como se estivesse conspirando e sussurra: — ... *rules*.

Olho para ela, admirada. Essa é a solução para o meu problema? Regras? Mas essas são as regras americanas de encontros, que a gente lê de vez em quando em revistas femininas. Elas controlam toda a interação entre homens e mulheres. Onde, quando e como deve ser o encontro, o que se deve conversar, a partir de que ponto é permitido ir além da conversa e, como mulher, onde se deve de imediato estabelecer um limite. Quando leio essas regras, sempre imagino Doris Day de anágua. Admito ter comprado uma vez um livro de bolso com tais regras — era incrivelmente barato e eu tinha uma longa viagem de trem pela frente. Depois de ler algumas páginas, coloquei-o de lado. Como se fosse possível levar um grande amor para o altar usando um joguinho de cartas, pensei na ocasião. Aquilo era uma tolice. E hoje? Ainda acho uma tolice, mas estou mais madura e, portanto, mais desiludida. Com certeza, foi um erro ter deixado o livro no trem devido a um ataque de leviandade juvenil.

Não, Nina, eu mesma estou avisando, não se iluda. Essas regras americanas não são a solução. Porque elas não funcionam aqui. Lembro-me, por exemplo, de uma regra que dizia: "Nunca ligue para ele depois do primeiro encontro. É ele quem deve entrar em contato com você". Mas que besteira! Neste país, é mais fácil uma mulher solteira bater as botas ao lado do telefone e ser encontrada mumificada anos depois do que o telefone tocar. Os homens alemães simplesmente não estão mais acostumados a se esforçar por uma mulher.

Digo isso para a Linda. Ela não acredita em mim e balança a cabeça, indicando que eu estou exagerando.

— Você quer que eu descreva a típica noite de uma mulher solteira por aqui? Eu descubro um homem bonito em um bar, eu o abordo, eu conduzo a conversa, eu pago as bebidas na saída. Nós vamos juntos para o meu apartamento, eu coloco a camisinha e com frequência até estipulo a posição em que vamos transar. E, em agradecimento, o sujeito nunca mais aparece. Ou sou eu que não quero encontrá-lo nunca mais, porque só na manhã seguinte me dou conta do babaca que foi parar na minha cama.

Linda toma um gole de Coca-Cola Zero.

— Sabia que as coisas eram ruins por aqui. Mas tão ruins assim?

Permanecemos em silêncio por um instante. Meu café com leite descafeinado está morno e, portanto, impossível de beber. Mas que dia fracassado.

Por hoje, já estava me conformando com o meu insolúvel problema. Mas, de repente, Linda se levanta, me encara e aponta para mim um dos dedos bem cuidados com unhas falsas, como naquele famoso cartaz americano em que o Tio Sam, de barba aparada e chapéu com a bandeira dos Estados Unidos, dirige com ousadia o olhar e o dedo para você. Ninguém ensinou para ela que não se deve apontar o dedo?

— Vou fazer uma seleção de *rules* para você, considerando as diferenças culturais entre nós. Estou morando na Alemanha há quatro meses e meio e acredite, *darling*, já tenho uma ideia dessas coisas. Prometo que vou jogar fora as regras que não funcionam aqui.

— O que, por exemplo? — pergunto.

— Não vou exigir de você uma plástica de nariz. Nos EUA, você não teria chance nenhuma com isso aí.

Ora, eu posso ter diversos problemas com o meu corpo, mas até agora o nariz não era um deles.

Linda não dá a menor atenção para a minha cara irritada. Em vez disso, levanta o copo de Coca-Cola Zero e anuncia, solene:

— Nina, isso é uma promessa. Vou fazer com que você se torne uma verdadeira mulher de novo. Tenho certeza de que vai encontrar o homem certo. Mas será necessário... — Linda se inclina para trás e me observa, com ar de ceticismo — ... um pouco de disciplina e controle da sua parte.

Controle até que soa bem. Já está na hora de monitorar o aspecto amoroso do mesmo jeito que o resto da minha vida. Na verdade, isso é um absurdo. A minha carreira de representante dos interesses de um grupo automotivo é seguida com determinação, os próximos grandes objetivos profissionais já estão há muito tempo delineados e até meu plano de previdência está resolvido para os próximos trinta anos. Só com os homens ainda caio na mesma armadilha. É sempre como se me apaixonasse pela primeira vez na vida.

Será que não sou digna de ser cobiçada e galanteada? Assim como todas as mulheres lá fora, também sou uma princesa. Uma moderna princesa da cidade grande. Por que os homens não me cortejam? Por que eles não duelam na minha frente? Para que, no final, eu possa eliminá-los, um por um, com um arrogante movimento de dedos, até que sobre o único verdadeiro.

Deveria ser assim. E assim será, juro para mim mesma. Decidida, fito os olhos de Linda.

— Em breve, também terei um anel de noivado tão maravilhoso como o seu — declaro com a voz firme.

— *No problem* — responde Linda —, você só precisa se ater às minhas *rules* totalmente personalizadas.

E então ela dá um sorriso tão largo como Ivana Trump ao receber uma entrega de roupas de alta-costura de Versace. De presente, é claro.

Capítulo 3

Nunca mais, penso, praguejando, nunca mais vou me oferecer para ajudar minha irmã a comprar coisas de bebê. Estou em um dos corredores de uma enorme loja especializada, com um carrinho de compras lotado. Aparentemente, estou na seção de bombas de sucção de leite. Empilhadas à minha volta, estão embalagens em cujo verso se veem seios sendo empurrados pela mão materna para uma bomba de vácuo. Apesar do efeito embaçado, a imagem me causa arrepios. Não me atrevo a imaginar o próximo passo.

Minha missão é encontrar um cueiro. Não faço a menor ideia do que seja isso. Se eu entendi direito o que minha irmã explicou, um cueiro é um tipo de tecido de lã com o qual os bebês são amarrados na hora de dormir ("Eles não são amarrados, Nina, são enrolados", avisara Bete nesse momento), com exceção da cabeça, que naturalmente fica para fora. É só enrolar o tecido até a altura do peito e, *voilà*, o bebê está quentinho. No entanto, não vejo cueiros por aqui. E muito menos vendedoras.

Agora, empurro o carrinho em meio a um arsenal de penicos e assentos de privada coloridos. Dá para acreditar, tem até um penico que recompensa a criança com uma música quando o negócio é resolvido. Por apenas R$ 74,99. Para um avanço humano dessa grandeza, o preço é uma bagatela. Coloco o penico musical no carrinho de compras. Meus dois afilhados vão ter todo o suporte que a vida moderna oferece para os desafios do dia a dia.

É provável que Bete se irrite comigo por causa do penico musical. De qualquer forma, ela acha que não estou levando suficientemente a sério tudo aquilo. O casamento. A gravidez. As compras. Nós brigamos a caminho da loja. No entanto, eu só estava querendo contar sobre a virada na minha vida. Sobre a minha renúncia ao Sr. Martini, o encontro com Linda e o e-mail inacreditável que ela mandou ontem. A Filosofia das *Rules*. O e-mail era tão fulminante que precisei imprimi-lo e enfiá-lo na bolsa no mesmo instante para mostrar para a minha irmã:

> *As* rules *são passadas de geração em geração entre as mulheres no meu país. Dez curtas regras, que revolucionam a vida amorosa. Minha avó as conhecia, minha mãe as conhecia, e agora é a sua vez. Você pode pensar que algumas dessas regras estejam ultrapassadas hoje. Será custoso para você aceitá-las. Então é você quem deve trazer de volta o papel de caçador ao homem? Por que não posso, talvez você esteja pensando, na condição de mulher emancipada, abordar um homem para que ele se interesse por mim? A resposta é simples: porque não funciona.*
>
> *Homens e mulheres podem ter os mesmos direitos no dia a dia, mas, no amor, são dois gêneros essencialmente diferentes. Portanto, aprenda a representar seu papel original de mulher e, com isso, dê uma chance para o homem voltar a se comportar como um homem — cortejá-la, ajoelhar-se a seus pés e pedir sua mão em casamento. Nina, essa será a sua recompensa se você seguir as regras.*

Como assim? Que tipo de caçador eu deveria extrair de um homem? O último caçador que vi foi em um filme nacional de cinquenta anos, rodado em Technicolor. Era só o que me faltava agora, um homem atrás de um veado.

Como parecia muito confuso, quis contar tudo para Bete assim que entrei no carro. Para ouvir o que a minha outrora tão experiente irmã teria a dizer. Infelizmente, não consegui passar da parte em que eu e o Sr. Martini cambaleávamos bêbados até o apartamento dele. Porque Bete já estava totalmente enlouquecida.

— Você é uma maldita solteira mesmo. Como todas as outras.

Ela disse isso agarrando o volante com as duas mãos e uma fúria tão extrema que pude ver as juntas dos seus dedos ficando brancas. Preferi permanecer calada durante o resto do trajeto porque, depois do surto, ela balançava e derrapava em todas as curvas, como se direção hidráulica fosse um termo do futuro. Devido à enorme barriga com os gêmeos, minha irmã estava bem longe da direção e quase não alcançava o volante. E quando ela, além disso, surtou de vez, seu tempo de reação foi perigosamente reduzido. Então, em vez de continuar a discussão, preferi rezar em silêncio pela nossa segurança.

Discutir não era uma possibilidade no momento. Nos últimos tempos, Bete estava realmente muito agitada. Ela colocava a culpa nos hormônios. Chorava com frequência, até quando assistia aos *reality shows*, mesmo estando na cara que era tudo combinado. Além disso, estava o tempo todo cansada. Os dois garotinhos na barriga dela organizavam lutas com regularidade, o que deveria ser bastante cansativo. Por isso, resolvi deixá-la dormindo no departamento de móveis infantis. Ela simplesmente não conseguiria continuar as compras. Quando chegamos sãs e salvas à loja de artigos para bebê e voltamos a bater boca sobre algo inofensivo como um macacãozinho, ela ficou tão pálida que consegui convencê-la a descansar sobre um pequeno sofá infantil verde, à venda por R$ 599. Ao se sentar, ela fechou os olhos. Em todo o caso, coloquei suavemente a folha de papel dobrada com a filosofia das *rules* no colo dela.

Mas estou prevendo que, quando voltar, encontrarei minha irmã adormecida sobre um monte de bolinhas de isopor; o sofá terá estourado sob o seu peso. Se eu encontrasse logo esses malditos cueiros, ainda poderia salvar o sofá. Onde se esconderam todas as vendedoras desta loja gigante? Será que existe um abrigo subterrâneo para funcionárias? Ou elas estão todas agachadas atrás do fraldário?

Com o canto do olho, avisto uma mulher com um avental da cor da loja, tentando se esquivar ligeira e despercebida pelos corredores. Uma vendedora! Ela não pode escapar de mim. Giro o carrinho e viro no próximo corredor. Com o passo apressado, passo voando pelas cadeirinhas coloridas; talvez consiga chegar antes ao corredor central e pegá-la ali. Evidentemente, a vendedora percebeu o perigo de ser abordada por uma cliente. No corredor ao lado, ouço o andar agitado e barulhento, e mantenho o ritmo. Ela está tentando, mas ainda estou à frente. Quando alcanço o corredor central, empurro o carrinho para a esquerda para impedir a passagem dela.

Ela quase passa correndo por mim.

— Cueiros? — pergunto, inocente.

A vendedora, uma mulher de meia-idade, cabelos curtos com franja e as pontas tingidas, me encara de má vontade.

— Você está se referindo à malha de lã de merino — corrige ela com desdém, como se houvesse um grande abismo entre as minhas palavras e as dela.

Dito isso, ela se esgueira pelo meu carrinho, murmura um "Venha comigo" e, como se seguisse uma líder natural, ando atrás dela pela loja em direção a uma seção até então totalmente desconhecida e distante. A seção ecológica.

Com um jeito rotineiro, a vendedora tira vários cueiros da prateleira, as cores pálidas lembrando os tristes ovos decorados de Páscoa que todos os anos enfeitam os ninhos dos ecomaníacos — pintados com produtos herbáticos da loja de produtos orgânicos. A esses ovos faltam o brilho que só a brutalidade da química pode fazer aparecer. A lã de merino na minha frente parece igualmente desbotada. Mas tenho certeza de que os meninos poderão morder e chupar essas coisas o quanto quiserem, sem desenvolver imediatamente uma tosse alérgica. Escolho um cueiro num tom "marrom-silvestre" e outro no que chamo de "azul-infeliz".

— Dois? — nota a vendedora, espantada.

— Estamos esperando gêmeos — respondo.

Ela me inspeciona de cima a baixo, examinando meu terninho marrom e os cabelos presos para trás com a ajuda dos óculos de sol da marca Miu Miu. Era difícil estar vestida de maneira menos apropriada em uma loja de artigos para bebê. Minha aparência grita carreira, e não maternidade. Como se eu mesma fosse a personificação de 35% das mulheres bem qualificadas da minha geração, que se recusam a trazer um bebê para o mundo porque, com isso, estariam jogando a carreira no lixo. Li as estatísticas no jornal. Em geral, os jornais de hoje estão repletos de acusações contra mulheres como eu. Talvez seja por isso que a vendedora também não vá com a minha cara. Ela sente que não sou como as outras clientes normais, cheirando a leite azedo e cuspe de bebê.

Nesse meio-tempo, o olhar dela vagueia até a minha barriga lisa e permanece ali, sem disfarçar.

— Para quando é? Acredito que você já tenha marcado na sua agenda a data exata do nascimento dos bebês — comenta com ironia.

— Não sou eu quem vai ser mãe. É a minha irmã. Ela ficou tão cansada com as compras que a deixei na seção de móveis infantis. Ela deve ter pegado no sono.

Por que fico sempre na defensiva e permito que essa tola me despreze desse jeito? Devo admitir que já há algum tempo a minha não maternidade me deixa com um sentimento de culpa. Antes, as coisas eram bem diferentes.

Imediatamente, a feição da vendedora se torna amigável e quase prestativa.

— Ah, sim, carregar gêmeos é cansativo — diz. E então olha curiosa para o carrinho, perguntando com severidade: — Você já pensou em tudo? Ela precisa de uma banheirinha Tummy Tub, de uma lixeira de fraldas com bloqueador de odores, compressas de umbigo, macacõezinhos, sem esquecer o conjunto de esterilização, porque sua irmã mal vai conseguir amamentar dois de uma vez.

Nunca tinha ouvido falar de banheiras Tummy Tub, nem fazia ideia do que eram compressas de umbigo. Em que mundo fui aterrissar? De repente, a vendedora parece ter reencontrado o prazer pela profissão e começa a trabalhar. Exigente, ela me estende duas enormes chupetas ecológicas. Minha impressão é que dá para tampar o bebê hermeticamente com elas. Apressada, pego as chupetas.

— O que minha irmã precisa mesmo é de um kit de estabilização pós-parto, com protetores de ouvido, uma babá e muitas guloseimas industrializadas com bastante açúcar — brinco.

Até onde sei, depois do parto as mães ficam cansadas o tempo todo. De resto, não pretendo deixar essa vendedora me empurrar dois kits completos para bebê.

— Então, nada de conjunto de esterilização — devolve a vendedora, aguçada. Ela parece ter entendido o sinal para me deixar novamente em paz; a expressão dela volta a ser tão indiferente quanto no começo. — De preferência, compre todos os itens hoje, pois após o nascimento é tarde demais. É aí que começa o estresse. Mas estou vendo no seu carrinho que você pegou o penico musical com ruído de cachoeira integrado. Esse penico é extremamente importante no período inicial de vida. Com certeza, você e sua irmã não poderiam estar melhor preparadas.

E, com essas palavras irônicas, ela me deixa sozinha.

Demorei vinte longos minutos para finalmente reencontrar o departamento de móveis infantis.

Bete ainda dorme sobre o minissofá que, apesar de se curvar perigosamente devido ao peso, consegue manter-se inteiro. Com a cabeça apoiada em um berço, ela segura na mão o papel desdobrado com a minha Filosofia das *Rules*. Acho que ela leu o texto, mas é melhor não acordá-la, porque esse sono é urgentemente necessário. Como ela fica bonita dormindo. O rosto está relaxado, e as linhas duras ao redor da boca, que andaram aparecendo nos últimos dias, desapareceram. Em silêncio, empurro o carrinho para o lado dela e começo a separar o conteúdo. Esses macacõezinhos minúsculos parecem roupa de boneca.

Será que estou comovida? Procuro a resposta dentro de mim. Não, na verdade, não. Mesmo que algum dia espere ter filhos, me sinto uma total estranha nesta loja. Há pouco, quando Bete quis discutir comigo a escolha dos carrinhos de bebê ("Nina, estou pensando se levo o de três rodas com colchonete e protetor contra o sol, ou o Bugaboo, com estrutura mais robusta e reversível que se transforma em carrinho duplo."), não consegui ajudá-la de jeito nenhum. Até hoje, minha definição de carrinho de bebê era a seguinte: quatro rodas, um assento, uma cobertura. Mas, agora, parece que é preciso um diploma para comprar o equipamento primordial para um recém-nascido. Pior ainda é a visão das outras clientes da loja. Como se a experiência de vivenciar a gravidez de Bete já não bastasse, aqui circulam centenas de mulheres com barrigas inquietantemente grandes, ou mães com rostos supercansados e pálidos, que empurram pelos corredores os seus bebês berrantes, bem amarrados nos carrinhos. Agora mesmo está passando uma na minha frente. Ela com certeza já foi bonita, mas agora tem a pele espessa e um corpo escondido por uma roupa que mais parece um saco, mas que talvez, em sua primeira vida, tenha sido algo como um moletom. A mulher fixa os olhos em mim, como se eu fosse um ser de outro planeta.

— Então é sério?

Olho para Bete. Ela parece ainda estar dormindo. Mas é claro que está acordada e esteve me observando durante todo o tempo com as pálpebras quase fechadas, enquanto eu juntava as roupinhas de bebê. Esse truque vem desde a nossa infância — me observar sem que eu perceba.

— A mamãe e o papai vão achar essa filosofia terrível.

Ela ergue um tanto o papel, só um pouquinho, mais uma insinuação do que um movimento, com os olhos ainda fechados.

Está certo, com certeza meus pais iriam me amaldiçoar se soubessem disso. Pelo menos a minha mãe. Com 58 anos, ela fundou e lidera um grupo de mulheres na comunidade da igreja. Ela diz que já chegou a hora de pensar em si mesma, depois de ter doado vários anos da vida a nós, para nos criar e livrar meu pai desse trabalho. Essa é a visão dela. Mas é possível retrucar que ela perdeu bastante tempo, durante todos esses anos, reconstruindo os arranjos de flores conforme as dicas dos programas de televisão diários e, a partir de 11 de novembro, se dedicando com grande afinco à tradição alemã de preparar as mais perfeitas fantasias de carnaval para toda a família, sem contar a decoração, a festa de Natal e a ceia de Ano-Novo. Entretanto, é possível constatar que ela possibilitou uma infância feliz a Bete e a mim. De qualquer forma, hoje ela vive repetindo clichês esotéricos do tipo "Nunca mais permitirei que um homem tome o vento das minhas asas". O grupo de mulheres dela queimaria a minha Filosofia das *Rules* na fogueira semanal, que também era o destino de maridos e, às vezes, até de filhos. Se bem que, nesse caso, até meu pai aprovaria o ritual.

Minha irmã tem razão, eles não vão gostar das regras que Linda prometeu enviar. Mas eles não precisam saber delas. O importante para mim é saber a opinião de Bete.

— E o que você acha?

De início, ela parece não querer responder. Depois começa a murmurar algo, e no começo não entendo nada, mas depois percebo que ela está repetindo o fim da Filosofia das *Rules*: "Admitir a si mesma que está cansada de trocar constantemente de parceiro, e que agora está procurando o amor da sua vida — o homem com quem você vai se casar —, e que não está desesperada e nem é tarde demais. Muito pelo contrário, essa verdade é sincera e corajosa. E o primeiro passo na direção correta". De repente, os olhos dela se abrem e me olham com uma expressão tão clara como fazia tempo que eu não via.

— Nina, um ano atrás, depois de ler isto, eu teria dito que você é louca. Teria passado um sermão inflamado sobre como não é possível impor o amor. Que nenhuma regra pode persuadir homens e mulheres a se escolherem. E, principalmente, que o amor vem quando ele quer. — Bete faz uma pausa, como se precisasse fazer um esforço para continuar a falar. — Você sabe mais do que ninguém neste mundo que o amor veio até mim. Ele já se chamou Tom, Thomas, às vezes ficou sem nome ou era o cara bonitão do café em frente. Robert, Peter, Michael, Guido — nossa, o Guido era lindo —, Bert, Henry, ah, droga, tantos nomes. Já me esqueci de alguns. O mais importante, Nina, é que todos eles me amaram durante um curto momento da vida deles, mas nenhum durou. Porque nada coloca os homens em maior estado de êxtase do que um dia se levantar, fechar a porta atrás de si e abandonar você. Eles são assim hoje e foram assim no passado. A história é cheia de homens que abandonam pessoas amadas para ir embora. Antigamente iam a guerras, hoje vão escalar na Patagônia ou assumir um emprego em outra cidade. Se você quer manter o amor, não pode, na condição de mulher, apenas deixar as coisas rolarem e esperar que tudo dê certo no final. Meu marido, naturalmente, se decidiu por mim. Mas não sejamos ingênuas, Rüdiger não teve muita escolha.

Com os olhos úmidos, Bete limpa uma lágrima com a mão. Eu me agacho perto do sofá, quero segurar a mão dela e consolá-la, mas minha irmã me afasta rudemente.

— Vá, Nina, e agarre o melhor cara que você encontrar. E se você precisar dessas regras para fazer com que ele seja o seu marido e talvez um dia o pai dos seus filhos, ótimo. Você tem o meu consentimento. Os homens são ótimos para se divertir e escapar de todas as obrigações. Está na hora de aplicar um pouco de estratégia contra eles. Eu vou te apoiar no que for preciso.

Com isso, ela se levanta do pequeno sofá, mais achatado que um sapo atropelado na estrada, pega o carrinho de compras e o empurra sem mais uma palavra para o caixa.

Capítulo 4

MINHA AMIGA KITTY não está gostando nem um pouco do projeto de encontros de Linda. Ainda menos depois de vir me visitar e se deparar com minhas sobrancelhas radicalmente diferentes. "Vamos nos encontrar de novo antes do fim de semana", comunicou Linda uma noite depois do trabalho, porque nós ainda precisávamos ver a amiga dela que trabalha em um salão de beleza. Depois, ela gesticulou sobre meu rosto com as maravilhosas unhas feitas. "As sobrrrrrancelhas", se queixou. "Precisam ser corrigidas urgentemente!" Teimosa, passei a mão sobre a esquerda. Tudo bem, elas eram grossas. Grossas mesmo. No exato momento em que quis contestar, Linda levantou o dedo, brincalhona, como se estivesse disciplinando uma criança pequena, e, ao mesmo tempo, sorriu para mim.

Agora, minhas sobrancelhas estão tão finas como as de uma supermodelo na semana de moda de Nova York. Quem as conheceu antes, quando ainda reinavam, grossas, sobre meus olhos, diria que agora sofrem de bulimia.

Por esse motivo, Kitty me olha zangada e vira a cara de novo, pela terceira vez nesta noite.

— Impossível — desabafa em direção à máquina de lavar louças e continua cortando a cenoura, furiosa.

Kitty e eu nos conhecemos desde a infância. Nossa amizade tem seus altos e baixos, mas, no final das contas, continuamos sempre uma ao lado da outra. O fato de uma americana qualquer do restaurante da empresa aparecer do nada para arrumar minha vida amorosa parece abalá-la profundamente.

— Por que, Nina, por quê?

Nós duas sabemos o porquê. Porque Kitty não tem o mesmo problema que eu. Ela tem o Frank desde os quatorze anos. Kitty e Frank se conheceram em uma festa do centro cultural católico. Na época, ele tinha impressionantes dois anos a mais que ela e mostrou, como um verdadeiro garoto bacana de dezesseis anos, como colher maçãs de um pomar vizinho, à noite e sobre uma Vespa em movimento. Na escuridão, fez curvas em volta das árvores, arrancou uma maçã atrás da outra para colocá-las aos pés de Kitty até que, na décima primeira maçã (depois eles contaram), perdeu a direção da Vespa e bateu contra uma árvore.

O tronco da velha macieira trincou e Frank fraturou a clavícula, mas com isso ele conquistou o coração de Kitty para sempre.

E então os dois continuaram juntos. Até hoje. Às vezes brinco que a puberdade nunca se encerrou direito para mim, mas nunca começou realmente para Kitty. Enquanto eu, com meu número de ex-namorados, poderia formar um ano letivo completo — de três classes —, Kitty só havia tocado e amado um único homem em toda a sua vida: Frank. No mundo ocidental moderno, ela é uma raridade.

Kitty se dispôs a me acompanhar hoje à noite no meu primeiro encontro para valer, porque ela reconhece a profundidade do meu sofrimento. Naturalmente, essa ideia é de Linda. Ela e Kitty se sentariam no mesmo restaurante, algumas mesas afastadas, e ficariam de olho na situação. Caso surjam perguntas ou problemas, posso me encontrar a qualquer momento com as duas no toalete feminino. Fico extraordinariamente mais tranquila só por saber disso.

Afinal, tudo isso já é estressante o suficiente. Ainda não faço a menor ideia de quais regras devo seguir hoje. Muito menos com quem vou me encontrar. Linda faz um grande mistério sobre tudo. Ela acha que quanto menos eu ficar especulando, melhor.

— Deixa só ela aparecer aqui — bafejou Kitty, fincando mais fundo a faca na cenoura.

Para Kitty, encontrar no meu rosto sobrancelhas americanizadas jogou por terra a intenção de dar qualquer chance a Linda. Ela está furiosa mesmo. E, quando Kitty fica brava, é melhor não brincar com ela. Tento me movimentar pela cozinha com o máximo de silêncio e discrição, na esperança de que o tempo faça-a se esquecer do meu novo visual. Devo admitir que, passado o choque inicial, acho que estou bem mais bonita depois da visita ao salão de beleza. Possivelmente mais convencional, mas também mais harmônica. Até hoje, minha aparência tendeu ao Expressionismo. Agora, ela se aproxima do Impressionismo.

— Kitty, seja sincera. Você não acha que pareço mais delicada?

A esteticista havia afirmado que belezas clássicas como Ingrid Bergman ou Ava Gardner tinham as sobrancelhas assim também. E que Nicole Kidman só copiou o modelo.

Kitty se vira para mim e aponta a faca de cortar cenoura a uma distância perigosa do meu rosto.

— O que é que deu em você? A dondoca americana já te aplicou uma dose gigante de estrogênio? Ou levaram você para a Baía de Guantánamo das solteiras desesperadas e fizeram uma lavagem cerebral na sua cabeça? Desde que encontrou essa tal de Linda — ela estica a pronúncia do nome "Linda" com desdém —, você anda falando tanta besteira que me dá vontade de morrer. Uma mulher de verdade recupera o caçador que existe dentro do homem. Por acaso você consegue ouvir a si mesma de vez em quando? E agora essas sobrancelhas... — Furiosa, joga a faca na lava-louças, pega o pano de prato para amassá-lo e atirá-lo no chão. — Vou embora, não aguento mais isso. — Ela pegou a jaqueta e já está na porta. Ao abri-la violentamente, dá de cara com Linda, que acaba de chegar.

— *Hi* — diz Linda, tão amável quanto um cartão do dia dos namorados. — Sou a Linda.

Esta noite, ela me lembra uma líder de torcida que se perdeu no guarda-roupa da mãe. Para complementar a saia plissada cinza, bastante justa, veste um *twin-set* rosa e sapatos de salto alto. Os cabelos, puxados para cima de modo descontraído, apenas simulam espontaneidade com um coque enrolado na parte de trás da cabeça. Na verdade, o penteado é tão duro quanto cola seca. Dessa vez, em substituição aos brincos de pérola, discretos brilhantes adornam os lóbulos da orelha, sendo que as pérolas aparecem em um colar de duas voltas no pescoço. O rosto brilha como uma estrela no escuro céu do deserto de Nevada: uma sombra clara e cintilante, ruge perolado e brilho rosa.

— Uau — diz Kitty, impressionada, e leva a mão ao rosto com um gesto exagerado. Então, se vira para mim com um sorriso cínico em seu visual de centro de Berlim: a saia evasê florida dos anos 1960 comprada no brechó, por cima a blusa xadrez laranja e o cardigã marrom, o colar de contas de vidro grandes e coloridas e a franja radicalmente curta e reta, como usam todos os individualistas profissionais por aqui. Ela me estende a jaqueta. Nesse meio-tempo, um brilho diabólico se juntou ao cinismo nos olhos castanhos. — Não posso ir agora — esclarece, arrogante. — I-S-S-O me pegou. — Agora se dirige a Linda, como se ela fosse uma atração de zoológico, e não um exemplar do gênero *homo sapiens* capaz de ouvir, ver e até falar a nossa língua. De repente, Kitty passou por mim e se enfiou novamente dentro do apartamento. Alguns segundos depois, ouvimos os ruídos das risadinhas dela na cozinha.

"Meu Deus, que constrangedor", penso sem me arriscar a olhar para Linda, que continua parada no batente da porta como se estivesse enraizada. Mas ela se recompôs com agilidade.

— Não tem problema — diz, sorrindo, desarmada e amigável.

Onde é que os americanos guardam esse inesgotável estoque de otimismo?

Uma atitude diante da vida que evidentemente me falta, como podemos verificar agora. Linda examina com um ar de reprovação meu lindo vestido tubinho e balança a cabeça vigorosamente.

— Nunca, nunca use preto no primeiro encontro. É uma cor negativa demais. Você precisa escolher roupas com cores positivas. Em compensação, o modelo é... — ela dá um passo para trás — ótimo. Bastante feminino. Magnífico!

— Que diabos são cores positivas?

Linda me olha com espanto.

— Amarelo, rosa, laranja... Tudo, tudo menos preto.

— De amarelo, rosa ou laranja fico parecendo um coquetel, um Sex on the Beach ou um Hi-Fi.

Minha nossa, eu amo preto! Preto sempre combina. Mas já estou vendo pela cara da Linda que ela não vai se deixar convencer pelo meu argumento.

— *Darling*, pessoas de preto não inspiram esperança a ninguém. Isso é ruim, principalmente em se tratando de amor. — Ainda bem que a Kitty não está ouvindo nada, ela surtaria mais uma vez. — Troque de roupa rápido, ainda temos tempo. — Essa é a instrução de Linda, em um tom meio enérgico e meio simpático, como o de uma enfermeira. Acho que esse deve ser o jeito de falar com um paciente que precisa se levantar antes do amanhecer, porque as camas devem ser arrumadas.

Resmungando "cores positivas são tão invasivas", entro no meu quarto para me trocar. Ela quer cores? Pois é isso que vai ter. Depois de cinco minutos, apareço em um vestido *baby-doll* azul-petróleo, com as barras em pink e escarpins num tom lilás de bom gosto.

O rosto de Linda se ilumina. Kitty, ao contrário, passa de levemente para totalmente irritada.

— Que graça! — é o comentário irônico dela.

Mas agora, me olhando no espelho, preciso admitir: ela está certa. Estou realmente uma graça. Toda a acidez que sempre me rodeia, ainda mais salientada pela roupa preta, parece ter desaparecido com o novo *look*. E isso era muito bom.

A única pergunta que permanece é para quem me emperiquitei tanto. E o que exatamente devo fazer? Mas Linda ainda faz segredo sobre isso. Vamos para o restaurante.

Antes de entrarmos no Da Pepe, o novo italiano chique da cidade, Linda me apresenta três fichas amarelas.

— Suas três primeiras *rules* — diz, festiva. — Elas estão formuladas do modo mais breve possível, para que você possa memorizá-las bem rápido.

Kitty me espia por cima do ombro, enquanto leio as regras. A cada nova ficha, ela comenta em voz alta com um "Há-há-há", "Olha só" e um sarcástico "Ah, é?". E aqui estou eu agora, com cartõezinhos amarelos na mão. Queria discutir com Linda sobre as regras, mas ela simplesmente as toma de mim e continua a marchar na direção do restaurante. Pegas de surpresa com essa atitude, Kitty e eu nos olhamos e partimos atrás dela.

Linda se comporta de modo tão diplomático quanto uma ministra de relações exteriores americana. Ela sorri amigavelmente, mas não aceita nenhuma interferência. Muito pelo contrário.

— Estamos atrasadas. Podemos discutir mais tarde. Por enquanto, apenas siga as regras que copiei para você — diz.

Linda me passou a perna. Ela não tem a intenção de adaptar as regras para mim. Ela só quer me dar um banho de água fria. Aliás, de água congelada.

— Não se preocupe! — Ao se despedir, Linda me dá um beijo animador no rosto.

Então, Kitty e ela desaparecem para dentro do restaurante. Um minuto depois, devo segui-las e anunciar meu nome na entrada. Certamente, pensei, vai ser uma noite inesquecível.

Vai mesmo. À primeira vista, já pressinto como Linda estava certa.

Imediatamente depois de entrar no Da Pepe, desconfio quem é o meu misterioso par. Deve ser ele, tenho certeza; todas as outras mesas estão ocupadas por casais ou grupos. Ele está de costas e não demonstra nenhuma disposição para olhar em volta e verificar se eu já cheguei. Claro que não, porque o homem que está sentado de pernas abertas na minha mesa é ninguém menos do que Karl, o chefe do departamento de marketing da empresa. Bronzeado e egocêntrico, um macho que devora mulheres no café da manhã.

Um encontro com o Karl sem sexo é como uma linguiça de *curry*[1] sem *curry*. Impossível. Por esse motivo, até agora evitei qualquer aproximação. Se ele entra na sala de cópias no fim do expediente enquanto estou copiando algum documento importante, interrompo o trabalho com alguma desculpa esfarrapada. Ele é desagradável, por isso o evito. Geralmente.

Agora, ele se espalha na mesa reservada para mim e, visivelmente satisfeito consigo mesmo, bebe um aperitivo.

Despercebida, passo pelo garçom e imediatamente procuro o toalete feminino, sem nem mesmo tirar o casaco. Jamais, jamais vou passar a noite com o Karl, esse chauvinista.

Não preciso esperar nem um minuto entre pias e suportes de papel. Linda chega correndo.

— O que aconteceu? Por que você está aqui, ainda de casaco?

— O Karl? O Karl? — pergunto. — Por acaso você sabe como ele é estúpido? Ele joga mulheres no lixo tão rápido quanto o suplemento de cultura do FAZ[2]. Você quer arruinar a minha boa reputação na empresa? Vou virar motivo de piada, todo mundo vai dizer: "Olha lá, o Karl conseguiu mais um troféu para a coleção dele. Agora foi a vez da Nina, pobre coitada". Você está maluca?

— *Darling*, se acalme — diz Linda com um tom apaziguador. — Eu sei bem quem é o Karl. Mas é por isso mesmo, por ser um galinha... — oh, meu Deus, Linda, onde é que você aprendeu essa palavra? — que ele é perfeito para o primeiro encontro. Você precisa compreender a força das *rules*. Se você as seguir estritamente, nada pode dar errado.

1. Refere-se ao *currywurst*, prato típico de *fast-food* na Alemanha, composto de uma linguiça de porco servida com molho à base de ketchup ou extrato de tomate com *curry*. É acompanhado de pão ou batata frita. (N. da T.)

2. Refere-se ao Frankfurter Allgemeine Zeitung, importante jornal alemão publicado na cidade de Frankfurt am Main. (N. da T.)

E já antecipando as regras: ir para a cama com ele é proibido mesmo depois do primeiro encontro. É o que mais tarde vai dizer a minha regra número 7! Mas isso pertence ao futuro.

Então, ela me empurra para fora do toalete. Em pé, de casaco, olho diretamente para o corpo estirado de Karl e tento suprimir meu instinto de fuga — a muito custo. Os americanos são sempre missionários, penso aborrecida. Eles precisam de um desafio do início ao fim e tomam tudo como prova.

O garçom bem-apessoado se apressa para me ajudar a tirar o casaco. Pelo charmoso olhar que ele lança para mim, deduzo que estou arrasando hoje. Ah, esses italianos. Como conseguem, sempre brincando, unir gentileza e masculinidade.

Karl também transborda masculinidade, mas nunca ouviu falar em gentileza. Quando chego à mesa, ele faz um curto aceno de cabeça e continua sentado. Também, por que um pavão como ele deveria se levantar com a chegada de uma moça à mesa? Ou uma dama? Tanto faz.

Já me vejo puxando a cadeira para sentar, quando subitamente congelo o movimento. Não, assim não, penso. Contemplo Karl com um olhar desafiador, mas tento não transmitir agressividade, e sim elegância. O amor é um jogo, e agora vamos jogá-lo de acordo com as minhas novas regras. Regra número 1: Ensine de novo a ele as boas maneiras. Essa regra será aplicada agora mesmo. Se ele nem fez o esforço de se virar algumas vezes para verificar se eu já havia chegado, para me ajudar com o casaco e me conduzir à mesa — o que, na Alemanha, aparentemente só os garçons italianos sabem fazer —, então ao menos ele irá puxar a cadeira para mim.

Com a mão no espaldar da cadeira, permaneço em pé sem a menor disposição para me sentar, enquanto tento parecer espantosamente bela.

É mais difícil do que eu pensava. Além disso, é um pouco constrangedor. As pessoas da mesa ao lado já começam a ficar atentas.

Karl continua imóvel, como se estivesse com o traseiro malhado colado na cadeira, e me olha espantado. A essa altura, acho que ele não sabe mesmo o que quero. Então, começa a entender.

Com um leve suspiro, ele se ergue lentamente da cadeira — afinal, é um longo caminho retornar da posição de arraia para a posição ereta —, passa por mim e puxa a minha cadeira de baixo da mesa. Sento-me com elegância e vejo que, de repente, Karl já está disposto a me posicionar, com a cadeira, junto à mesa, quase como manda o figurino. Quando ele se senta novamente, pela primeira vez esta noite tenho a sensação de ver algo como um interesse despertado nos olhos dele. Eu o impressionei. Pelo menos um pouquinho. Mereço uma taça de champanhe por conta dele. Esta é a regra número 2: uma mulher nunca paga a conta em um encontro! Espere ele sacar o cartão de crédito.

Karl tem a estatura de um zagueiro de futebol, ou seja, ele é enorme. A taça de aperitivo literalmente encolhe na sua mão gigante, e parece ter medo de ser esmagada pela sua massa corporal. Comigo seria o mesmo. Ele arreganha os dentes para mim. Deve ter uma boa dentista.

— Nada como uma forte entrada, como essa que você fez agora — diz ele, ofensivo. Ou seria agressivo? É claro, ele está tentando recuperar o controle da situação. É só não se deixar abater. E não se deixar intimidar!

Eu sorrio de um jeito que espero ser atenuador e não dou atenção às palavras dele.

— Você já escolheu? — pergunto, despistando.

Durante a minha troca de roupa em casa, Linda já havia me aconselhado a não comer muito. Pouco pão e pouca carne, porque nenhum dos dois é muito *sexy*. Por outro lado, peixe e, sobretudo ostras (estas somente a partir do segundo encontro, depois do primeiro beijo), passam uma imagem muito erótica da mulher. "Honestamente, Nina, qual mulher você preferiria beijar? A que acabou de comer um filé malpassado ou a que escolheu um delicado peixe?".

Esta noite, escolho como entrada um *tartare* de salmão em espuma de açafrão, depois dourado grelhado com folhas de espinafre e, de sobremesa, um sorbet de abacaxi e framboesa. Por sua vez, Karl começa com um *vitello tonnato* (carne de vitela com molho de atum), continua com um filé ao molho bechamel e batatas gratinadas e culmina com uma pesada *mousse* de chocolate. Do mesmo modo como as calorias são distribuídas, é também dividida a conversa. Karl domina a noite, assim como prescrevem as regras de Linda. Regra número 3: mulheres tagarelas matam o instinto caçador. Contenha-se na conversa, sem dar a impressão de estar ausente. Isso vai incitá-lo da maneira certa. Essa regra é fácil. Não tenho muitos assuntos com ele.

Então, quando conta sobre a última viagem a negócios a Hong Kong, na qual ele foi um fiasco segundo o boato que corre na empresa, escuto com atenção e intercalo às vezes um "Interessante", ou um "Mais ou menos". Quando ele relata a luta contra o cansaço do voo durante a viagem de compras de três dias em Nova York, digo apenas: "Conheço bem a sensação". E quando ele faz uma pergunta direta, por exemplo, qual é a minha cor preferida, dou uma resposta ágil e ambígua: "Um azul saturado como nos sonhos de Novalis".

Até eu fiquei impressionada com a resposta. De onde tirei essa frase? Não sei. Aos poucos, começo a me divertir com essa discrição misteriosa. Quanto mais me retraio na conversa — sem obstinação, sempre dando a impressão de estar interessada e provocadoramente misteriosa, assim espero —, mais isso parece mexer com Karl. E ele fala. Ele fala sem parar. Como uma cachoeira. Ou como uma mulher, penso e sorrio secretamente.

Ele não está acostumado a ter o terreno cedido com tanta generosidade. Normalmente, pelo que transparecem as fofocas da empresa, são as mulheres que cortejam Karl. Elas contam tudo, apenas para que ele as ache interessantes e talvez passe a noite com elas. Elas contam sobre os desejos. As pequenas fraquezas. O passado. Até imaginam um futuro juntos, nada sério, claro, Karl ficaria incomodado, mas talvez uma pequena viagem de férias para a França, ou algumas noites em um quarto de hotel em Roma? E ele deve se recostar na cadeira, pensando irritado: "O que sou obrigado a escutar só para levá-la para cama", e aguarda tudo passar para, no fim da noite, beijá-la sobre a calçada como sempre faz e seguir para a provável cobertura, onde vão transar. Mas, hoje, isso não vai acontecer. E Karl está perdendo o controle.

Ele desabafa sobre tudo. Agora, está falando até da terapeuta. Karl faz terapia, ninguém da empresa sabe disso! Como gostaria de contar isso para Kitty e Linda, sentadas na outra ponta do salão e, vez ou outra, me olhando furtivamente. Linda faz um sinal positivo com o polegar. E Karl continua tagarelando.

— Minha terapeuta, a Úrsula, acha que já é hora de eu me envolver com uma mulher. De acordo com ela, eu só fugi até agora. Quero dizer, tive muitas mulheres, como você certamente sabe — ao dizer isso, ele dá um sorriso bobo —, mas nunca nada sério. Até hoje, sempre pensei não ter tempo para o amor. A carreira era mais importante para mim. Mas, hoje, não sei o que está acontecendo. Você é tão... Espere, tenho uma ideia. Minha terapeuta me deu uma dica. — Então, Karl segura a gravata e começa a afrouxar o nó. — Úrsula diz que, quando eu encontrar uma mulher que me agrade, preciso esticar o vínculo da relação entre mim e ela. Para ver se ela suporta a proximidade.

Não entendo. Ele vai mesmo tirar a gravata e me dar uma das pontas, enquanto segura a outra, para que eu teste meus sentimentos? Mas tipos como Karl são assim mesmo. Eles parecem tão espertos, mas na verdade não amadureceram o caráter. Assim que uma situação se torna séria ou complexa, recorrem a práticas baratas de autoavaliação. Eles prepararam uma apresentação de si mesmos, de exatos três minutos, que podem reproduzir a qualquer momento, na vida profissional ou pessoal. Mas o que existe além disso? Nada. Talvez Karl nunca tenha se apaixonado na vida. Talvez este seja o grande momento dele. E o que ele está fazendo? Recorrendo à exagerada e inútil expectativa a respeito de uma técnica psicológica furada sugerida pela terapeuta.

O vínculo da relação. Que maravilha! Ninguém da empresa jamais iria acreditar se eu contasse isso. E agora, como escapo disso? Não posso me levantar, enquanto Karl desfaz o nó da gravata, e dizer: "Ligo para você", dando o encontro como encerrado. Não quero ganhar o Karl, mas se eu o humilhar em público, vou ofendê-lo mortalmente e gerar uma situação terrível para as mulheres que vierem depois de mim. Não, penso decidida, preciso sair limpa disso. Mas como?

Kitty! Só a Kitty tem as ideias certas para encontrar a saída de situações aparentemente sem saída. Foi inesquecível como, uma vez em Moscou, ela nos colocou dentro de um avião superlotado da Aeroflot, fazendo a tripulação em terra acreditar que éramos duas proeminentes representantes do comitê internacional de solidariedade às mulheres Margot Honecker[3] aguardadas com urgência para festividades no Chile, e por isso precisávamos voar imediatamente para Frankfurt. Dez anos depois da queda do muro! Foi uma experiência e tanto.

Desculpo-me com Karl e digo que preciso retocar a maquiagem. Nunca disse isso antes: retocar a maquiagem! Agora estou mesmo começando a falar como Doris Day. No caminho para o banheiro, me aproximo da mesa de Linda e Kitty. Cochicho para Kitty que ela precisa me acompanhar.

Depois de alguns instantes, ela promete me ajudar. Ela me libertaria da presença de Karl sem que ele se sentisse prejudicado. Entretanto, deveria ter insistido para que eu também não saísse prejudicada.

Após alguns minutos, Kitty aparece na nossa mesa. O grosseiro cardigã marrom foi trocado pelo *twin-set* da Linda. Sobre o nariz, um par de óculos sem aro, que dá aparência de dignidade. Só Deus sabe onde ela os arranjou.

Ela faz um breve aceno com a cabeça para mim, então se volta para o atônito Karl e estende rapidamente a mão.

— Boa noite, meu nome é Martha Bechstein-Pichelhuber. Sou a psicoterapeuta da Sra. Nina. — Ainda perplexo, Karl estende a mão para cumprimentá-la. Kitty sabe dar apertos de mão bastante convincentes e confiantes. Afinal, ela trabalha mesmo como médica. Mas do corpo, não da mente. — Minha paciente me ligou do toalete há pouco. Ela me pediu para vir aqui. Sinto muito, Senhor…

— Barth.

— Sr. Barth, sinto muito informá-lo de que Nina não

3. Margot Honecker teve um papel de destaque na política da Alemanha Oriental, exercendo o cargo de ministra da Educação de 1963 e 1989. Casada com o chefe de Estado, Erich Honecker, foge após a queda do regime em 1989 para a Rússia, de onde é expulsa pelo governo Boris Yeltsin, emigrando para o Chile.

está preparada para iniciar outro relacionamento sério. Ela teve muitas experiências ruins no passado. No momento, estamos trabalhando sobre o distúrbio do apetite sexual. Em outras palavras, a... — agora, Kitty baixa a voz e se inclina levemente para baixo, na direção de Karl — ... frigidez dela. Mas assim que ela superar isso, ficaremos felizes em entrar em contato. Nina, vamos? Levo você para casa.

Mas que solução foi essa? Kitty poderia ter trazido uma camisa de força ou uma vara com enforcador, dessas que se usam para capturar cachorros loucos. Por outro lado, Karl é compreensivo e me libera de imediato. Pelo visto, ele sempre ouve com atenção tudo o que os terapeutas dizem. Ele se apressa para pegar o meu casaco e me ajudar a vesti-lo.

— A conta? — sussurro com uma voz de menina.

Karl faz um gesto condescendente.

— É uma questão de honra para mim.

Ao se despedir, ele me segura pelo antebraço com uma expressão consoladora. Kitty e eu nos apressamos para fora do restaurante, antes de cair na gargalhada.

— Obrigada, Kitty. Agora tenho fama de frígida. Isso vai realmente facilitar as coisas — reclamo.

— Pensei o seguinte: se ele tem um problema, e não pode se sentir ferido com o seu recuo, então você precisa apresentar a ele um problema ainda maior... — Kitty explica sua estratégia.

Depois de algum tempo, Linda aparece. Entre risadinhas e gargalhadas, seguimos de braços dados pela rua larga até o nosso bar preferido.

— Frígida. Gostei disso. É grandioso, talvez até genial — elogia Linda. — Vocês vão ver o efeito disso.

— Que efeito? — questiono.

Nesse exato momento, meu celular toca. É um SMS:

Estou louco por você. Quero ajudar. Vamos para Paris no próximo fim de semana? Karl.

Capítulo 5

MINHA NOVA VIDA vai de vento em popa. Nunca acordei tão cedo para tomar um longo banho, reservar tempo para o cabelo e a maquiagem e escolher a roupa. Regra número 4: jamais saia de casa sem maquiagem e despenteada. Pode ser que você o encontre hoje. Sinceramente, acho que Linda vai indo longe demais com esta regra. Ela exige que eu me arrume até para levar o lixo para fora. Afinal, muitas grandes histórias de amor já teriam começado perto de lixeiras. Retruco dizendo que, se houve algum começo de história de amor romântica assim, não aconteceu perto, mas sobre as lixeiras — sobre barricadas de lixeiras pegando fogo. No melhor do estilo Uschi Obermaier[1]. Mas Linda não sabe quem ela é.

Normalmente, minha semana de trabalho começa com um esgotante duelo contra a função soneca do meu despertador. Embora ele sempre saia vitorioso, até agora acreditei ter mantido minha soberania, obrigando o apare-

1. Uschi Obermaier foi ícone do movimento alemão de 1968 e *groupie*. Trabalhando como modelo em Berlim, ela se envolveu com o movimento político e tornou-se defensora da revolução sexual. Em 2007, foi lançado o filme *Das wilde Leben* (vida selvagem, em português), um longa-metragem baseado na autobiografia de mesmo nome. (N. da T.)

lho a tirar uma soneca de mais meia hora. Não que isso o tenha abalado alguma vez. Ele continuou tocando estoicamente, todas as manhãs, no horário programado. Quanto a mim, precisava substituir o banho pelo desodorante, prender o cabelo em um rabo de cavalo rápido e aplicar o rímel usando o pequeno espelho retrovisor do carro. No caso deste último, não apenas é bastante desconfortável, como produz um resultado bem insatisfatório.

Mas não esta manhã.

Quando entro no saguão da empresa, me sinto uma nova pessoa. Não, mais que isso. Sinto-me uma verdadeira mulher.

Diria até que, com minhas lisas e perfumadas pernas, meu andar está mais feminino do que nunca. Meus escarpins batem suaves, porém determinados, sobre o piso preto de ardósia quando passo por Hans, o segurança, em direção ao elevador. Feminina ou não, Hans não se priva de me informar que esse fim de semana o Hertha ganhou a partida no Estádio Olímpico de Berlim. Entretanto, nesta segunda-feira, o tom dele é diferente, não tão desleixado como nos outros dias. Hans se contém, afinal ele está falando agora com uma pessoa do sexo oposto. A partir de hoje, uso saia. Chega de camaradagem.

Com um sorriso triunfante, entro no elevador.

Às dez horas tenho uma reunião agendada. Uma agência de propaganda vai apresentar uma estratégia de marketing para o nosso veículo familiar. Toda a cúpula da empresa estará presente, além do pessoal de marketing e nós, do fechado departamento dos representantes de interesse. Adoro quando a semana começa assim. Os animados publicitários precisam trabalhar, lutam agitados com apresentações de PowerPoint e *flipcharts*, enquanto nós, potenciais investidores, ficamos recostados nas cadeiras, conversando. Na maioria das vezes, usamos nosso próprio pessoal. Só queremos que eles nos estimulem. Mas os garotos lá na frente não precisam suspeitar disso.

Karl não está. Seu substituto faz uma curta introdução e não deixa de mencionar que hoje o chefe "está doente de novo, infelizmente". Fala isso com um olhar insensível. É provável que o homem esteja puxando o tapete de Karl. Apesar disso, não sinto pena dele. É o que ele próprio faria, se já não estivesse no topo.

O convite dos publicitários valeu a pena. Essa agência tenta se vender como a quintessência do espírito moderno. A aparência deles é tão uniforme que impressiona. Os três homens têm os cabelos um pouco compridos, com a risca lateral como nos anos 1970. A única mulher presente usa um penteado de fazer inveja a qualquer estrela pop dos anos 1980. Entretanto, já me acostumei à feiura cultivada dos últimos anos. Se hoje vejo uma bota de couro de cobra rosa com *strass*, não a observo mais com desdém e reconheço que, se tudo já esteve algum dia na moda, até esse calçado terrível tem a sua vez de ser *fashion*. Isso naturalmente faz com que as pessoas não possam mais rejeitar nada de maneira séria. Usa-se o que está em voga.

Durante a apresentação, o comandante do bando dos quatro — um sujeito gorducho da minha idade que, além do corte anos 1970, usa um terno anos 1960 e óculos no mesmo estilo — nunca fala de veículos ou carros, e sim de *cars* e *station wagons*. Publicitários não vivem mais sem anglicismos. Não consigo conter um sorriso. Nem a Linda. Ela está sentada na minha frente. Parece que o meu novo visual a agrada bastante. No escuro da apresentação, ela discretamente faz um sinal de positivo. Depois, mais discretamente ainda, aponta as mãos do vizinho, Peter Metzger, do departamento de marketing.

De fato, o homem está com uma aliança. Isso é novidade. Sinto uma pequena pontada de dor. Menos um. Não que eu tenha nutrido qualquer interesse pelo Metzger do marketing. Todos o acham um chato e nós nunca nos entendemos bem. Uma vez, na comemoração de Natal da empresa, ele tentou me explicar as vantagens de jogar mau-mau no computador. É um *hobby* que ele ama de paixão. Para mim, mau-mau só é aceitável quando você vai esquiar e, uma noite, senta na cabana quentinha com os amigos para bater as cartas na mesa. Mas jogar mau-mau com outras pessoas de forma anônima na internet é, colocando de um modo leve, indício de distúrbio de comportamento.

E, agora, até o perturbado está casado.

Faço uma rápida verificação na sala. Trinta e dois presentes, oito mulheres e 24 homens. Por precaução, conto mais uma vez. Acredite se quiser, entre os homens há dezenove casados ou noivos. Eles usam alianças finas ou largas, em prata, ouro ou platina, quase todas sem enfeites. Nós, mulheres, graças ao anel de noivado de Linda e à nossa secretária Karin, alcançamos a considerável soma de duas eleitas. Todas as outras são solteiras. Há algo errado aqui.

Reconhecemos que o problema da nossa empresa é o seguinte: depois de alguma colega subir ao altar, os dias dela estão contados. Fazemos apostas sobre quanto tempo vai demorar até que o teste de gravidez dê positivo. Depois do nascimento, as jovens mães, antes ao nosso lado nas frentes de trabalho, vivem o pesadelo do retorno à profissão após um ano de licença. Ou se agarram à lenda da meia jornada diária, um benefício que em teoria deveria existir aqui, mas na prática nunca é oferecido. Então, após vinte meses em média, elas se deixam comprar por uma indenização de encerramento de contrato e ficam em casa, tomando conta dos filhos. Se algum dia elas voltam para o mercado de trabalho, está claro que não alcançam o mesmo *status* de antes. Por isso que nós, mulheres sem maridos e sem família, nos tornamos cada vez mais raras no escritório.

Todos os homens da empresa, ao contrário, se casam a qualquer momento entre o fim dos trinta e o começo dos quarenta, porque é de bom-tom. Afinal, o sucesso do grupo tem suas raízes na beatice do sul da Alemanha. Relacionamentos pessoais decentes são bem-vistos na matriz. Mas, para os homens, o casamento não significa a interrupção da carreira. Ao contrário, é um requisito para os cargos mais altos. A não ser, obviamente, que o homem seja gay.

Logo depois do nascimento do primeiro filho, nossos colegas homens tiram duas semanas de folga. Nesse período, eles ficam com a mulher e o bebê para, como eles mesmos gostam de dizer, "apoiar a mãe do bebê na reestruturação". Depois disso, eles voltam para trás de suas mesas com os olhos brilhantes e contam a todos os colegas, queiram eles ouvir ou não, sobre a experiência incrível de trazer uma vida ao mundo. Mas logo o cansaço domina os olhos e a voz quando o assunto é família ou crianças. Os homens que acabaram de se tornar pais mergulham repentinamente no trabalho, como se fossem solteiros de novo. A maior parte deles evita deixar o trabalho antes das nove horas da noite. Provavelmente, porque o que os espera no recém-formado lar é só gritaria, papinha de bebê e estresse com a esposa, que de repente se vê empurrada para o escanteio das mães. Depois de alguns anos, quando vem o segundo bebê, os papéis já foram bem treinados. Meus colegas podem então voltar ao horário normal do fim do expediente, entre sete e oito horas da noite.

É por isso que, nesta sala, há quase apenas mulheres sem aliança no dedo, porque às dez da manhã todas as nossas colegas casadas precisam estar em grupos de orientação pedagógica ou encontros para massagem indiana em bebês. E é óbvio que há muitos homens de aliança, porque eles precisam ganhar dinheiro para prover a esposa frustrada que, enquanto cantarola e limpa o bebê com toalhinhas coloridas, se pergunta o que diabos está fazendo ali e para que estudou tanto. A dor dessa resposta só pode ser anestesiada com um surto de compras. Portanto, os maridos precisam tomar ainda mais cuidado para que suas carreiras não fiquem estagnadas. E isso é o que eles fazem. Como o substituto de Karl há dez minutos.

Mas por que eu estou aqui sem um anel de noivado ou uma aliança? Por que caras como o Metzger do marketing nunca me procuram? Por que eles nem ao menos se esforçam? Estatisticamente, há no mundo a mesma proporção de homens e mulheres. Algum dia, penso eu, algum deve bater na minha porta.

Lembro-me mais uma vez da conversa com Linda. "Quantos, o quê? Quantos homens? Quantos pedidos, tonta!"

Minha elegante maquiagem esconde minha discreta ira. Aborrecida, encaro os meus colegas homens. Mas a sala está tão escura que ninguém percebe o meu olhar. Eles que se danem com as famílias deles, penso com rebeldia. Lá fora, o Mr. Right me espera. E agora, graças à Linda, tenho nas mãos a arma certa para derrubá-lo.

O gorducho introduz agora a última parte da apresentação: o público-alvo. Ele diz que é preciso reconhecer que hoje os produtos tecnológicos estão cada vez mais unissex. O PowerPoint joga a palavra "unissex" na parede, em letras grandes e pretas. As mulheres dirigem carros rápidos, enquanto homens equipam suas cozinhas com caros fogões de indução, explica o publicitário. Apesar disso, ainda é difícil usar um homem para anunciar um fogão ou uma mulher para anunciar um carro esportivo, a não ser que ela esteja seminua, refestelada de biquíni no banco de couro.

— A autopercepção do gênero nem sempre corresponde ao real estilo de vida *crossover gender* — continua o rechonchudo. Na parede atrás dele, aparecem as palavras "*crossover gender*". — Pesquisas científicas mostraram que produtos que reforçam a ideia do papel original do consumidor são os mais vendidos. Dito isso, gostaríamos de exibir nosso vídeo demonstrativo do novo *station wagon*, concebido para a família. Um veículo muito prático, mas que não oferece nada que um homem ama em um carro esportivo: este veículo não é rápido e esportivo, mas seguro e espaçoso. Não tem duas, tem quatro portas. Em vez de um potente motor, ele dispõe de um considerável porta-malas. E, por último, leva a sério a segurança das crianças. Em uma palavra: este veículo se equipara à castração da masculinidade. Apenas uma conversão semiótica pode nos ajudar. Por esse motivo, optamos por um conceito radical de *male pride*.

Na tela são projetadas as imagens de uma peça comercial. Grupos de homens a caminho de eventos sangrentos de boxe, dirigindo o *station wagon* da família. Sujeitos com roupas de guerra, colocando suas armas de *paintball* no porta-malas. Uma fuga após um assalto a banco com metralhadoras. Todas as cenas pateticamente intercaladas com músicas de Wagner.

Meu Deus, suspiro no escuro, será que esse cara existe mesmo? Ou ele é uma descoberta da indústria da propaganda?

Capítulo 6

Após o trabalho, Linda e eu vamos ao Afterworkklub. É um bar novo. O que é notável é o uso proposital do nome batido. Houve uma época em que clubes de *happy hours* eram chiques. Mas isso já passou há muito tempo. Agora que a moda está quase morta e já se instalou na província, os proprietários mandaram fazer em letras de néon vermelhas a palavra Afterworkklub — com a substituição do "c" inglês pelo "k" do alemão para dar um toque de distanciamento irônico — e a penduraram sobre a entrada.

Linda e eu procuramos um lugar no canto e nos refestelamos nas fundas poltronas compradas como itens remanescentes de um proeminente hotel da Alemanha Oriental. Quando o antigo Inter-Hotel foi liquidado, durante alguns meses, foi possível comprar a mobília original do ano de inauguração, 1963, por preço de banana. O couro artificial da poltrona se amaciou com os anos e brilha nas cores da moda dos anos 1960, cinza-pombo, verde-musgo e amarelo-pálido. Porém, quem se senta com as pernas nuas nesses forros precisa tomar um cuidado infernal durante o verão. O calor faz a pele grudar no plástico e, quem se levanta muito rápido, além de ouvir um desagradável ruído, leva de brinde uma ardência na coxa.

Em uma pequena e organizada mesinha na frente das nossas poltronas estão as bebidas. Linda toma um Gin Fizz, e eu uma Margarita. Adoro o formato das taças de Margarita. Quando o *barman* coloca a rodela de limão sobre a borda cheia de sal, sinto uma verdadeira sensação de *after work*. Honestamente, sonho que estou na minha cidade preferida, Nova York. Embora o ambiente daqui seja muito mais urbano que o de Nova York. Lá, depois da meia noite, você tem a sensação de que a noite nem começou direito — simplesmente porque o ar ainda está limpo. Falta a fumaça dos cigarros. Com toda essa preocupação com a saúde, a atmosfera de balada não aparece. No começo, como verdadeira americana, Linda implicava com o fato de os bares em Berlim ficarem tão esfumaçados após certa hora da noite. Ela não estava mais acostumada com isso. Há algum tempo, porém, ela precisou admitir que só é possível curtir até o amanhecer se for dentro da névoa de fumaça de cigarro. Em Nova York, nesse horário, as pessoas já estariam há muito tempo na cama. Sempre que dançamos na pista depois das duas da manhã, ela comenta que é uma noite no "estilo europeu".

Estamos esperando pela Kitty, que ficou presa no trabalho. Ela acabou de assumir o cargo de médica em um hospital no centro de uma zona, digamos, problemática. Em pouco tempo, se tornou especialista em ferimentos à bala e faca. Às vezes, quando Kitty conta sobre o trabalho, é como se estivesse em um episódio da série *Emergency Room*. Mas ela contesta com veemência. Primeiro, porque nenhum dos colegas dela é tão atraente como o George Clooney. E, em segundo lugar, porque ela nunca viu os médicos do seriado tendo de lidar com infinitos formulários de convênio médico enquanto o paciente que acabou de chegar está sangrando até a morte.

A porta do bar, com suas pesadas ferragens de latão, se abre e Kitty entra. Ela parece cansada e, ao mesmo tempo, animada. É sempre assim depois dos turnos de 36 horas. Ela precisa dormir urgentemente, mas antes tem de beber um pouco para alcançar o nível de sono necessário para relaxar. Primeiro, a válvula de adrenalina precisa ser fechada.

Literalmente, Kitty se larga sobre a poltrona, segurando a cerveja que acabou de pegar no balcão. Toma um grande gole da garrafa e dá um suspiro de alívio.

— Três cirurgias de emergência, três oclusões intestinais e uma mulher que jurou estar cortando pepinos quando escorregou e furou a artéria — Kitty fez as contas.

— Parabéns — acenei com a cabeça.

Quando ouço as histórias do trabalho da Kitty, me sinto sempre tão inútil. Quero dizer, o que faço de grandioso? Vender o maior número de carros no mundo. Mas o meu consolo é que os hospitais dela só podem trabalhar se pessoas como eu fecham o maior número de contratos possível, garantindo um bom volume de exportações para o país. Kitty e eu chegamos a um acordo sobre essa fórmula há anos: com o meu trabalho capitalista, consigo o dinheiro que ela torra com o trabalho humanitário. Com isso, nós duas podemos viver em paz.

Conversamos um pouco sobre o dia, cada uma conta alguma coisa, e então fazemos breves comentários sobre os penteados do pessoal do bar. Parece que o permanente voltou com tudo. A garota atrás do balcão parece um poodle.

De repente, Kitty se dirige de forma um tanto mal-humorada a Linda:

— Li a nova ficha da Nina. Uma das suas regras diz que a mulher nunca deve abordar o homem. Isso é sério?

Desesperada, tento lembrar que regra é aquela. Ah, sim, é a regra número 5: nunca aborde o homem. Ele precisa ir até você. Senão o flerte não vira nada sério. Na verdade, também tropecei nessa regra. Achei um pouco excessiva. Afinal, não vivemos no Oriente Médio. Nem na Ásia.

Mas Linda se mantém firme. A mulher que se revoltasse contra a regra, destruiria a magia do primeiro momento. Deveríamos simplesmente comparar um encontro a uma caçada (sem sangue, é claro). O caçador avista a corça, que parece não desconfiar de nada, e assim surge o apetite. Se a corça se apresentar primeiro ao caçador, se ela chamar a atenção para si própria e der a entender que está pronta para ele, então a atração do jogo é quebrada. Por isso, é melhor fazer só um pouquinho de ruído para desviar o olhar dele.

— Os homens — conclui Linda — querem apenas ter a sensação de ter descoberto e conquistado uma mulher com os seus próprios meios. É necessário deixar que eles acreditem nisso.

— Pode ser — responde Kitty —, mas infelizmente a sua regra número 5 não funciona por aqui.

— Por aqui? — pergunta Linda, surpresa.

— Na Alemanha. Isso não funciona. Não neste país, não com esses homens. Jamais.

— Por que ela não funcionaria? — questiona Linda, realmente surpresa.

Eu me intrometo na conversa.

— A Kitty tem razão, aqui os sujeitos são tão calados que precisam estar totalmente bêbados para fazer um esforço e abordar uma mulher.

Linda balança a cabeça.

— Não acredito. Talvez ninguém nos aborde aqui, porque estamos conversando afastadas, sentadas nessas poltronas. Mas se estivéssemos sentadas lá na frente no balcão, então... é lógico que aconteceria! Tenho certeza de que alguém nos pagaria uma bebida para puxar conversa.

Kitty sorri para mim, irônica.

— Vamos provar para ela?

Pedimos para Linda ficar sentada e apenas observar. Então, tiro a jaqueta, levanto as mangas da blusa e abro um dos botões de cima. Assim fico mais leve. Kitty, como sempre, está vestida de modo encantador. Nós avançamos para o balcão. Atrás, posso sentir os olhos de Linda nos observando.

Agora, o Afterworkklub está cheio de gente e movimento. O ambiente relaxante e quase sonolento do começo transformou-se em algo frenético. Os banquinhos estão quase todos ocupados, mas não está tão lotado a ponto de não conseguirmos sentar. Como é de costume, apenas homens ocupam o balcão. Não sei se é algum instinto de fuga primitivo que leva os homens a persistirem nessa posição, meio em pé e com metade do traseiro apoiada no banco do balcão do bar — como se esperassem, a qualquer momento, as portas se abrirem e um mensageiro ofegante entrar e dizer que todos os homens devem selar os cavalos imediatamente. Em bares, as mulheres tendem a se instalar confortavelmente em uma mesa. E isso também tem a sua tradição. Alguém precisa proteger a casa enquanto os sujeitos desaparecem por anos. Então podemos nos sentar confortavelmente.

Kitty e eu vamos em direção a uma lacuna localizada mais ou menos no meio do balcão. Pedimos mais duas cervejas. A poodle as providencia imediatamente. Então, procuramos nos mostrar ao mundo da maneira mais convidativa e simpática possível. Como fazem duas mulheres que desejam ser abordadas. Também ficamos atentas para estabelecer um determinado tom de conversa, dando a entender que permitimos interrupções a qualquer momento. Até a nossa postura sugere que estamos em busca de contato. Em vez de ficarmos lado a lado, imóveis e fechadas, Kitty inclina as costas para o balcão e observa o salão, enquanto procuro não ficar restrita ao lado dela. Tudo, tudo sobre nós duas emite a mensagem para o mundo: Homens, olhem aqui!

A reação é impressionante.

O cara atrás de mim, que virou as costas, ergue um pouco o traseiro e afasta o banquinho. O gesto é claro, ele quer aumentar a distância entre nós. Compreensível, visto que ele tem mais o que fazer. Ele acaba de mergulhar em uma profunda conversa com o amigo sobre o "sistema podre". Esse tal sistema podre é bem sacana mesmo: todos os meses retira impostos do salário dele ("Quase 50%"), impede que ele dirija o carro bêbado ("Mesmo tendo tudo sob controle") e distribui multas de trânsito sempre que pode ("Com isso, financio os bolsos dos funcionários públicos, que se aposentam por invalidez aos 36 anos. Dores crônicas nas costas, entende?"). Não parece que ele está conduzindo esse monólogo pela primeira vez. Bem atrás da Kitty está um cara que não levantou uma vez a cabeça desde a nossa chegada. Ele olha fixamente para o triste resto de espuma da cerveja quente. Às vezes, interrompe a meditação, ergue o copo, toma um longo gole. Então, baixa novamente o copo e continua a olhá-lo. Nem sei se ele ao menos percebeu a nossa presença. Ao lado, está um garoto bonito que não para de olhar na nossa direção, inquieto. Quando tento encontrar o seu olhar, ele se assusta e finge ler a propaganda do rótulo da cerveja.

Pergunto em voz baixa para Kitty o que está acontecendo atrás de mim. Desiludida, ela balança a cabeça, o que significa que não há nada de interessante. O amigo do cara do sistema podre parecia estar aborrecido, mas não parecia que iria se atirar sobre nós. Atrás estava um maníaco que há dez minutos não parava de enviar mensagens pelo celular. O sujeito no fim do balcão não conseguia vê-la e também não se esforçava para se mostrar. Kitty deu de ombros.

Nossa cerveja acabou. Erguemos os copos e pedimos em voz alta uma nova rodada. Ninguém parece estar disposto a nos convidar. Também, isso teria sido uma surpresa. Entregamos o dinheiro à poodle, que dessa vez lança um sorriso compreensivo. Acho que ela ao menos captou o que está acontecendo aqui. Neste país, talvez seja mais fácil conseguir contato entre mulheres.

Durante todo o tempo, Linda observou a cena da poltrona. No começo, ela riu e fez sinais de incentivo. Agora, está desorientada: a boca escancarada, a cabeça balançando, o rosto enterrado nas mãos.

— É melhor chamá-la para cá — sussurra Kitty —, senão vou precisar cuidar de mais uma emergência, causada por choque cultural agudo.

Eu aceno para ela. Linda se levanta. Primeiro, ela caminha em nossa direção, mas quanto mais se aproxima, mais desvia para a esquerda. Agora estou entendendo, ela vai falar com o nosso vizinho de balcão. Já devia ter imaginado. Ela não se dá por vencida tão fácil. Antes que eu possa evitar, ela se posta ao lado dos dois e limpa a garganta de forma audível. Um deles interrompe de má vontade o monólogo sobre os impostos.

— Com licença, gostaria de fazer uma pergunta. Sou do Texas, e… — começa.

— Dá para perceber — diz o cara atrás de mim.

— E dá para ver — complementa o amigo.

De fato, hoje Linda está vestida com o que gosto de

chamar de combinação patriota. Calças jeans azul brilhante, uma blusa branca e por cima uma jaqueta vermelha. As cores nacionais americanas não passariam despercebidas de jeito nenhum se nos bolsos e nas mangas ainda estivessem colados estreitos bordados com pequenas estrelas brancas. Ela parece delegada de um evento da campanha eleitoral republicana.

Linda ri, encantada e inabalável, considerando um elogio ser reconhecida como americana.

— Atrás de vocês no balcão estão minhas duas lindas amigas Nina e Kitty. Bem, no Texas elas estariam rodeadas de homens há bastante tempo e já teriam sido agraciadas com uma bebida. Mas aqui não acontece nada. Por quê?

O cara atrás de mim, que me xingou e ficou de costas durante todo o tempo, gira em meio a gemidos, como se o movimento exigisse dele uma força sobre-humana, e me olha diretamente nos olhos. Acho que ele está irritado porque estou muito perto dele. De qualquer forma, ele murmura pouco charmoso:

— O que é isso aqui? Uma cantada?

O amigo dele grita para a poodle.

— Socorro, estamos sendo molestados sexualmente!

Ele acha aquilo muito engraçado. A poodle dá uma risadinha. Mas Linda não deixa por menos.

— Já vou embora, mas antes gostaria de uma resposta. Vocês não se interessam por mulheres ou *what*?

— Estamos aqui sentados no balcão para ter um descanso de vocês — resmunga dessa vez alguém da direita. É o cara da meditação com a espuma de cerveja. E nem levanta a cabeça para resmungar.

— Para ter um descanso de nós? — irrita-se Linda.

— Mas somos apenas duas simples garotas que querem ser cortejadas — interrompe Kitty, atrevida.

— Há! — soa um sarcástico uníssono de ambos os lados do balcão. Não consigo distinguir quem se juntou ao coro. Mas foram diversos homens. Parece que nossa conversa está sendo acompanhada com atenção por todo mundo no balcão.

— Escute, garota do Texas — levanta o amigo do revoltado contra os impostos. — Tive um dia duro de trabalho. Venho para o bar para encontrar meu amigo Bernd. Com ele é sempre igual. Ele se irrita com o sistema podre, eu o escuto. Às vezes nós dois ficamos em silêncio. Essa é a melhor hora da minha semana. Se eu tivesse abordado suas amigas solitárias, o estresse teria começado. As piores situações acontecem quando você se aproxima de uma mulher sem ser convidado.

— Espere aí — digo, tentando apaziguar —, não somos assim tão ruins. Dá para trocar uma ou outra palavra com a gente…

— Ou talvez até nos convidar para uma cerveja — acrescenta Kitty.

Pela primeira vez, o rabugento levanta a cabeça e nos olha. Ele parece um montador de instalações. Não que eu saiba exatamente o que um montador de instalações faz, sempre me perguntei isso. Mas se tivesse de descrever um deles, seria igual a esse homem — a idade em uma faixa indefinível entre 35 e 45 anos, uma leve saliência aparecendo na barriga e o rosto um pouco inchado. Mas, sob a gordura, ainda é possível reconhecer os traços e imaginar o homem bonito que ele deve ter sido.

— Como então eu deveria abordá-las? — pergunta ele a Linda, enquanto faz um movimento de cabeça na nossa direção. — Mulheres são muito complicadas para abordagens simples. Se eu digo: "Então, docinhos, mais uma cervejinha?", uma delas vai se sentir desrespeitada como indivíduo, porque usei uma palavra depreciativa para me referir a ela, enquanto a outra vai esbravejar como é possível alguém ter a audácia de oferecer uma cerveja comum. Porque ela só toma essa cerveja maluca importada do Laos, uma feita de gengibre, com calorias reduzidas e servida com uma fatia de manga. E essa é a última moda, foi o que ela leu em uma revista qualquer. E depois as duas iriam ficar me encarando como se eu fosse o último idiota da face da Terra. Até eu me mandar do balcão e ir para casa com sede.

Agora, é a vez do garoto tímido se manifestar, aquele que no começo só olhava na nossa direção sem coragem de falar conosco. A voz dele soa bem fina, como se ainda fosse passar pela puberdade. Mas tenta impor um tom enérgico.

— Para mim, vocês mulheres são como sereias que primeiro atraem os homens com olhares cativantes, para despedaçá-los em seguida. É isso o que acontece. Como homem, você pensa: "Aquela ali olhou para mim e parece simpática. Vou lá perguntar como ela se chama". Mal você abre a boca, o rosto bonito se transforma em uma carranca horrível, e ela diz que é para você se mandar imediatamente. Nesta cidade, elas só esperam a oportunidade para humilhar você em público.

— É isso aí! — A aprovação vem de todos os lados.

— Isso é *crazy*! Mas se vocês são tão intimidados para conversar com uma mulher em um bar, como os homens deste país conhecem novas mulheres? — pergunta Linda, fora de si.

— Não faço ideia, de alguma forma dá certo. Só sei de uma coisa: aqui não! Não se flerta no balcão. Aqui predomina a tranquilidade — diz o cara do monólogo.

— Precisamos de lugares onde vocês não possam nos incomodar. Um lugar onde os homens possam encontrar a paz depois de um dia duro de trabalho — apoia o amigo.

— Talvez seja melhor vocês irem a um desses cafés turcos, onde os homens se reúnem até tarde da noite sob luz néon, fumam, jogam e deixam a televisão ligada. Lá, as mulheres não podem entrar — sugiro.

— Não, não dá. Álcool também não é permitido — resmunga de novo alguém do outro lado.

Por um curto momento, todos no balcão se calam, voltados para si mesmos, pensativos. Então, alguém começa a rir, acho que é o garoto. E todos somos obrigados a rir juntos.

— E então, o que vai ser? — pergunta o tímido, mais corajoso.

— Tudo bem, vocês venceram. Uma rodada por minha conta — anuncia o rabugento.

Depois disso, a noite fica surpreendentemente agradável. Nós nos apresentamos: o montador de instalações se chama Peter e, na vida real, ele é técnico de informática. E ele também não sabe me dizer o que faz exatamente um montador de instalações. Mas ele acha que tem alguma coisa a ver com construção a seco. Os dois amigos são Bernd e Björn, e o garoto se apresenta como Tom. Mais tarde, o maníaco do SMS se junta a nós. Descobrimos que ele é gay e estudante de artes cênicas, e que sabe contar piadas incríveis. As mais engraçadas são as piadas sobre lésbicas.

Quando nós nos despedimos um pouco depois da meia-noite, tenho a impressão de ter feito cinco novos amigos, que posso chamar a qualquer momento para me ajudar a carregar os móveis em uma mudança. Fico contente. Apesar de ainda não haver ninguém com quem eu quisesse passar toda a minha vida. Mas, para uma noite, está tudo bem. Sou uma pessoa bacana, e Kitty também. Entretanto, assim que as portas do bar se fecham atrás de nós, avistamos a cara zangada de Linda.

— Nina — ela me repreende —, você teve todos eles de bandeja, e o que você fez? Nada! Você tem ao menos um número de telefone dos rapazes? Algum deles pediu o seu? Não! E por quê? Porque você conversou como se eles fossem os seus camaradas. Como uma irmã mais velha. Como vocês dizem isso? Assexuada? Não vi nenhuma faísca. Não vai dar em nada.

— Mas foi uma noite divertida — tento me defender.

Linda revira os olhos.

— Vamos às anotações. Regra número 6: não se trata jamais, jamais — você está entendendo, Nina? —, de ter uma noite divertida. E sim, apenas de encontrar o homem dos seus sonhos, que a levará como mulher dos sonhos dele para o altar. Uma noite divertida é uma noite perdida.

— Mas dava para ver que nenhum dos homens interessou a Nina. Caso contrário, ela teria se comportado de maneira diferente — discordou Kitty.

— Nina não sabe disso. Ela não ofereceu a eles nenhuma chance de se aproximarem como homens, porque ela mesma se comportou como um homem. As mesmas expressões, o mesmo sarcasmo. Pelo que observei do encontro com o Karl, sei que Nina pode ficar charmosamente em silêncio na presença de um homem. Mas ela sabe como se deve conversar com eles?

Que tipo de pergunta é essa? Linda fala como se eu não tivesse experiência nenhuma. Como se nunca um homem tivesse rasgado um bilhete de avião por minha causa, para ficar mais tempo comigo. É claro que posso conversar de maneira feminina com os homens, mas para isso preciso que pinte um clima, pelo menos. E Bernd, Björn, Peter e Tom não eram candidatos. Muito menos o ator gay.

São esses os meus argumentos com Linda. Mas ela se mantém firme à posição dela.

— *Baby*, estamos em uma cidade grande. E o tempo voa. Se essa é a sua forma de conversar com homens que você acha simpáticos, então precisa melhorar. Orientar-se para o resultado. Cada encontro com um homem é uma oportunidade que deve ser explorada ao máximo. No fim, não é suficiente que apenas um deles pergunte o seu número de telefone. Não, precisa saber com certeza se quer que ele ligue para você. Talvez o Mr. Right fosse um dos homens do balcão, você nunca vai saber. Porque você desperdiçou seu tempo com eles.

— Não vem dar uma de sabe-tudo para cima de mim, Linda — respondo mal-humorada, porque sinto como se ela tivesse golpeado a minha cabeça. — Você sofreu uma derrota esta noite. Nunca aborde o homem. Ao menos você admite que essa regra não funciona por aqui?

Paramos, uma de frente para a outra, separadas por um pedaço de calçada, e nos encaramos zangadas, os olhos fixos como duas pistoleiras em uma rua poeirenta. Kitty ficou um pouco para trás e agora nos observa, entretida. Qual de nós duas vai ceder? Linda dá o braço a torcer.

— OK, a regra número 5 pode ser ignorada. Ela não tem mais validade de hoje em diante. Da minha parte, você pode conversar com os homens, mas... — ela hesita um instante e prepara as palavras —, na verdade, você precisa aprender como deve se apresentar em um encontro sério e o que conversar ou não com um homem. Nina, você precisa urgentemente de um curso preparatório. Com o meu amigo Archie Hegemann.

— Um curso preparatório para encontros — Kitty dá uma risada alta. — Parabéns, docinho!

Capítulo 7

Sei me comportar em um encontro!

Havia me esquecido do sentimento de satisfação quando, de um momento para o outro, a gente aprende a fazer alguma coisa. Lembro desses momentos gratificantes na infância. Por exemplo, quando aprendi a nadar. Meu pai havia me segurado por um tempo na água e explicado diversas vezes com paciência como eu deveria mexer os braços e as pernas para boiar. Mas, de alguma forma, minhas extremidades se paralisaram, eu me desesperei e quis desistir. De repente, como se o encantamento se quebrasse, todas as tensões se dissiparam. Eu estava me impulsionando na água, e logo percebi que a mão paterna já não me segurava havia algum tempo. "Sei nadar!", gritei para o céu espanhol que se estendia sem nuvens sobre o Mediterrâneo. A felicidade interior de agora é a mesma de antes: Sei me comportar em um encontro!

Fazia tempo que não ficava tão contente. Na minha vida adulta, tudo é complicado demais para ser resolvido de forma rápida. Mas, graças a Archie Hegemann, entendi que o verdadeiro encontro é tão simples ou tão difícil como encontrar o equilíbrio para andar de bicicleta. Você só precisa encontrar a regulagem certa. Raramente um curso preparatório foi tão eficaz, penso comigo mesma.

— Sua cor preferida? — pergunta Archie.

— Vermelho — respondo com prontidão.

Sei que essa é uma boa resposta. Vermelho é a cor da paixão, do calor interior, do amor. Com essa cor, sinalizo ao meu acompanhante que sou uma mulher sincera e emotiva, e que também posso ser devotada. Antes do curso, respondi a ele que gostava de verde-claro. Que na verdade é a minha cor preferida. Mas Archie me ensinou que essa é a cor das mulheres difíceis. Por exemplo, a Lady Di, que sofria de distúrbios alimentares, adorava usar verde-claro. E o que restou dela? Mesmo hoje, anos depois do trágico acidente, a cada aniversário de morte aparecem novos registros da vida desgraçada que ela levava: mensagens em vídeo, diários secretos ou cartas de amor pessoais ao amante. Morta, ela é tão maníaca quanto em vida. Archie acha que essas mulheres difíceis não toleram homens durante muito tempo em suas vidas; por isso, nunca devo mencionar em um encontro que gosto de verde-claro. Oficialmente, minha cor favorita é o vermelho.

— Vermelho-carmim é ainda melhor. Soa mais elegante e menos convencional — sugere Archie.

Archie Hegemann é um professor rigoroso. Dá trabalho ser aluna dele. Trabalho nos dois sentidos, já que nossos encontros acontecem em uma elegante academia no ponto alto da cidade. Das esteiras, nós observamos a vista da larga avenida pela fachada de vidro do 16º andar; o barulho dos automóveis no ritmo do semáforo, intercalados com os de centenas de pedestres. Quando já começo a duvidar da confiabilidade do meu desodorante, Archie não mostra nenhum vestígio de suor, seja na testa ou no lábio superior, e até a cor do rosto está normal. Archie também corre bem mais rápido do que eu. A distância exibida no *display* da esteira Elite Runner 3000 E já soma inacreditáveis 10,3 quilômetros. Estou ainda nos 5,7.

Por que aqui? Linda diz que Archie é o papa obscuro dos encontros. Ele é tão procurado que um rápido encontro com ele só é possível durante seu exercício diário na academia. Na verdade, Linda conhece Archie de Nova York, mas ele veio passar alguns meses na Alemanha com o objetivo de encontrar uma mulher para toda a vida. Mais exatamente, uma mulher como a mãe dele. Ela era uma vendedora de pipoca alemã, que trabalhava no cinema do quartel de uma base americana. Foi lá que conheceu o pai de Archie, um soldado de Idaho. Archie foi concebido em 1972, como resultado de inspirações cinematográficas, no banco traseiro de um carro, cujos faróis ligados iluminavam os sulcos de terra pelos quais deslizavam ratos-do-mato. Pelo menos é o que Linda me contou.

Agora, Archie pede para eu fazer uma pergunta a ele. Devo imaginar que ele é meu candidato em um primeiro encontro e preciso descobrir que tipo de homem ele é. Archie deixou claro que não devo me sentir envergonhada por questionar de forma direta as qualidades e fraquezas de um desconhecido logo no primeiro encontro. Um encontro deveria ser compreendido como um tipo de entrevista de emprego romântica entre os sexos. Trata-se de descobrir rapidamente se o candidato à sua frente é interessante para se tornar um companheiro fixo.

— Vocês, mulheres alemãs — explica Archie nesta tarde na avenida de Berlim —, têm uma acentuada tendência para o romantismo e são totalmente desinibidas com relação ao sexo. O que falta a vocês no amor é um pouco de razão. E olhe que esta é a terra de Kant! Vocês têm dificuldade de testar um homem antes de se envolver com ele. Vamos treinar isso, Nina.

Muito bem, vamos ao teste. Ao meu lado não corre mais Archie Hegemann, professor particular de encontros, mas Archie Hegemann, talvez o homem dos meus sonhos. O que quero saber de alguém que poderia vir a ser algum dia o pai dos meus filhos? Tento pensar objetivamente. Certo. Começo a suar sobre a esteira.

— Qual é o seu QI? — pergunto ofegante. Frases longas fazem a minha frequência cardíaca subir. Felizmente, Archie inclina a cabeça com um gesto de apreço. Essa parece ser uma pergunta aceitável. Provavelmente uma pergunta comum, porque ele tem uma resposta precisa.

— 118. Medido e certificado pelo teste de QI do ano de 2002 da Harvard Business School — responde.

Se Archie não fosse tão baixo, seria fácil encaixá-lo na minha seleção. Não vou sacar nenhuma fita métrica agora, mas calculo que ele não meça mais que 1,65 m de altura. De longe, porém, ele consegue esconder essa deficiência com maestria. Nem percebi a estatura de anão quando o vi pela primeira vez. À distância, Archie parece um homem grande.

Na Europa, homens baixos parecem ser realmente pequenos. Sempre. Eles têm dedos pequenos e curtos, calçam números muito pequenos e, na maioria das vezes, ou são malvestidos, ou gordos, ou sofrem de calvície. Eles não são apenas pequenos, mas também são feios. Pequenos homens europeus literalmente anunciam para o mundo sua deficiência física. Não é verdade? Bem, cito alguns nomes famosos como Roberto Benigni, Charles Aznavour, Nicolas Sarkozy ou um desses assistentes das séries de investigações policiais. Com as medidas que têm, eles não podem sequer se candidatar a um trabalho como comissário de bordo.

Vamos compará-los agora aos exemplos americanos de Hollywood: Tom Cruise, Sylvester Stallone, Brad Pitt, Michael J. Fox. São todos uns tampinhas. Mas, nos filmes, eles encarnam heróis de maneira verossímil. Cabelos fartos, dentes brancos e fortes, massa muscular bem distribuída, para não parecerem estufados como o boneco da Michelin. O corpo deles é proporcional — o comprimento do corpo, as mãos e os pés, tudo combina em harmonia. Para mim, esses homens são como camisetas encolhidas. Como se todos eles tivessem sido um dia homens com mais de 1,85 m de altura, que passaram muito tempo na máquina de lavar até ficarem do tamanho de um modelo alguns números menor. É provável que esses homens tenham um custo-benefício melhor para Hollywood, ou seja, eles devem ser mais baratos. Parece muito mais econômico colocar um Tom Cruise no *chroma-key* do que, digamos, um grandão como o Jeff Goldblum. Aliás, não é por acaso que o alemão Til Schweiger iniciou uma carreira promissora em Hollywood. Ele pertence ao pequeno grupo de atores alemães acometidos pela variante americana do nanismo.

Archie Hegemann não é nenhum ator de Hollywood, mas personifica o tipo Tom Cruise com perfeição. Se nos posicionarmos em pé, frente a frente, precisaria baixar levemente a cabeça para olhar fundo nos olhos dele. Isso me diz que não fomos feitos um para o outro. Não acredito que seja possível ser feliz com um homem mais baixo que você. Em algum momento, eles acabam revelando o "complexo do homem pequeno", e então começam a se comportar de modo grosseiro, pretensioso e megalomaníaco, só para provar que também são machos. Como Napoleão. Ou meu ex-namorado Michael, que em 1987 levou uma arma escondida durante a viagem que fizemos para andar de canoa na Noruega. Ele iria caçar o nosso jantar. Foi o que afirmou de modo pretensioso antes da viagem. No fim das contas, a mera visão de um coelhinho pulando o deixou várias horas em silenciosa depressão.

Mas Archie não é um candidato para mim, porque não é aconselhável se apaixonar pelo professor. Isso só serve para desviar a atenção da matéria.

— Filme preferido? — É a vez de Archie perguntar.

Dessa vez hesito um instante. Ele havia feito essa mesma pergunta há 33 minutos, e minha resposta quase levou ao fim do curso. Terapeutas diriam o seguinte: O paciente alcançou o marco zero. Tudo o que foi dito antes desses 33 minutos não tem mais validade. A pergunta sobre filmes mudou tudo.

Originalmente, minha resposta à pergunta sobre o filme preferido havia sido *Thelma e Louise*. Inclusive mencionando que a melhor cena era a final, em que as duas dão partida no carro e se jogam do precipício em alta velocidade. Acho que me lembro de ter enriquecido a descrição da cena com sons de ruído de avião. O impacto também soou terrível. Isso definitivamente foi demais para Archie Hegemann. Ele já havia reagido com desdém a algumas das minhas respostas anteriores. "Muito negativo, Nina, negativo demais". Mas eu confesso que essas perguntinhas de manual estavam me dando nos nervos: *Hobbies*? Cor favorita? Música favorita? Onde você se vê daqui a cinco anos? Elas soavam como uma simples amizade de correspondência, nenhuma paixão entre homem e mulher poderia se desenvolver assim. Por isso, de certa forma, comecei a provocar Archie com as minhas respostas. Mas com Thelma e Louise eu havia ido mesmo longe demais. Com uma expressão enojada, Archie até desligou a esteira.

— Onde você pretende chegar com isso? — perguntou ele, seco. — No primeiro jantar romântico, você escolhe um filme no qual duas mulheres claramente insatisfeitas primeiro abandonam os parceiros, depois matam um cara impertinente num estacionamento, em seguida assaltam postos de gasolina, explodem um caminhão e no fim das contas conseguem driblar diversos agentes do FBI, atiradores de elite e policiais com um salto no Grand Canyon? Você acha isso engraçado?

Encarei Archie com um olhar rebelde. Qual era o problema, a pergunta tinha sido sobre o meu filme preferido. Aquele era o meu filme preferido. Simples assim.

Bastante nervoso, ele revirou os olhos.

— Você não pode mencionar *Thelma e Louise* em um encontro.

— E por que não?

— Porque nós, homens, não gostamos desse filme — disse ele acentuadamente devagar.

Nós, homens, não gostamos desse filme. O que significava isso? Eu não poderia ser sincera em um encontro?

Archie pareceu estar aguardando esse protesto. Agora ele havia chegado onde queria. Do ponto de vista dele, essa era a raiz dos meus problemas.

— Nina, ninguém diz a verdade absoluta em um encontro. Não se trata disso. Se fosse assim, a maioria dos homens americanos teria de responder que o filme favorito deles é "Dez Suecas Nuas". As pesquisas mostram que, em vez disso, a maioria afirma preferir *Uma Babá Quase Perfeita*. Esse é o filme mais citado por homens em encontros. Juro para você que nenhum homem gosta de *Uma Babá Quase Perfeita*. É um filme *kitsch* e chato. Mas ele conta a história de um homem que, apesar de se separar da mulher, quer de qualquer maneira continuar cuidando dos filhos, e para isso se disfarça de babá velha. Citar esse filme agrada as mulheres. Passa uma ideia de sensibilidade.

— Então mulheres e homens devem mentir para causar uma boa impressão?

Archie respondeu que mentir é uma palavra feia. Ele não gostava de ouvir aquilo. Em encontros, trata-se de inventar um novo eu; um que seja atraente para o sexo oposto, naturalmente. Sem mentiras, pelo menos não das grandes. É tudo uma questão de equilíbrio, como uma boa maquiagem. O eu do encontro não deve se afastar demais do velho eu, porque senão fica fácil cair em contradição, mas em princípio não existe problema nenhum em se valorizar um pouco. "Dê um upgrade no seu ego", essa era a fórmula mágica de Archie.

A essa altura, há 33 minutos, havia ficado claro: ou eu descia da esteira agora e enterrava de vez o projeto de encontros, ou internalizava as novas regras do Archie — criar um novo ego, melhor, mais maleável e mais amável que o antigo. Talvez não fosse a verdadeira Nina. Mas seria uma Nina mais atraente.

Eu resolvi ficar.

Em seguida, Archie começou a criar uma nova Nina. Sem resistência, eu me deixei ser sistematicamente entrevistada por ele e selecionamos as respostas juntos. Ao final, chegamos ao seguinte acordo: Comida preferida, sushi. Para aliviar o medo dos homens do ameaçador sobrepeso da parceira. Livro preferido, algo entre os *best-sellers* do momento. Dá impressão de ser informada, mas não extrovertida. Carro preferido, nós nos decidimos pelo novo Mini. Archie achava um BMW muito agressivo para uma mulher. Ele sugeriu o Golf, mas me pareceu muito comum. Pernas raspadas ou depiladas? Sempre depiladas, Archie havia ordenado.

— Ainda estou aguardando sua resposta. Seu filme favorito. Segunda chance — a voz de Archie sufoca a rebelião germinando dentro de mim.

Acho que ele quer me testar. Como se eu fosse um cavalo selvagem domado, mas que ainda não é confiável. Será que o cavalo vai empinar e derrubar o cavaleiro quando ele soltar a rédea? É melhor então provocar mais uma vez, antes de deixá-lo livre. Meu teste da rédea é o filme favorito. Tenho uma pista do que ele quer ouvir de mim, e cedo à tentação.

— *Titanic* — respondo acanhada.

Archie levanta o dedo num gesto professoral.

— Você não pode se dobrar, Nina. Para conseguir um bom encontro, é necessário manter-se junto à verdade. Apenas diga um filme que realmente agradou você. Só precisa ser romântico.

— *Entre Dois Amores* — digo aliviada. E declamo a primeira frase do filme, de que gosto tanto: "Tive uma fazenda na África, no sopé das montanhas Ngong...".

Archie relaxa visivelmente pela primeira vez.

— Muito bonito! Mas eu deixaria de lado a citação, só por precaução. Poderia soar muito erudito e, por consequência, amedrontador. Para muitos homens, mulheres assim são cansativas. Você pode deixá-lo conhecer o seu amor pelos livros com o tempo. Mas agora chega de romance. O que você responde se quer deixar a impressão de que, além de ser uma mulher desejável, também será uma mãe maravilhosa?

— *Plano de Voo*, com Jodie Foster.

Tenho certeza de que esta resposta está certa. Além disso, Jodie Foster é realmente uma ótima mãe. Uma ótima mãe lésbica, penso sem conter um sorriso.

— E se você quer apimentar o encontro?

— *Instinto Selvagem*, o primeiro.

Eu me sinto como se estivesse fazendo a prova para tirar carteira de motorista. Mas tanto faz. Estou certa mais uma vez. Não existe outra opção a não ser Sharon Stone sem calcinha.

De fato, Archie parece bastante satisfeito. Ele faz um sinal positivo com a cabeça.

— Você já entendeu.

Então, ele desliga a esteira e seca o rosto com a toalha colocada em volta da nuca, de forma clássica. Sigo o exemplo com muito prazer, já que estou mais que exausta. Meu indicador afirma que corri 7,5 quilômetros e, com isso, queimei risíveis 485 kcal. Mas minha sede é de maratonista. Além disso, preciso me refrescar, meu rosto deve estar mais vermelho que um camarão. Não ouso ver o meu reflexo em nenhum dos diversos espelhos da academia. Felizmente, Archie vai para o bar perto dos *transports*, e eu vou atrás dele. Ele pede dois coquetéis com isotônico e o meu tem gosto de chiclete. Tanto faz. Bebo um terço de uma vez só. Só então recupero as forças para refletir sobre a última hora.

Archie, meu estrategista pessoal de relações públicas, formou uma Nina completamente nova. Uma Nina que não existiu até agora e que provavelmente nunca vai existir. (Depilar as pernas? Jamais. Dói muito). Mas uma Nina irresistível, que dá vontade de levar para o altar depois do primeiro encontro.

Enquanto olho o céu pela fachada de vidro, tento sentir como é ser o meu novo eu. De repente sei cozinhar, gosto de filmes românticos, amo vermelho e adoro vestir lingeries de seda da marca Agent Provocateur. Infelizmente, ainda sinto a minha calcinha de loja de departamentos me apertando. Ela não veste mais direito desde a terceira lavagem. Não é que eu não tenha calcinhas bonitas de seda no meu guarda-roupa; eu as uso muito esporadicamente. Algodão é melhor para lavar, teria dito a velha Nina.

Será que algum dia vou abandonar a velha Nina?

Archie me tranquiliza. Com o tempo, a maioria das pessoas se aproxima do ideal que elas delinearam para si mesmas. Flertar também significa tornar-se mais consciente da imagem que se quer passar. Na verdade — Archie lança um sorriso um pouco sonhador e perdido em pensamentos:

— A busca do parceiro ideal é só uma desculpa; trata-se aqui da busca do eu ideal. Mas — agora Archie abana a mão no ar — essas são honras maiores.

E com essas palavras e uma rápida despedida, ele me deixa sozinha e volta para uma rodada de desaquecimento.

Capítulo 8

COM UM EXUBERANTE buquê de rosas em uma mão e um pé de repolho na outra, entro no hospital. A recepcionista furiosa me observa como um cão de guarda pelo vidro da cabine.

Posso ler os pensamentos dela. Acha que pessoas dispostas a desembolsar uma quantia tão grande com flores devem pagar o preço e comer repolho para o resto da vida. De fato, o preço do buquê corresponde mais ou menos a seis meses de repolho.

Quase fiquei tentada a presentear a recepcionista rabugenta com uma rosa. Rosas não são nada práticas para serem mantidas em um hospital. Os caules são muito longos para as embalagens de vidro reaproveitadas aqui como vaso. É melhor dar aqueles ramalhetes já prontos que ficam à venda nos postos de gasolina. Essas flores jamais levariam a mal ficar nas embalagens de vidro. Afinal, elas passaram horas e até dias em um balde de plástico qualquer, imundo e cheio de graxa, cheirando escapamentos de automóveis. Um presente ainda mais prático é um pé de repolho. Um pé de repolho verde-claro, maravilhoso, grande, redondo e geladinho. Bete o queria tanto. Para — é melhor nem pensar nisso — esfriar os seios.

Os gêmeos chegaram há cinco dias. Nasceram numa cesariana, no dia 23 de agosto às onze da manhã. O parto durou só 25 minutos. Com uma pequena incisão, primeiro tiraram o Theo, depois, o Albert. Minha irmã estava em posição ginecológica, com anestesia apenas local, e pôde observar tudo. Fiquei do lado direito, atrás dela, e à esquerda estava Rüdiger, o marido.

O nascimento teve um quê de passe de mágica. O ventre da minha irmã estava coberto com um lençol cirúrgico verde, segurado no alto pela enfermeira, como faz uma assistente de mágico. Então, o floreio imaginário: sobre o lençol, a médica ergueu Theo, berrando e se debatendo, mas com uma cor rosada e saudável. Em seguida, mais um momento de silêncio e concentração, médicos e enfermeiras ocupados atrás do lençol enquanto, em segundo plano, Theo já havia sido enrolado em uma toalha azul previamente aquecida. De repente, Albert apareceu no horizonte, mais ensanguentado e pálido do que Theo, mas sem dúvida com um humor melhor. Nesse mesmo momento, minha irmã começou a chorar, aliviada por tudo ter corrido bem. Eu, ao contrário, fiquei sem saber o que fazer na sala de operação, um pouco sobrecarregada com tudo aquilo. Não sabia o que deveria sentir, foi tudo tão surreal.

Depois, peguei no colo o Albert, já enrolado na toalha, e passeei com ele pela sala, bastante insegura se estava fazendo tudo certo. Isso me fez ficar falando com o coitado do recém-nascido como uma boba tagarela: eu me apresentei como tia, descrevi a cor da sala de operação e contei que os avós dele chegariam no dia seguinte. Albert piscava de vez em quando, mas adormecia novamente; tive medo de ele escorregar da toalha e cair no chão de azulejo. Por isso, assim que tive a oportunidade, entreguei-o a uma enfermeira, que o tomou de mim sem uma palavra. Ela me deixou lá parada, como uma fracassada. Provavelmente eu era uma — meus instintos maternos haviam falhado. Mas os gêmeos pareciam e continuam parecendo muito diferentes do que eu esperava. Eles têm um corpo magro e longo, a cor da pele é marrom-esverdeada, puxando para cor de azeitona, e fazem movimentos de sucção com a boca, como filhotes de animais. Sempre pensei que os bebês fossem como nos comerciais de fralda — espertos, rosados e fofinhos. Bete diz que eles vão ficar assim. Só precisam de alguns meses.

De qualquer forma, os gêmeos estão se esforçando para dobrar de peso o mais rápido possível. Eles mamam com tanto ímpeto que os seios de Bete incharam e ficaram de um tamanho capaz de concorrer de igual para igual com qualquer celebridade do silicone. Não sabia que o corpo feminino podia assumir tantas formas diferentes durante a vida. Por muito tempo, Bete foi esbelta e quase flutuava no ar. Então, no fim dos trinta, todo o corpo dela desceu um pouco, ficou mais assentado no chão. Mesmo assim, ela não ficou feia, só parecia menos élfica. Durante a gravidez, sua circunferência quadruplicou e, no fim, alcançou o volume de um botijão. Dentro de apenas 48 horas após o parto, a barriga encolheu surpreendentemente rápido, mas os seios se preparam para tomar o posto da barriga. Não é de se admirar que essa explosão dos seios cause dor. De fato, Bete reclama bastante de dores nos seios, ela diz que sente uma forte queimação sob o sutiã de amamentação. A vizinha de quarto, uma experiente mãe com três crianças e a quarta a caminho, recomendou colocar folhas de repolho no sutiã. Eles resfriariam o seio e aliviariam a dor.

Com cuidado, abro a porta do quarto 24. Como sempre, o cheiro de hospital já me embrulhou totalmente o estômago. Essa mistura de odores de desinfetante e comida, que paira nos corredores do hospital mesmo horas depois das refeições, sempre me deixa enjoada. Além disso, acho estranho ter de passar primeiro pela área de clínica geral, onde senhoras de pijama e roupão se arrastam pelo corredor com a ajuda de muletas, e em seguida chegar à maternidade, onde as mulheres jovens também andam devagar e com dificuldades, mas se agarram aos berços transparentes nos quais dormem os recém-nascidos.

Bete literalmente arranca o repolho da minha mão. Apressada, ela tenta soltar as folhas externas — o que não é tão fácil, porque as folhas do repolho são bem grudadas entre si — e as enfia no sutiã, razoavelmente inteiras. Parece que Bete veste um sutiã com armação. Mas é possível reconhecer o alívio no rosto dela. Ela respira fundo e se recosta no leito de hospital, meio inclinado. Ao lado dela, os gêmeos dormem nos berços. Bete aponta para as flores.

— Para mim? — pergunta, rindo. — Não sabia que, nessas condições, ainda tenho admiradores.

Rüdiger está no canto, sentado na única mesa do quarto, e nos olha de cara feia. Acho que ele é do tipo bastante ciumento. Às vezes não entendo do que ele tem ciúmes. De outros homens que possam se interessar por Bete, ou do fato de sua esposa ter uma irmã como eu, bastante apegada a ela. Ele mesmo não tem amigos. Pelo menos, não apareceram muitos no casamento.

Acho que é melhor falar alguma coisa sobre as rosas. Explico que as flores haviam acabado de ser entregues na minha casa no momento em que fechei a porta. Como estava com pressa, simplesmente as trouxe comigo. Além disso, as rosas são do Karl, e o cartão dele me deixou furiosa: "As sensuais rosas são como você, minha doce frígida: espinhosa e apaixonante ao mesmo tempo". Na verdade, quis jogá-las no lixo em frente à minha casa. Mas, afinal, as rosas não tinham culpa de nada, então vim com elas. Nada mal! Bete ri e estende o buquê para Rüdiger. Ela o manda procurar um vaso. De má vontade, ele pega o buquê sem uma palavra e sai do quarto. Bete respira aliviada.

— E o que você vai fazer? Como você vai agradecer esse tal de Karl? — pergunta Bete.

Essa é uma boa pergunta, fiquei quebrando a cabeça com isso no caminho até o hospital. Faz três semanas que Karl me incomoda com telefonemas, mensagens e agora com um buquê gigantesco de rosas. Isso precisa ter um fim. Primeiro pensei em dizer a ele que me tornei religiosa e jurei não tocar em homens por três anos. Mas Karl ficaria ainda mais atiçado. Então, na porta do hospital, resolvi o problema do jeito tradicional. Enviei um SMS para ele: "Obrigada pelas rosas. Infelizmente estou apaixonada por um filólogo. O homem da minha vida. Nina". Achei genial a ideia do filólogo. Soa tão chato que com certeza não vai desafiar o espírito competitivo de Karl. É capaz de ele sentir pena.

Bete está de acordo com essa solução. No berço, Theo se agita. Um braço se ergue, e o movimento me faz lembrar um pouco os filmes de horror, aqueles antigos, de vampiro, em que os mortos-vivos colocam o braço de forma sobrenatural para fora do caixão. Estendo meu dedo para o Theo e ele o segura. Meu Deus, esse menino tem força.

Rüdiger volta com as flores. No primeiro momento, não as reconheço mais. Os longos e lindos caules foram cortados sem nenhum respeito. As rosas na embalagem de vidro parecem agora um buquezinho sem vergonha. Como alguém pode ser tão ignorante?

— O que você fez com as rosas? — pergunta minha irmã, atônita.

— Agora elas cabem — Rüdiger a encara zangado e diz apenas isso. Depois, senta-se novamente no canto e folheia seu jornal de professor. Ele fica escondido atrás das rosas, colocadas sobre a mesa bem na frente dele.

Meus pais estão para chegar. É o quarto dia deles na cidade, e aos poucos o clima entre nós está piorando. Por sorte, eles estão morando na casa da minha irmã. Além disso, hoje vou ficar só um pouco com eles, porque preciso comparecer a uma recepção do trabalho. É um evento que reunirá políticos e empresários, no qual, como lobista da empresa, é imprescindível comparecer. Mas antes preciso contar as novidades para Bete.

— Cinco — digo com orgulho, esticando todos os dedos da mão na frente do rosto dela, triunfante.

Bete olha para mim, irritada.

— Cinco o quê?

— Tenho cinco encontros. Linda arranjou todos para mim. Entre eles, tem um jornalista famoso e um executivo. Todos candidatos sérios — informo.

Atrás de mim, ouço Rüdiger bufar com desdém. Bete, ao contrário, parece se alegrar com isso. Ela começa a dizer algo, mas a porta se abre e minha mãe entra no quarto.

Como um último ato emancipatório, ela cortou os cabelos. Minha mãe usa agora um corte masculino. Antes, os lindos cabelos cor de mogno iam até os ombros. Eu gostava deles. Quero dizer, aquela era a minha mãe. O cabelo dela sempre havia sido assim, desde que eu consigo me lembrar. Agora, ela está com esse novo corte de cabelo horrível, esses óculos de plástico vermelhos e pontudos, e esses lábios pintados de vermelho vivo, que deveriam ser sensuais, mas nela mais parecem uma pintura cerimonial de guerra. Ela gira o pescoço e vasculha o quarto de hospital. O olhar fica parado sobre as rosas.

— Nina, você gastou uma fortuna com essas rosas? — pergunta com um tom acusador. Nos últimos tempos, é sempre assim. Sempre que ela abre a boca, saem novas acusações contra mim. Desde que ela desistiu do meu pai e da Bete, sou eu o novo objetivo missionário preferido dela.

— São do admirador da Nina. Eles tiveram um encontro — interrompe Rüdiger, camuflado atrás do buquê. Ele alonga tanto a palavra encontro que chega a soar bobo. Bete e eu havíamos combinado não contar nada para os nossos pais. Rüdiger sabe disso.

— Dedo-duro — sussurro para ele.

— Ora, ora — murmura meu pai. Ele se esgueirou despercebido para dentro do quarto. Nos últimos anos, ele se tornou tão silencioso. Agora, está ao lado da cama do Albert e olha com carinho para o bebê. Ninguém, a não ser a Bete, obviamente, parece estar tão feliz com o nascimento dos meninos do que o meu pai.

É uma ironia do destino o fato de Bete ter escolhido um marido que é professor, assim como o meu pai. Embora até agora não pareça que os dois se gostem. Minha mãe, ao contrário, se dá muito bem com o genro.

Graças à ajuda dele, ela agora está a todo o vapor.

— ENCONTRO? — pergunta ela, um tanto estridente. — Mas o que é isso?

Provavelmente, ela vai procurar a palavra no índice do manual de observações antifeministas hoje à noite. Ela me encara. Minha mãe espera uma resposta.

Tento encontrar as palavras, balbucio alguma coisa, mas por sorte Theo se encarrega da situação. Ele solta o meu dedo para poder concentrar toda a força em um berro penetrante. Theo grita a plenos pulmões e todos se agitam. Rüdiger dá um salto, minha mãe tira Theo da caminha e, com um gesto autoritário, o estende a Bete, que já coloca a mão no sutiã e tenta remover os restos de repolho do seio. A partir de agora, tudo gira em torno das crianças. Nesse intervalo de tempo em que ninguém mais se lembra de mim, aproveito para dar no pé. O tempo voa. Dou um beijo rápido no meu pai e, como sempre, a barba dele faz cócegas. Ele sorri para mim e me deseja uma ótima noite com a prole do capitalismo. Vou embora rápido, antes que a minha mãe consiga me pegar de novo.

Faço a maquiagem no banheiro do hospital, ao lado dos sabonetes desinfetantes. Troco as calças jeans pelo meu vestido envelope preferido da marca Diane von Fürstenberg, de um tecido elegante, estampado em azul e vermelho. Nele, pareço uma mulher espantosamente profissional, mas também *sexy*. Mantenho o salto alto e dou uma última olhada na meia-calça. Não vejo nenhum buraco. Agora é só entrar no táxi e ir para o Kaisersaal, o Salão do Imperador.

Adoro o Kaisersaal. Parece um lugar abandonado no tempo. Na Potsdamer Platz, tudo em volta dele é muito moderno. Nenhum dos edifícios tem mais de dez anos. Apenas o Kaisersaal é antigo. Ele parece uma projeção de luz nessa paisagem de aço, vidro e concreto. Andando sobre a calçada, você pode olhar dentro dele, como se estivesse olhando para dentro de uma vitrine, e contemplar o gesso suntuoso, os maravilhosos candelabros e os convidados devidamente vestidos para uma festa. Uma empresa que se preze reserva o Kaisersaal para uma recepção.

Olho para dentro e vejo que as mesas do bar já estão bastante ocupadas. Linda passa por entre os convidados. Ela veste um terninho vermelho vivo, que custou muito caro ou muito barato. Presumo que foi caro. Mas com essas garotas do Texas nunca se sabe. Uma Mercedes chega silenciosa na entrada. Com o carro ainda em movimento, um guarda-costas pula e abre a porta traseira. Um ministro desce da limusine e de algum lugar pisca o flash de uma câmera, embora a imprensa não esteja presente em peso hoje por aqui. Esses encontros entre políticos e empresários são pura rotina. Respiro fundo mais uma vez — o maravilhoso aroma do ar noturno — e entro no Kaisersaal.

Imediatamente recebo uma enxurrada de burburinho e risadas. Por todos os lados vejo pessoas conversando com mais ou menos intensidade, segurando vinho ou cerveja em uma das mãos e equilibrando petiscos asiáticos em um pequeno prato. Como sempre, muito cigarro. Agora, só preciso encontrar a pessoa certa com quem conversar, para evitar os outros. Por exemplo, essa secretária de Estado esquisita, que acabou de me ver e está tentando se despedir de um grupo para vir falar comigo. Há meses ela me perturba com um projeto de fomento a crianças obesas talentosas. Ela quer nos ter como patrocinadores de qualquer jeito. Como exemplo, ela cita um virtuose do piano de treze anos. Infelizmente, o menino comeu tanto em *fast-food* que não consegue mais mover os dedos inchados sobre as teclas com a agilidade necessária. Ele degenerou sua própria lenda, e a única coisa que mantém sua reputação viva é uma gravação de quando tinha onze anos e ainda era magro.

Experiente, eu me esgueiro entre duas mesas fora de lugar e desapareço. Sei fazer isso muito bem — sumir no meio da multidão e reaparecer no lugar certo. Faz parte do meu trabalho. Quando surgem problemas, devo estar fora do alcance. Mas quando existe alguma oportunidade, preciso estar a postos em um instante.

Aos poucos, vou riscando os nomes da minha lista. Antes de noites como esta, no escritório, sempre anoto com quais pessoas preciso conversar sem falta. É muito mais fácil fisgar os políticos aqui do que ligar dias depois no escritório e ser, como sempre, ludibriada pela secretária, porque o chefe dela está supostamente em uma reunião no momento. Na verdade, políticos e representantes de interesse funcionam de modo bem semelhante — eles nunca estão acessíveis, mas, quando querem alguma coisa, é difícil se livrar deles. Vou falar agora com o secretário do ministro; esperamos que ele apoie a construção de uma pista de testes na região, uma vez que o convidamos para atraentes viagens com frequência mais que suficiente. Viagens cujo objetivo oficial é executar um programa econômico, mas que na verdade servem para levá-los às praias mais bonitas do mundo. Ou alguém já ouviu falar da produtiva indústria automobilística de Sri Lanka? Bem, eu não. Mas o secretário ainda está bastante bronzeado dessa última viagem.

Chego perto dele e quase o alcanço quando, com o canto do olho, vejo Karl se aproximando. Merda! É claro que ele está aqui também. O que fazer? Com a minha hesitação, outra pessoa já se agarrou à minha presa; alguém da empresa concorrente da Baviera. Até onde sei, eles têm adulado o secretário porque estão interessados em vender um novo sistema de navegação para o governo e equipar com ele todos os veículos oficiais. Trata-se de muito dinheiro. Sem chance de convencer o homem agora. E Karl se aproxima cada vez mais. Preciso evitar esse encontro de qualquer jeito.

Instintivamente, giro e me encosto em uma das mesas atrás de mim. Escolho uma com um homem solitário. Só consigo ver as costas dele, mas acho que ele parece mesmo estar sozinho. Talvez tenha as costas largas demais para um filólogo e o terno seja um pouco caro demais, mas não importa, esse homem precisa servir como o meu novo namorado. Um minuto deve bastar para o Karl desistir. Como ele nos observa de costas, toco o homem sentado na cadeira de leve com o meu braço, o que deve parecer um gesto bastante íntimo do ponto de vista do Karl. Ao mesmo tempo, olho para o salão procurando alguém, o que Karl não consegue perceber de trás, mas que ao homem na cadeira dá a entender que o contato foi acidental. Deve funcionar.

De fato. Karl desistiu do caminho direto até mim, e agora vejo que, como um gato, ele dá uma grande volta em arco pela nossa mesa, para nos observar de frente. Pela expressão dele, deve estar ponderando se é esse o outro cara. Oh, meu Deus, preciso fazer mais alguma coisa. Mas como? Para fazer Karl entender o meu desinteresse, preciso encontrar um jeito de conversar com esse homem na minha frente. Só então vamos parecer íntimos. Mas o que eu devo falar? Comprou outro carro? Ou, você tem bons contatos políticos? Eu poderia olhar para ele, pelo menos. Seria um começo.

Olho para ele e dou de cara com o Sr. Martini. Acho que ele me olha zangado.

— Ah, Pescoço de Cisne, você de novo? Já está com vontade de deixar outro sujeito parado na porta de casa, sem saber o que dizer? Senti-me um idiota.

Bem, preciso dizer duas coisas agora. Por um lado, esse ataque é ótimo. Karl dá meia-volta imediatamente. Eu e o Sr. Martini parecemos um casal autêntico em uma autêntica crise de relacionamento. Nenhum outro homem quer estar presente como espectador, por maior que seja a curiosidade.

Por outro lado, a situação é terrivelmente constrangedora. Quando abandonei o Sr. Martini naquela madrugada, pensei que nunca mais o veria de novo. Ledo engano. E volto a perceber que ele é bonito para caramba. O cabelo penteado bem para trás com gel, mas não tanto a ponto de parecer grudado. O terno escuro cai bem, descontraído ao mesmo tempo, por baixo uma camisa branca lisa, sem gravata. Pela primeira vez, vejo que os olhos são azul-acinzentados, apesar de ele não ter a pele tão clara. Lindos olhos, mesmo me encarando raivosos agora. Mas seria preferível ser observada por eles com mais afeto.

Nina, Nina, será que foi um erro ter ido embora aquela noite?

O que foi que você perdeu — pergunte a ele agora! Antes que você fique com isso para sempre na cabeça. O encontro não pode ficar mais constrangedor do que isso.

— Será que aquela foi a única chance — ouço a minha voz ecoando — de alguma coisa séria acontecer entre nós?

Na verdade, as *rules* prescrevem que se deve ter ao menos seis meses de relacionamento antes de questionar a seriedade das intenções de um homem. Regra número 8 da Linda. Estou só acelerando as coisas.

O Sr. Martini é apanhado desprevenido e começa a gaguejar.

Ainda existia um caso antigo com uma atriz. Uma separação que foi obrigado a aceitar, mas da qual ainda não havia se recuperado. Bem, ele admite que já passou um bom tempo, mas que os três anos passaram voando. E assim por diante. A um certo ponto, ele fica sem palavras, e nós dois não contemos o sorriso. Agora está claro, ele só queria sexo aquela noite. E, naturalmente, ficou irritado quando tudo foi por água abaixo de repente.

Com isso, estamos quites. Não servimos um para o outro. Quero algo duradouro e ele não está preparado para isso. Ele quer uma rapidinha e não vai conseguir nada comigo. O clima entre nós fica mais relaxado e ele pega uma cerveja para mim.

Logo entendo porque nunca o vi antes em nenhum evento. Ele mora há poucos meses em Berlim, antes trabalhou para uma ilustre consultoria em Hong Kong. Na verdade, ficou muito tempo fora, por isso conhecia o hino da Moldávia e o seriado japonês. Um verdadeiro cidadão do mundo. Ele é franco e admite que tem no celular números de telefone de mulheres de todos os continentes. A agenda dele poderia concorrer com a de qualquer piloto de avião, brinca ele agora. A essa altura, estou orgulhosa de não ter caído na armadilha do charme dele.

Apesar disso, de alguma forma ele é simpático. Um mulherengo legal. Talvez seja por isso que ele se dê tão bem.

É como se eu conversasse com um ex. Sou a favor de amizades com ex-namorados. Eles se transformam em algo muito próximo a uma melhor amiga. Você pode contar quase tudo a um bom ex-namorado. Eles conhecem bem o seu jeito, viveram na própria pele seus defeitos e manias, e ainda gostam de você. Isso os transforma nas pessoas mais leais da face da Terra. Entrar em um relacionamento, se separar e ainda se tornar amigo depois é o maior certificado de lealdade que existe. E o melhor é que, depois, não há mais motivos para tensão, seja ela negativa (tudo já foi dito), seja erótica (foi superada). Não existe amizade mais relaxada como a com ex-namorados.

Portanto, o Sr. Martini, meu caso nunca efetivado, se catapultou ao *status* de ex-namorado na velocidade da luz. E, como faço com ex-namorados, peço a opinião dele sobre as *rules* de Linda. É bom de vez em quando ouvir o veredito de um homem.

Ele me deixa explicar tudo, ouve com atenção e examina as fichas que sempre levo comigo. Lê uma por uma. Depois balança a cabeça, retira do bolso uma linda caneta prateada com detalhes em ébano e pega um pequeno guardanapo da mesa. À esquerda ele escreve prós, à direita, contras, e traça uma longa linha para separar as duas palavras. Um verdadeiro analista, aquilo já está no sangue. Provavelmente eu pagaria uma fortuna por uma consultoria como essa na vida real.

Sob os prós, ele inclui: Regras úteis. Disciplinadoras. Seguras. Avaliação clara.

Entre os contras, estão: Formais. Rígidas. Sem espontaneidade. Calculistas. Sem sexo rápido.

Parece que ele vai traçar uma linha horizontal abaixo das palavras e somar os pontos. Ele observa concentrado o guardanapo. Então me olha, muito sério e um pouco espantado.

— Nina, como um verdadeiro *playboy*, digo com franqueza: esta é a sua única chance de conseguir capturar tipos como nós. A partir de agora, vou tomar cuidado com esses encontros de verdade. Obrigado pelo aviso!

Nós nos despedimos afetuosamente, como dois velhos conhecidos.

No caminho para fora, encontro Linda.

— Quem é aquele? Ele é bonito — comentou, curiosa.

— Um ex — respondi.

Linda torceu o nariz.

— Não desperdice o seu tempo com um ex. Será que eu preciso formular uma regra para isso? Você tem de pensar no futuro, não ficar presa ao passado.

Dessa vez não me oponho, mas tenho certeza de que ela está errada. Foi um encontro muito agradável. Afinal, também preciso de um pouco de descanso dessa busca incansável pelo homem ideal. Imediatamente, penso aborrecida: Incrível, Nina! Agora você está pensando como os homens do balcão, insistindo em abrigos antiflerte.

Capítulo 9

É SEXTA-FEIRA à noite e estou no sofá, de moletom, vendo o que está passando na TV e tomando sorvete Häagen-Dazs, sabor Strawberry Cheesecake, direto do pote. Meus pés estão bem hidratados dentro de meias de algodão quentes e fofinhas. Com a cabeça enrolada em uma toalha, espero a máscara de cabelo fazer efeito.

Sexta à noite! Na televisão estão passando apenas programas de entrevistas com convidados que, na verdade, ninguém quer ver. Alguma estrela decadente da música popular, ou escritores medíocres tentando vender algum livro. É claro que o programa é ruim. Quem a esta hora está sentado na frente da TV? O público comercialmente relevante, como se diz na linguagem da mídia, está em bares e baladas, lá fora. Mas não estou com vontade de sair. Não depois dessas últimas duas semanas infernais. Fui a cinco encontros, todos arranjados pela Linda. Cinco encontros em dezessete dias dá uma média de um encontro a cada 3,4 dias. Parece bom. Mas na realidade foi um inferno.

Sou capaz de recitar as *rules* da Linda de trás para a frente. Além disso, pratiquei a lista de perguntas do Archie, que ele gentilmente me mandou por e-mail para fins de treinamento. Quem se prepara para noites românticas com a mesma rigidez que para uma caminhada de vários dias nas montanhas está em forma para escalar o cume mais alto do amor. Mas agora, com cinco encontros na bagagem, penso que encontrar um homem está mais para um tranquilo passeio pelas planícies rasas. Sem alturas, sem profundidades, raramente excitante, nunca perigoso. Apenas decepcionante.

Hendrik, por exemplo. As dificuldades já começaram ao telefone, com a escolha do restaurante. Ele não sabia que lugar escolher. Se eu não tinha uma sugestão? Lógico. As pessoas podem me ligar a qualquer hora do dia ou da noite para me perguntar sobre bons restaurantes. Escolhi o Vietcong, um restaurante com conceito asiático, cujo cardápio oferece poucas entradas e cinco pratos principais. Nós nos encontramos na frente do restaurante — os homens daqui não estão preparados para buscar uma mulher na porta de casa no primeiro encontro, como é usual nos EUA. Linda já havia renunciado a essa regra.

Hendrik, apoiado em um poste em frente ao restaurante quando cheguei, estava vestido de forma indiferente. A palavra é essa mesmo: indiferente. Com isso, quero dizer que até hoje não sei se ele chegou a se arrumar para aquele encontro. Apesar de vestir um tipo de casaco social, a calça jeans larga anulou qualquer boa impressão. Para completar, uma camisa listrada de loja de departamentos, e no pé algo que eu descrevo de forma geral como um calçado. Ele não se esforçou muito para deixar uma boa impressão com as roupas. Eu, em compensação, apareci bem-vestida demais com uma saia balonê e saltos altos que deixaram os meus calcanhares com medo de altura.

Nós nos cumprimentamos com um aperto de mão e entramos. O Vietcong estava lotado, conforme esperado.

Uma garçonete muito bonita, mas com uma expressão irritada, se aproximou.

— Fizeram reserva? — perguntou ela, rude.

Hendrik me olhou espantado.

— Você fez?

Se eu tinha feito reserva? Claro que não! Eu já havia dado a ele o nome do local, era tarefa dele como homem providenciar a mesa. Agora estávamos lá, tristes e parados na entrada, em meio a pessoas sentadas nas mesas, comendo, rindo e conversando. Dois leprosos que não pertenciam àquele ambiente; sem mesa, sem reserva. Odeio esses momentos depressivos, quando você precisa dar meia-volta e sair na frente de todo o mundo. E, por isso, também odiei o Hendrik.

Por sorte, nesse momento chegou Han-San, o proprietário, saindo da cozinha com cinco pratos cheios, equilibrados nos braços. Ele me reconheceu, fez um breve sinal para aguardar e depois veio falar conosco.

— Nina, *quelida*. Não tem *leselva*? *Espela* cinco minutos, já vou *libelar* uma mesa — disse para mim e sumiu.

Como o Vietcong não tem bar para passar o tempo e o clima lá fora não estava muito bom, então ficamos apertados na entrada até a mesa ser arrumada. A essa altura, meu humor já estava péssimo. Mas me controlei. Hendrik era a chance de um relacionamento sério. Um inconveniente como esse não era motivo para arruinar o encontro.

— Não pensei nisso — se desculpou Hendrik, quando sentamos.

Ir jantar no Vietcong sem reserva era algo tão idiota quanto aparecer na praia sem roupa de banho e ter de alugar um maiô gasto. Mas, enfim… Agora já foi.

Entretanto, Hendrik também teve dificuldades com o cardápio. Ele nunca havia ouvido os termos "*maki*" e "*ni-*

giri" — embora a culinária japonesa seja onipresente hoje — e ficou irritado só de imaginar que precisaria comer lula, carne de porco, coentro e macarrão chinês em um único prato. Eu o ajudei um pouco com a seleção. O frango ao molho de gergelim com legumes na panela *wok* e raspas de coco pareceu a opção mais segura para ele, já que conhecia todos os ingredientes e até conseguia imaginar encontrá-los juntos no prato.

No curto espaço de tempo em que conhecia Hendrik, já havia tomado três decisões importantes no lugar dele. Decidi o restaurante, arrumei a mesa e escolhi a comida. E se tivesse tido a chance de vê-lo antes do encontro, com certeza teria dado palpites na roupa dele. Não precisava de uma mulher; precisava de uma mãe.

Durante o jantar, Hendrik me contou um pouco sobre o trabalho dele, a meu pedido. Ele gerencia uma grande loja de eletrônicos do outro lado da cidade. Achei isso interessante. Perguntei a ele o que vendia bastante e o que vendia menos. Ele pareceu muito contente em poder conversar sobre isso. Então, me explicou em detalhes por que os eletrodomésticos eram menos vendidos (as mulheres preferem comprar por catálogo ou pela internet), enquanto que o departamento de TVs era um sucesso (os homens adoram passar horas na loja). Em compensação, ele não me fez uma única pergunta. Não quis saber onde eu trabalhava ou quem eu era. Acho que estava com medo de mim.

Depois que nossos pratos foram recolhidos sem uma palavra pela garçonete — com a mesma expressão de extrema irritação —, Hendrik perguntou inseguro como continuava um encontro, após o jantar. O que se esperava dele, exatamente. Nesse momento, tive de revirar os olhos. Mas que bundão! O homem quer uma autorização por escrito para contato físico.

— Como o encontro termina? Muito simples — respondo com uma resolução maternal. — Você pede a conta, paga para nós dois e nós nos despedimos educadamente. Para sempre.

Ah, o que eu deveria responder? E ele obedeceu, sem protestar. Embora eu tenha precisado acenar vigorosamente para a garçonete, ele conseguiu puxar a carteira e acertar a conta, incluindo até uma gorjeta decente. Não o julgava capaz disso. Em seguida, enquanto eu mesma vestia meu casaco — Hendrik ficou parado ao meu lado com os braços pendentes no ar —, quis saber mais uma coisa.

— Como é que você sozinho consegue gerenciar uma loja de eletrônicos tão grande? Não leve para o lado pessoal, mas você não é uma pessoa muito dinâmica.

Os ombros de Hendrik baixaram ainda mais.

— Tenho uma boa assistente — disse.

Pelo menos um mérito ele teve: foi sincero.

O próximo encontro foi com Torsten. Depois da péssima experiência com Hendrik no restaurante, dessa vez combinei o encontro em um bar. Segui a recomendação da Linda. Ela me aconselhou escolher para o primeiro encontro um bar em vez de um restaurante, porque é mais fácil fugir de lá se a noite acaba se revelando terrível. Além disso, em um jantar, a inclinação para esticar o encontro seria muito grande. E como diz a regra número 9: Não deixe o primeiro encontro durar mais que noventa minutos. Assim, você o mantém com fome.

Infelizmente, Torsten não demonstrou ter apetite em nenhum momento da noite.

As *rules* de Linda partem do princípio de que todos os homens alemães — mesmo aqueles que se mostram mais esclarecidos ou menos viris — trazem consigo um instinto indestrutível que os impele a caçar mulheres. O primeiro passo é despertar novamente o instinto adormecido, por meio de uma manipulação habilidosa. Quando eles recuperam o faro e se tornam aptos a desempenhar seu papel, seguem o rastro da presa até o objetivo planejado. Para algumas mulheres a cama já basta, mas eu almejo o altar.

Entretanto, quando imagino Torsten como um predador voraz, vejo um leão forte e preguiçoso, que rolou de lado sobre seu monte preferido para deixar a barriga cheia tomar o quente sol da tarde da savana. Era óbvio que Torsten já estava satisfeito — muito antes do nosso encontro. E para atiçar o menor apetite nele, teria de dançar nua sobre o balcão. Talvez nem isso fosse suficiente. Torsten era simplesmente uma versão masculina da Naomi Campbell. Egocêntrico até o último fio de cabelo.

Nunca antes vi um homem fumar de modo tão glamoroso, como uma diva. Mesmo assim, ao menos pelo que pude constatar à primeira vista, Torsten era totalmente heterossexual. Nada nele parecia ambíguo, nenhum gesto exagerado e também nenhuma afetação demasiadamente masculina, como é comum com muitos gays. A não ser o modo de fumar. Ele fumava como Marlene Dietrich ou Greta Garbo. Aspirava profundamente a fumaça, depois a deixava flutuar entre os lábios e observava os vapores no ar com um olhar contemplativo. Então, segurava de novo o cigarro no ar com o braço apoiado, de modo que a incandescência ficasse na altura dos olhos. Ele olhava para a brasa, perdido em pensamentos.

Fazendo aquilo, ele era bonito. Para o nosso encontro, ele veio com a barba feita com perfeição, os cabelos curtos com um pouco de gel e costeletas que não cresciam sem controle, mas apenas alongavam o cabelo de forma discreta até o rosto. A camisa com colarinho clássico estava impecável, o azul reforçava a cor dos olhos dele. O jeans não estava nem desbotado, muito menos com a barra rasgada, e os sapatos marrons eram limpos e muito clássicos, acho que o modelo se chama Oxford. Nunca topei com um homem tão bem cuidado como ele. Torsten bem que poderia ter saído de um comercial de perfume da Boss, mas pelo que sei ele trabalha como gerente em um grupo de geração de energia.

E a noite continuou assim. Torsten fumava, eu ficava calada e o observava. Acho que ele gostou disso. Ele achou *sexy* estar no centro das atenções.

Esse novo narcisismo masculino, ou metrossexualismo, é um perigo real para as *rules* da Linda. Porque esses caras não querem mais me cortejar, não, eles querem ser cortejados por mim. Como é que homens e mulheres vão algum dia se encontrar, se ambos desejam ser igualmente idolatrados? É um enigma.

Depois de quarenta e cinco minutos, quando me levantei para dar um fim àquela desgraça, ele me olhou espantado. A noite estava tão agradável, por que eu queria interrompê-la? Poderíamos almoçar juntos algum dia. Disse a ele que não tinha vontade de sair com um narcisista. Ele não precisava de uma mulher, só de um espelho. Os olhos de Torsten se estreitaram, demorou alguns segundos para ele entender. Então, ele contra-atacou dizendo que eu deveria me acostumar, porque hoje não são apenas as mulheres que podem ser belas. Eu poderia muito bem ficar calada e não bancar a princesinha. Os tempos de princesa já acabaram.

Paguei eu mesma minha bebida e fui embora.

Sexta à noite. Lá fora, ouço as pessoas rindo e fazendo barulho na rua. Elas se divertem, saem, e eu fico aqui sentada. Com raiva, pego da mesa as fichas com as regras da

Linda e jogo uma por uma na direção da cesta de lixo. Todas caem para fora. É óbvio. Não consigo fazer mais nada. Alcanço o controle remoto.

Na televisão, paro em um programa de entrevistas com o tema sociedade de solteiros. Um jovem professor, sociólogo e autor de um *best-seller* sobre a queda da natalidade (título: *Shampoos em vez de chupetas*), fala sobre mulheres como eu. No meio dos trinta, ela ama sua profissão, mantém relacionamentos inconstantes, gosta de viajar, ganha o seu próprio dinheiro, se sente independente. "É tão difícil posicionar essas mulheres no mercado do casamento quanto empregar uma pessoa que está há muito tempo desempregada." Ah, que bom.

Frustrada, desligo a televisão. De repente, meu apartamento fica em total silêncio, só ouço meu vizinho de cima andando. Com uma almofada no braço, deito no sofá e me pergunto por que todos esses encontros foram um fracasso.

O que aconteceu com o candidato seguinte, o meu terceiro encontro? Nós nos conhecemos em um *speed dating*. O encontro aconteceu na parte dos fundos de um restaurante. Em troca dos R$ 50 que paguei, ganhei uma bebida e uma plaquinha com um número, que deveria colar na minha cara jaqueta de marca. Eu era a número oito. Um bom número — sempre gostei de oito.

Primeiro, os homens foram solicitados a entrar na sala e sentar-se em pequenas mesas divididas em duas fileiras bem-arrumadas. Para nós, mulheres, havia uma cadeira livre em cada mesa, de frente para o homem. Eram concedidos três minutos para cada conversa, esclareceu o organizador, e depois nós mulheres deveríamos levantar e avançar para a próxima cadeira. A cena lembrava a sala de visitas de uma cadeia — com a exceção de que lá não serviam prosecco para estimular a conversa.

Logo constatei que três minutos podem durar bastante.

Em uma das mesas, a caspa do sujeito se acumulava no papel em que ele anotava observações sobre as mulheres com as quais havia conversado. Consegui ler o seguinte: "Número 4: acima do peso, sutiã grande", "Número 7: Cospe quando fala" e "Número 2: GOSTOSA!!!". Olhei ao redor da sala procurando a número dois. Era a mulher que parecia uma coelhinha da *Playboy*. A número quatro, que de acordo com esse cara lutava contra o sobrepeso, parecia uma vara de pescar perto da número dois. Alertei meu parceiro de que aquela era uma reunião séria e não o 0800 erótico de algum canal escuso, e ainda o aconselhei a lavar imediatamente a cabeça. Depois dos três minutos previstos, quando deixei a cadeira e segui para a próxima mesa, consegui ver que ele escreveu a palavra "chata" ao lado do meu número.

Assim que me sentei na cadeira ao lado, observei que o homem estava sentado todo frouxo. O gongo soou, o cronômetro começou a correr, e nas mesas surgiu uma tensão entre os corpos, as pessoas se endireitaram ou se inclinaram para fazer a primeira pergunta. Mas não o meu parceiro da vez, o número dezessete. A postura dele lembrava um bichinho inflável furado, soltando o ar devagar por um minúsculo furo.

— Vamos começar? — perguntei hesitante.

O cara não reagiu. Enquanto isso, todos no recinto flertavam fervorosamente. Desamparada, comecei a procurar pelo organizador, que se esquivou do meu olhar e começou a remexer alguns papéis, concentrado. Então, o número dezessete se pôs em pé e declamou, lendo as palavras de um papel.

— Eu me recuso a conhecer uma mulher sob esse regime de tempo ditatorial. O amor precisa de liberdade.

A liberdade do tempo, a liberdade da ação, a liberdade do corpo e da alma. *Speed dating* é uma forma americana e imperialista de colonizar o mundo das emoções!

Em seguida, como se fosse uma fita que acabou de ser tocada, fechou a boca novamente e permaneceu calado.

— Isso que você falou está no papel? — perguntei com cuidado.

— Está — ele respondeu.

— Mas, se essa forma de encontro incomoda tanto você, por que vem aqui e paga R$ 50, só para se aborrecer?

Ele pensou um pouco.

— Porque a dialética pós-moderna diz que a contra-crítica também atrai a crítica. Encontrarei exatamente aqui a mulher que procuro. Em protesto, vamos reconhecer a consonância das nossas almas e deixar este triste lugar de braços dados.

— Desculpe, mas o que mesmo você faz da vida? — perguntei.

— Filosofia, ciências políticas e sociologia. Trinta e cinco semestres. Sempre tem algo novo para aprender — disse ele.

— E o que teve de bom hoje no refeitório da faculdade? — questionei, com uma curiosidade sincera.

— O combo B: sopa, almôndegas com batata e alcaparras e compota de maçã — disparou ele, como uma pistola.

Duas mesas adiante, havia um cara que queria segurar a minha mão. Ele argumentou dizendo que já se falava muito no mundo. E que o amor surgia do toque. Só assim era possível encontrá-lo. Eu me recusei terminantemente. Quando ele tentou pegar a minha mão sobre a mesa, sentei sobre as mãos e fiquei assim até o fim dos três minutos. Quando o gongo de encerramento soou, pulei imediatamente da cadeira e fugi para a próxima mesa.

Lá estava o número onze. Ele parecia legal. O gongo tocou e nenhum de nós conseguiu conter um sorriso.

— É a primeira vez que você faz isso? — começou ele, inseguro.

Concordei com um movimento de cabeça vigoroso e perguntei se as mulheres daquela sala eram tão anormais quanto os homens.

Ele respondeu que era incrível. Uma havia até perguntado se ele dormia em lençóis antialérgicos, se comia cereal matinal antialérgico e se usava shampoo antialérgico. Porque ela só conseguia iniciar um relacionamento com homens que tomassem "cuidado total" com as alergias dela. Qualquer deslize a deixava com pústulas. "Pústulas", disse ele mais uma vez em voz alta. Tenho certeza de que pensamos o mesmo naquele momento: que palavra absurda.

Foram os três minutos mais agradáveis da noite. Esperava com todas as forças que ele se lembrasse do meu número — ele foi o único que não fez anotações.

O resto das mesas foi mais ou menos. Nenhum deles era um candidato para se passar o resto da vida. Passados 45 minutos, o evento havia chegado ao fim, e os homens informaram suas escolhas. Eles deveriam escrever o número deles em uma lousa, ao lado dos nossos números. No fim, os seguintes candidatos queriam se encontrar comigo: o três, o sete (o cara obcecado pela minha mão), o nove e o onze. O onze! Pulei de alegria por dentro.

Apesar disso, tentei não transparecer a satisfação. Linda havia me dado uma nova regra para esta noite, talvez ela tenha tido um pressentimento. Regra número 10: nunca demonstre que você está interessada por um homem. Jamais facilite as coisas para ele. Seja indiferente, mesmo que você esteja se consumindo por dentro. Por isso, fiquei calma. Enquanto as outras mulheres na sala se atiravam sobre os homens que as haviam escolhido, permaneci sentada. Era ele quem deveria cruzar a sala e vir falar comigo.

E, de fato, ele veio. Melhor, ele veio devagar. Ele ficou bonito andando daquele jeito. Descontraído. Atrás dele, o eterno estudante e sua alma gêmea saíam da sala. Eles surrupiaram uma garrafa de prosecco. Os dois pareciam desgrenhados e felizes — simplesmente feitos um para o outro. Amanhã, é muito provável que o número dezessete não se sente sozinho no refeitório da faculdade. Fiquei com vontade de comer os bifes rolês com couve roxa do combo A.

O meu número onze se chamava Micha.

No nosso primeiro encontro de verdade, ele me convidou para jogar boliche. Achei a ideia fenomenal. Adoro jogar boliche, embora a minha bola vá parar na valeta na maioria das vezes. Mas amo todo esse circo dos sapatos na entrada, a música alta, o pomposo sistema de pontos no computador e, sobretudo, a agitação das pistas. Depois de um tempo, descobri uma bola de boliche feminina com o peso perfeito — era rosa cintilante — e consegui um lançamento melhor. Até fiz um *strike*. Entre as rodadas, Micha e eu fizemos perguntas um ao outro. Respondi tudo direitinho como Archie me ensinou e, quando menos esperávamos, pintou um clima. Nossos dedos se tocavam fugazmente na troca de bolas, e o corpo dele encostava de leve no meu quando ele se inclinava para ver a pontuação no computador. Micha tinha um cheiro bom.

O que descobri sobre ele? Diretor representativo de uma pequena empresa de médio porte que produz peças importantes para válvulas de controle de usinas de energia, 38 anos, renda anual alta, QI 122, adora viajar (principalmente para um resort fantástico no Quênia, onde se pode dormir em cabanas no mar, construídas sobre palafitas), praticar windsurfe, dirige um carro sueco e ainda gosta de comer cereal de chocolate com leite. Bastante promissor.

Depois de ele ter capturado com a ajuda de um braço mecânico um duende de plástico com cabelos verdes desgrenhados por uma moeda na máquina de brinquedos, admiti para mim mesma: vou me apaixonar por ele. Na porta de casa, demos um beijo de despedida. Então, entrei abruptamente, satisfeita com a expressão decepcionada dele, e esperei ansiosa pelo próximo telefonema.

Regra número 7: sem sexo antes do terceiro encontro. Termine o primeiro encontro com um beijo na porta de casa. Nada além disso deve ser permitido nesse momento! Você está procurando um parceiro sério, não uma noite de sexo. (Leve esta regra a sério, Nina!!!!).

Atrás da porta, respirei fundo. Meu coração palpitava. Havia esquecido totalmente como é gostoso quando o desejo surge e não é satisfeito imediatamente. É uma sensação maravilhosa. Esses primeiros toques casuais entre estranhos. No começo, ainda involuntários, depois não mais. Os corpos se adiantam ao intelecto; enquanto a conversa demonstra certo distanciamento, os corpos se inclinam de leve e os braços roçam um no outro anunciando a aproximação iminente. Como uma brasa que arde há muito tempo, ainda não se vê nenhuma chama, mas o calor aumenta. E, de repente, de um momento para o outro, o fogo se acende. Assim funciona o desejo. Não saber quando as coisas vão acontecer quase nos mata de curiosidade. É insuportável e incomparavelmente excitante.

Dois dias depois, Micha ligou e me convidou para o restaurante mais badalado da cidade. Um restaurante temporário — por isso, as reservas são bastante concorridas. Um dono de casas noturnas conhecido na cidade teve a ideia de usar a área dos caixas de um antigo banco, fechado há vários anos e inacessível para o público há bastante tempo, para colocar em funcionamento um moderno templo gastronômico, só por alguns meses. Depois, os construtores avançariam e transformariam a casa em um edifício comercial. Todo mundo quer comer lá. Mas, para conseguir uma reserva, não basta apenas telefonar e pedir uma mesa. O número não consta em nenhuma lista telefônica, ele é passado de mão em mão. Ao obter o número e chamá-lo, você precisa deixar um recado na secretária eletrônica e, se tiver sorte, eles retornam a ligação e confirmam a reserva. É assim que funciona. Sem reserva, não se chega nem na recepção. Talvez recepção seja o termo errado. Eles têm um segurança na entrada.

Primeiro pensei que vestiria de novo o amado vestido envelope, mas então resolvi usar meu *cocktail dress* à la Audrey Hepburn. Bem, o vestido é de um tom tão escuro de roxo que quase se aproxima do preto. Mas Linda me explicou — em uma consulta por telefone — que esse seria o meu segundo encontro, ou o terceiro contando com o *speed dating*. A essa altura, uma cor escura e erótica seria totalmente legítima. Então está escolhido, com o *cocktail dress* pareço elegante sem exageros. Não posso fazer uma entrada muito espetacular. Gosto de ser observada ao entrar em um lugar, mas muito esforço para impressionar transforma a admiração dos outros em burburinho. Para combinar com o vestido, fiz um coque no cabelo como em *Bonequinha de Luxo*, e coloquei escarpins elegantes. Achei que estava bonita. Mas Micha não demonstrou nenhuma reação quando nos encontramos, só um aperto de mão rápido. Fiquei irritada com isso.

Logo chegamos ao restaurante. Ou, devo dizer, ao banco? As pesadas e douradas portas da entrada davam para uma galeria cuja vista era arrebatadora. A imensa área dos caixas do antigo banco estava aos nossos pés. Um salão do século passado iluminado por centenas de lâmpadas no estilo *art noveau*, o piso revestido com um maravilhoso mármore avermelhado. Em um dos lados, era possível reconhecer os caixas atrás de pesadas grades douradas. As mesas se espalhavam entre poderosas colunas. Nem tão próximas a ponto de custar a imponência do salão, e nem tão afastadas a ponto de você se sentir perdido. Deviam ser mais ou menos quarenta mesas. Os garçons literalmente voavam pelos corredores, conversas ecoavam sob o pé-direito alto, era uma atmosfera inigualável.

Olhei para Micha. Não dava para se segurar. Não havia como ficar impassível e fingir desinteresse — tanto faz o que Linda me aconselhou. Mas Micha evitou contato visual comigo. Em silêncio, caminhamos para a nossa mesa. Ele conduziu e eu o segui.

Nosso lugar era ótimo. A mesa perfeita para observar o salão. No começo, não conseguia me concentrar no cardápio, em raras ocasiões havia visto tantas pessoas bonitas de uma vez só. Alguns famosos e semifamosos estavam presentes. Dois da televisão, uma atriz do cinema alemão, um conhecido arquiteto, duas celebridades. Pode ser mesmo que eu estivesse hipnotizada pelo salão — de qualquer forma, Micha puxou meu vestido com impaciência e murmurou que eu devia prestar atenção no cardápio. Achei que o puxão no vestido não foi um gesto dos mais sensuais.

Pedi vieiras sobre lentilhas vermelhas com vinagrete de cacau, e depois uma terrina de peixe à vienense em espuma de raiz-forte com azeitonas e legumes grelhados com erva-doce. Micha escolheu o cordeiro em três variações, com molho de mel e legumes com alcaçuz e couve-de-bruxelas. Como entrada, ele solicitou uma "pequena salada", o que o garçom anotou sem pestanejar. Assim que ele se retirou com o pedido, Micha resmungou algo com "caro pra burro". Não sem razão. Mas ele deveria saber disso. O que estava acontecendo? Nosso vinho chegou. Micha virou a primeira taça goela abaixo.

Eu teria conseguido continuar impassível. Conseguiria jogar o jogo, ele perguntando, eu perguntando, nós dois flertando. Mas Micha não parecia estar muito a fim. Talvez o dia dele tivesse sido ruim. Talvez algo tivesse dado errado no trabalho. Talvez o cachorro dele tivesse morrido. Talvez ele não tivesse um cachorro e quisesse um desesperadamente. Quem sabe? A única certeza era que a excitação da noite do boliche não estava mais lá.

Então, resolvi perguntar de forma direta:

— O que está acontecendo?

No início ele enrolou, disse que estava de péssimo humor, ficando resfriado, mas como eu continuava com um olhar persistente, ele confessou: os sentimentos tinham simplesmente desaparecido. Quando me viu aquela noite, ele entendeu tudo de repente.

— Os sentimentos desapareceram? — perguntei.

— Meus sentimentos são como piratas. Eles me dominam inesperadamente, mas também podem desaparecer de um dia para o outro. Não tem nada a ver com você, Nina. Meus sentimentos são incontroláveis — explicou.

— Como piratas — repeti, sem acreditar naquilo. — E onde você presume que eles estejam no momento?

— Enfiados em alguma espelunca — disse ele.

Como se reage a uma coisa dessas? Sem Linda, era bem provável que eu tivesse ficado desorientada. Mas as instruções dela eram claras. Regra número 11: se você não for estimada o suficiente ou se ele tratar você sem carinho, interrompa imediatamente o encontro. Não aja de maneira zangada ou mal-educada, apenas saia pela porta com a cabeça erguida. Ele vai entender. É claro que não está escrito nessa regra o quanto é necessário ser forte nesse momento, ainda mais quando uma refeição divina está sendo servida. As vieiras pareciam tão tenras que eu preferiria tê-las comido rapidamente. Mas não adiantaria nada; se eu escolhesse a entrada, deixaria uma impressão menos intensa.

Então, empurrei para trás minha cadeira e levantei. O garçom me olhou tão surpreso quanto Micha.

— Obrigada pela encantadora noite, Micha. Se os piratas voltarem a aparecer, eles podem ficar com a minha entrada — disse com a mão apoiada no espaldar da cadeira. Micha quis dizer alguma coisa, mas o interrompi: — Só por curiosidade, como se chama a espelunca?

— Dirty Doll House. Fui para lá depois da noite no boliche. O nosso segundo encontro demorou muito. E não rolou nada entre a gente — respondeu, desprevenido.

Com um ar reprovador, balancei a cabeça, virei e fui embora.

— Todo mundo faz sexo depois do *speed dating*. É para isso que todo mundo vai lá... — gritou Micha pelas minhas costas, mas eu só abanei a mão e caminhei de cabeça erguida para a porta.

Micha, o pessoal da TV, a atriz alemã e o arquiteto famoso observaram a minha saída. As duas celebridades aplaudiram. Foi uma saída ótima — mas ainda era uma saída. Nada, de novo.

Está tão quieto aqui. Quieto demais.

Não vou falar muito sobre o encontro seguinte. O quarto homem não demonstrou ser muito educado. Na verdade, ele não demonstrou educação alguma. Obviamente, era um jornalista. A grosseria dele já começou na frente do restaurante, um americano com sofás brilhantes de couro vermelho e pequenos *juke-boxes* em cada mesa. Quando parei em frente ao restaurante — porque um cavalheiro deve ser gentil e abrir a porta para uma dama —, ele passou na minha frente perguntando o seguinte: "Está quebrada?". Assim que percebeu que a porta não tinha nenhum defeito, primeiro se virou para mim com uma expressão admirada, e em seguida entrou, dizendo um triunfante "Está funcionando".

A porta se fechou novamente e eu fiquei para trás, praguejando no ar frio da noite. Querendo ou não, eu precisei abrir a porta sozinha. No restaurante, ele já havia sentado há muito tempo em uma das cabines e me perguntou de cara lavada: "Você não vai tirar isso?", porque eu ainda estava resoluta de casaco. Em seguida, voltou a olhar o cardápio gigantesco em forma de chapéu de caubói.

Apesar de tudo isso, tentei manter a compostura. Linda insiste na disciplina. Gritar com ele depois desse começo não seria muito discreto ou muito feminino. Além disso, o homem é bastante popular como jornalista, todos o consideram inteligente, e ele estava publicamente em busca de uma parceira. Então, tentei continuar encantadora. E apresentei a ele a nova Nina, recém-saída do forno. Ele era rabugento, teimoso, insolente. Mas absorvi tudo, como um sistema de amortecimento de alta tecnologia de uma *mountain bike* de luxo.

Até o momento em que, enquanto comíamos o cheeseburger duplo, ele me comparou a uma dona de casa. Argumentou preferir mulheres fortes, com cabelos curtos e jaqueta de couro. Essas que são duronas de verdade.

Com isso, arrebentou-se o último fio de paciência que restava. Respondi que, com certeza, sou muito mais durona do que todas as mulheres de jaqueta de couro juntas. Sou uma mulher trabalhadora, com um emprego duro e que lida com concorrência pesada. Mesmo assim, acredito piamente que um homem deve se comportar de modo educado com uma mulher. Atitudes como abrir a porta e ajudar com o casaco pertencem a essa regra. Ele é um repórter tão sensato, disse irônica, e nunca havia ouvido falar disso?

Essa foi a palavra-chave, porque então ele começou. Claro que eu não era durona o suficiente para abrir a porta sozinha. O idiota entrou no tema esperado.

— Sempre pensei que vocês, mulheres, quisessem ser independentes. Se vocês querem isso, precisam tirar sozinhas o casaco. A emancipação tem de servir para alguma coisa.

Contra-ataquei afirmando que tipos como ele usam a emancipação como uma desculpa esfarrapada. Os homens alemães se tornaram muito preguiçosos para se comportar de modo decente. Eles estão mal-acostumados. Nenhuma mulher do mundo — a não ser na Alemanha — toleraria um comportamento daqueles. Mas, aqui, os homens se acham modernos. Caras como ele se orgulham dessa atitude. Levar uma mulher a sério para eles significa deixá-las sem guarda-chuva em um temporal enquanto eles chegam secos em casa. Ele deve se considerar a criatura ocupando a posição mais alta na escala evolucionária — o mais distante possível do homem das cavernas. Mas é apenas um degenerado e um frouxo.

E, como já estava de saída, disse que os frouxos eram os piores. Porque a única serventia dos homens é se expor aos perigos e providenciar as coisas. Homens de verdade se colocam à prova no último minuto, rastejam nas trincheiras sob os piores bombardeios, pegam uma chave-inglesa quando a lente de contato da amada caiu no ralo de novo, mesmo tendo consciência dos terríveis odores que o esperam. Tanto faz o quão perigosa, maluca ou desagradável é a atividade. Eles as fazem porque é tarefa deles. Por isso Deus os presenteou com o cromossomo Y, um cromossomo quase vazio, como as pesquisas já comprovaram há muito tempo. Eles são programados geneticamente para atos sem sentido. Mas tipos como ele não são capazes nem ao menos de achar a trincheira onde devem rastejar.

Nesse momento, a expressão dele se escureceu.

— Garota, em que planeta você vive? Vou mostrar para você como são os verdadeiros homens do século 21 — disse em tom ameaçador e acenou para o garçom, que era obrigado a usar uma roupa de caubói e não parecia estar muito contente com isso. Então, gritou tão alto que os casais das mesas ao lado se viraram para olhar: — A conta, por favor. Separada! — Em seguida, fez uma reverência para mim com um sorriso irônico. — Bem-vinda ao mundo moderno, Branca de Neve.

Quando saímos do restaurante, eu bufava de raiva, ele mencionou casualmente que a noite havia sido bastante excitante, e perguntou se não havia alguma possibilidade de sexo.

É impossível preparar alguém para esse tipo de situação. Ligo a televisão novamente. Canal de compras. Prefiro comprar o massageador de pés por R$ 82 do que me envolver com um idiota como ele. Ainda tem três unidades disponíveis, e com certeza dá para envelhecer feliz com um desses.

Vou precisar mesmo do massageador de pés, penso comigo mesma. Hoje, o meu último encontro fracassou. E minha autoconfiança está se dissolvendo aos poucos.

Olaf, o biólogo marinho. O nome dele soava como um furacão, poderia ser promissor. Conforme as regras da Linda, consegui me motivar positivamente antes do encontro. Jogo novo, nova sorte. Tirei do armário meu blazer turquesa, comprado em um brechó, e as calças *skinny* que ficavam espetaculares com as botas de cano alto. Prendi o cabelo com uma trança perfeita. Desta vez, queria arrasar. "Sou uma jovem mulher desejável, especial e atraente e tenho certeza de que o homem ideal está me esperando lá fora", murmurei como um mantra. É isso que diz a filosofia das *rules*: Somente quem ama a si mesmo pode ser amado.

Também estava encarando o resto do mundo com uma visão positiva. Ele não iria me buscar, explicou Olaf ao telefone, porque não tinha carro. Normalmente, acho impossível que alguém não tenha um carro, até por motivos profissionais. Mas desta vez não. Acho bom, disse para mim mesma. Os automóveis poluem o ar. Já tem muitos deles na rua. Ninguém precisa de um carro em uma cidade grande. Afinal, quem anda a pé salva o mundo.

Nós iríamos nos encontrar na saída do metrô, disse Olaf. Seria mais fácil.

Que ideia maravilhosa. Por que um romance moderno não poderia começar em um metrô? As manchas brancas dos chicletes pisados brilham como estrelas no chão, o farfalhar das páginas de jornal e embalagens de hambúrguer jogadas por descuido soam como o vento nos campos de trigo e o odor penetrante de urina lembra a nós, amantes, que o alto voo romântico do amor não é alheio ao mundo terreno. Estava preparada para tudo.

Nem quando o vi me esperando, em um jeans gasto que não parecia conter bunda nenhuma, um casaco de náilon cor de burro quando foge, uns tênis surrados nos pés e uma grande bolsa pendurada transversalmente no ombro, nem nesse momento quis me sentir decepcionada. Ele parecia um trintão vestido como um adolescente. Ou será que estava preparado para embarcar em alguma missão? Talvez ele fosse um biólogo marinho de plantão. Com um pager no bolso, como um médico a serviço. Assim que avistassem uma baleia no Mar Báltico, ou o monstro do Lago Ness, ele precisaria partir — sem fazer as malas, direto para o navio.

Na verdade, Olaf era bem bonito, ele tinha algo de *viking*. Primeiro porque era grande e loiro. E, em segundo lugar, por causa das extravagantes joias. Na mão, usava diversos anéis pesados de prata. Bem, se eu já havia sentido aversão pela visão dos tênis descuidados, as joias me causaram repulsa. Os homens devem nos presentear com joias, não usá-las. A essa altura, uma parte de mim já queria dar meia-volta. Mas a outra queria dar uma chance ao Olaf. Todos os encontros anteriores haviam sido um fracasso.

Mas então veio a péssima escolha do restaurante. Eu havia cruzado a cidade para encontrá-lo na estação de metrô mais perto dele (indo contra a regra de que a mulher não deve percorrer a metade do caminho, quanto menos o caminho inteiro para um encontro. Ele deve se esforçar para encontrar você, e não o contrário). Naturalmente, minha expectativa era de que ele deveria conhecer algum restaurante especial e maravilhoso. E para onde ele me levou? Para um indiano barato na região, cheio de estudantes que se vestiam como Olaf. Um restaurante com cardápio numerado e conceito modular na cozinha: todo *curry* ou prato com molho é oferecido nas variantes de carne bovina, frango, porco, peixe e tofu. Mas tanto faz o que você escolhe. Tudo tem o mesmo gosto. Seja tofu ou um animal que venha no seu prato, ele chega mergulhado em um molho de creme.

Esse indiano tinha uma aparência bastante sinistra por fora. A cor marrom predominava. Lustres de cobre, tapetes de franja decorando as paredes, cadeiras com encosto de palha e candelabros de barro. Por que ninguém nesta cidade tão grande consegue abrir um restaurante indiano que seja vivo e brilhante como nos filmes de Bollywood? As trilhas sonoras poderiam ficar tocando ao fundo e a cada hora aconteceria uma apresentação de canto e dança dos garçons, cozinheiros e o pessoal do bar. Eu não tinha vontade nenhuma de comer em um restaurante apagado como aquele, uma lanchonete indiana. Além disso, não sento de jeito nenhum em uma cadeira de palha com o meu amado blazer turquesa. Não nesta vida.

Disse a Olaf que não havia gostado nem do restaurante e nem da aparência dele. E recomendei que ele se esforçasse mais no próximo encontro.

A resposta foi surpreendente. E áspera.

Ele achou minhas roupas e a minha maquiagem horrivelmente falsas e exageradas. Ele sim, era um cara sincero e transparente, que vestia roupas normais e frequentava um restaurante normal em um bairro normal. "Comigo, você sabe de cara o que você vai ter." Ele também achava muito estranho o modo como o encontro havia sido combinado. Não era espontâneo o suficiente conhecer uma mulher em um encontro. Sentia-se pressionado em noites como aquela, em que era preciso marcar uma hora determinada para conversar. Ele não conseguia fazer isso. Por isso boicotava o Natal há anos, porque não tinha vontade de deixar que ordenassem a ele quando precisava estar feliz. Resumindo: ele achava conveniente que eu fosse embora.

Chamei um táxi.

Em casa, tirei o blazer, as botas e a calça e tomei um banho. Liguei para o celular da Linda, mas ela não atendeu — claro, era sexta à noite —, então deixei uma curta e frustrada mensagem na secretária eletrônica.

Agora, deitada no sofá, penso se devo abrir outro pote de sorvete. O telefone toca, mas estou deprimida demais para levantar. Deixo tocar. A secretária eletrônica atende. É a Linda.

— *Darling*, sei que você se deu mal de novo. Mas não desista agora. Consegui mais um encontro para você amanhã à noite. Me ligue.

Em meio à televisão tagarelando, o vizinho de cima batendo os pés, o sorvete derretendo e virando uma sopa nas minhas mãos, percebo uma lágrima escorregando pelo meu rosto. Não estou chorando. É só uma lágrima silenciosa. Estou cansada. Muito cansada.

Capítulo 10

São quase nove horas, e acordei de moletom. O desânimo paralisante do dia anterior impediu que eu trocasse de roupa, tirasse a maquiagem e aplicasse meus cremes como de costume antes de ir deitar. Havia apenas conseguido me arrastar do sofá para a cama. Mas só para continuar com os olhos abertos sob o lençol e fitar a escuridão, enquanto meus pensamentos andavam em círculos sem parar. O que fiz de errado? Por que ninguém quis ficar comigo, mesmo seguindo as *rules*? Quando amanheceu, caí num sono sem sonhos, muito parecido com uma anestesia geral. Agora, depois de acordar, eu me sinto entorpecida e todos os questionamentos se reduziram a uma única e decisiva pergunta: Será que essas malditas regras são muito idiotas para mim, ou eu é que sou muito idiota para elas?

Ainda de moletom, ando de mansinho até a cozinha e abro a geladeira. Além de alcaparras e maionese, não há nada comestível; só cosméticos. O branco ofuscante das paredes internas penetra dolorosamente os meus olhos, fazendo com que feche a porta rapidamente. Está na hora de ir fazer compras; eu já devia ter passado no supermercado.

Preciso tomar banho e me trocar? Para quê? Ou melhor, para quem?

Depois de cinco encontros sob a direção da Linda, qual é o meu magro resultado? Nenhum dos meus admiradores jamais me ligou de novo. Precisei suportar cinismo, humilhação e ironia. Quem gosta de ser comparada a uma dona de casa? Tive de rachar mais da metade das contas nos restaurantes. Antes era assim também, mas agora isso me aborrece. E não tem mais sexo. Cinco encontros, no fim das contas só um mero beijinho. Minha vida antiga era mais divertida.

Deve ser tarde demais. Na minha idade, é impossível dar uma virada de 180 graus. Não consigo mais recuperar dentro de mim uma criatura recatada e suave, hiperfeminina. Não nesta vida. Porque já tracei homens demais, me diverti demais com eles. Provavelmente, devo apenas continuar fazendo isso e esperar que aconteça o melhor.

Cansada, recolho as fichas da Linda, espalhadas pelo chão, e as jogo no cesto de lixo. Isso me faz bem. As *rules* tiveram uma chance, e agora acabou. Pela primeira vez em semanas, estou prestes a pisar na rua sem tomar banho, sem maquiagem e de moletom. Ninguém está nem aí, mesmo. Na porta, pego meu boné vermelho e o coloco sobre o cabelo, preso por um rabo de cavalo desgrenhado. Se as *rules* tivessem um departamento de fiscalização, eu estaria correndo o risco de ser severamente punida. Garotas despenteadas são consideradas causadoras de aborrecimento público. Mas não faço mais parte do clube.

Ou faço? Parece que sair não é assim tão fácil. Mal fechei a porta, vejo Linda atravessando a rua na minha direção, com um envelope nas mãos. Enquanto estou aqui com esse visual desleixado, ela já está maravilhosamente arrumada — e não são nem nove e meia! Sobre a saia, um *trench coat* claro, na verdade claro demais. Debaixo dele, consigo reconhecer uma parte de um colete de losangos branco e azul-bebê. Os pés dela estão vestidos com uma sapatilha azul da cor do céu. O cabelo exemplar, como sempre. Suponho que seja necessário usar um secador de cabelos e algumas escovas para conseguir esse penteado. Ela me examina com atenção, mas não comenta a minha aparência.

— Você não me ligou de volta. Quis ver se está tudo bem. Hoje à tarde embarco para Nova York. Greg e eu vamos comemorar nosso aniversário de nove meses de noivado. Por isso, preparei tudo o que é importante para o seu encontro de hoje à noite.

Linda me entrega o envelope. Sinto que tem mais de uma ficha dentro dele. Mais *rules*. Percebo nitidamente o quanto esse pensamento me irrita.

— Linda, sinto muito. Acho que não vou a esse encontro. Não estou a fim.

Posso ver como essa decisão a afeta. Talvez ela já supusesse o ameaçador fim do nosso projeto de encontros. Dói muito decepcioná-la assim. Rapidamente, sugiro um café da manhã na minha casa para conversarmos com calma sobre o assunto. Vou esclarecer por que as *rules* infelizmente não funcionam para mim. Além disso, preciso tirar as fichas do lixo sem ser percebida. Linda ficaria com o coração partido ao ver os fragmentos da bíblia de encontros dela no lixo.

Juntas, seguimos para o supermercado mais próximo. A porta automática se abre e respiro fundo o ar climatizado. Tudo tem um cheiro gostoso de limpeza. Aqui, me sinto como se tivesse acabado de tomar banho.

Preciso de um bom café da manhã. Um café da manhã que vença o meu mau humor e a decepção da Linda. Compro ovos, frios, leite, rabanetes orgânicos, camarões, salsinha, granola. Hoje, nós duas seremos mimadas. Linda acrescenta ao carrinho um chá matinal com tília, erva-doce, anis e hibisco. Olho para ela, sem entender. Será que a Sra. Schneider andou convencendo a Linda com a comida macrobiótica do restaurante da empresa?

— Em Nova York, ninguém mais toma café. Não é saudável — explica Linda.

Como alguém pode renunciar ao café de livre e espontânea vontade e verter litros de Coca-Cola Zero no próprio organismo? "Esses americanos", é o que Kitty diria agora com um tom irônico.

No único caixa aberto se formou um pequeno congestionamento. Entramos na fila bem atrás de um cara bonito. O visual dele é bem casual, uma camisa polo de manga comprida e jeans desbotados. Ele tem o cabelo escuro, quase preto, cortado com perfeição. Quando vejo homens de cabelos escuros me vem à cabeça o Rhett Butler de... *E o Vento Levou*. Não consigo ver se esse também tem aquele bigode fino, o rosto está virado para o outro lado. Quem sabe? O carrossel da moda gira rápido, o bigode pode voltar a ser *fashion* do dia para a noite.

Por um momento, amaldiçoo em silêncio o momento em que quebrei as *rules* hoje de manhã. Deveria ter ao menos trocado de roupa. Mas então me chamo de volta à razão. Se esse for o cara certo, o olhar amoroso dele vai me reconhecer mesmo em um moletom surrado. Na realidade, essas regras são uma ingenuidade. O amor é uma força muito grande para que o seu curso seja controlado por alguns parágrafos tolos.

— Fale com ele — ouço Linda cochichar ao meu lado. O quê? Ela me olha convidativa. Nunca se esqueça de que essa Linda, loira e de sapatilhas azuis, é o que eles chamam nos Estados Unidos de durona. Linda não desiste. Ela sorri, me desafiando. — Hoje as regras não estão valendo. Mostre para mim o que você pode fazer. Talvez quem deva aprender alguma coisa aqui seja eu.

A fila se desloca mais um tanto, daqui a pouco chegaremos à esteira, preciso agir rapidamente. Linda se retirou dos caixas para não me inibir. Ela se recosta no mural de classificados e observa a cena à distância.

Como vou abordar o homem na minha frente? Como vou iniciar a conversa? Não consigo pensar em nada. Para onde foi a minha autoconfiança? A culpa é das *rules*. Elas se instalaram na minha cabeça e agora me roubam a velocidade, a espontaneidade, a sagacidade, a ousadia. Antes de conhecê-las, teria conversado com esse homem de modo confiante. Agora, estou travada. Meu humor piora de novo. Mas se ainda quero salvar esta manhã, preciso fazer alguma coisa acontecer, e rápido.

Então, empurro o carrinho de compras nas pernas do homem. Acho que esse é um meio-termo entre a abordagem passiva e a ativa, entre o meu antigo comportamento e as *rules* da Linda. Discretamente, tomei a iniciativa, mas não dei o primeiro passo. Quando ele se virar e olhar para mim, vou me desculpar com um sorriso doce. Vou parecer tão atraente que ele vai se esquecer de tudo em volta e vai querer passar o resto do dia comigo.

Estou prestes a encenar a pose de desculpas quando o desconhecido vira furioso, me encara com um par de olhos verdes flamejantes e grita:

— Vê se presta atenção, sua vaca imbecil.

Estou pasma. Não apenas pelo tratamento furioso. Ele me xinga como se estivéssemos num estádio. "Vaca imbecil." Essas palavras não soam nem um pouco bem, principalmente do jeito que estou hoje. Esse cara ultrapassou os limites da educação, ele é um grosseirão sem-vergonha. Só porque encostei o carrinho no calcanhar dele. E foi bem de leve, eu diria que foi quase um gesto de carinho. A propósito, ele não tem bigode.

A raiva ferve dentro de mim. De repente, percebo que procurei a culpa nos lugares errados. Pensei que as *rules* da Linda não eram para mim, mas não é esse o real problema. O problema é o drama do homem moderno, que não sabe mais se comportar. Exatamente como esse homem na minha frente, e como os cinco últimos homens que eu precisei conhecer. Olho para a mulher no caixa, que acompanhou tudo, balançando a cabeça em sinal de reprovação.

— Você ouviu isso? — pergunto a ela. — Foi longe demais, você não acha?

— Também acho — ela confirma.

— Pareço com uma mulher que pode ser xingada de vaca imbecil? — continuo.

— Acho que você é bonita debaixo desse boné vermelho. Uma graça — ela diz.

Ela realmente demonstra apreço por mim. O Rhett Butler fica inquieto. Ele sente que está se formando uma aliança entre mim e a mulher do caixa. Agitado, coloca as compras sobre a esteira do caixa. Parece que ele quer sair do supermercado o mais rápido possível.

— Os homens de hoje não sabem mais o que é educação. É assim que você se dirige a uma mulher? Que coisa horrível. Ou estou errada? — questiono dessa vez com o tom de voz bem mais alto. Posso sentir que as pessoas atrás de mim param para observar.

O cara da polo de manga comprida olha para os lados, acuado. Ele sabe que está na defensiva. Insistente, empurra as compras para mais perto do caixa, pressionando a mulher. Mas ela não tem a menor pressa. Com uma lentidão provocadora, passa um produto por vez no leitor.

— Vejo isso todos os dias. Está cada vez pior. São uns grosseiros, sem boas maneiras — ela reclama.

As compras se acumulam no fim da esteira. Arroz doce light, 0,1% de gordura. Queijo gouda "Vigilantes do Peso". Salsicha light, salada de ovo light, queijo fresco light. Biscoito de arroz, leite magro. Chantili com teor reduzido de gordura. Batatinhas com teor reduzido de gordura. Suco de maçã sem açúcar. A geladeira de uma supermodelo não poderia ser muito diferente da desse cara. Todo o apelo erótico do desconhecido de cabelos escuros cai vertiginosamente para um valor negativo, próximo às temperaturas glaciais. Nada é menos sensual que um homem de regime.

A caixa e eu nos calamos e Rhett Butler percebe que estamos analisando suas compras. Foram ainda adicionados um molho de salada de baixas calorias e uma pizza com teor reduzido de gordura. Com pressa, ele tira uma nota graúda da carteira. Tenho certeza de que ele gostaria de dispensar o troco, mas a diferença era alta demais.

— E ainda come como a anoréxica da Nicole Richie. Com essa dieta, o nível de estrogênio vai lá para cima. Não é de se admirar que o homem se comporte como uma megera — concluo.

Nós, a caixa e eu, observamos como o sujeito enfia as compras na sacola, na velocidade da luz. Ele já estava com o rosto mais vermelho que uma lagosta. Bem à vontade, a caixa conta o troco, se vira devagar e o coloca na mão dele.

— Coma comida de verdade, aí o seu humor vai melhorar também — aconselha.

Mas o Rhett Butler já passou pela porta automática.

— Onde mesmo vai ser o encontro de hoje? — pergunto para Linda, que voltou para o meu lado, indiferente. Ficarei agradecida se ela não anunciar o triunfo dela aos quatro ventos.

Capítulo 11

Seguro uma taça de champanhe, em pé e perdida em meio ao salão. Presumo que esteja equivocada com a escolha do meu traje. Por um lado, é um vestido longo, de gala. Parece um pouco o que usei na formatura da escola, aos quinze anos. Mas o da época havia um opulento laço sobre o bumbum. Este é liso, pelo menos. Por outro lado — e esse erro é mais grave —, o vestido é completamente preto. Como todo o resto do meu visual. Escarpins pretos nos pés, no pescoço o medalhão da minha avó — um ônix preto com um pequeno diamante no centro —, e nos olhos passei com cuidado uma sombra preta. Até os cabelos estão penteados para trás e bem presos com a ajuda de uma larga fita preta. Minha meia-calça? Cor da pele, por sorte.

Todas as outras mulheres no recinto vestem cores mais alegres. A atmosfera é de verão tardio, a porta do terraço está aberta e uma parte dos convidados está lá fora, apesar do vento frio. Já na entrada percebi o bronzeado saudável de várias pessoas, principalmente das mulheres. Grandes decotes e mangas curtas apresentam as peles bem cuidadas e acostumadas ao sol, cujo tom bronzeado não se consegue jamais com bronzeamento artificial, somente nas praias do Caribe, em um iate no Mediterrâneo ou com bons dias de sol nas ilhas do norte da Alemanha. Todas as mulheres têm os cabelos lisos, longos e soltos, isso parece ser um costume por aqui. A maioria dos vestidos é estampada, e o padrão lembra os tapetes dos anos 1960. Até hoje não me decidi se acho essa moda vintage bonita ou abominável. O que mais me fascina são as exuberantes bijuterias nos pescoços das mulheres. Longos colares de estilo étnico, muitos com diversas voltas, pequenas e grandes contas de vidro. Você não se deve deixar enganar pelo aspecto simples desses colares. Bijuterias como essas podem alcançar o preço de joias de alto quilate.

Uma garçonete passa por mim. Ágil, dispenso minha taça vazia na bandeja e, imediatamente, pego outra cheia. Ela me olha, espantada. Minha velocidade a impressionou. O que dizer? Anos de experiência. Metade do meu trabalho consiste em recepções. Desenvolvi um instinto indiscutível com relação à trajetória que um garçom faz pelo salão. Jamais passaria fome em uma festa, mesmo que o anfitrião tenha economizado bastante na comida.

Mas a noite de hoje não é nenhum desafio para mim. Há muitas bandejas circulando, servindo o de sempre. Caranguejo em barquinhos de massa folhada com um pingo de creme fresco e endro. Camarões assados em molho agridoce. Pequenas batatas suíças com *sour cream* e caviar. Lascas de alcatra e raiz-forte. Deixo as entradas passarem e espero a comida de verdade. Ninguém na sala — devem ser cinquenta ou sessenta convidados — se preocupa comigo. Eles estão em grupos menores, batendo papo. Às vezes uma risada alta e feminina é lançada ao alto como um foguete, sobrepondo-se ao burburinho do salão, mas é abafada logo em seguida. Gostaria de fumar um cigarro agora, mas na verdade parei de fumar. Meu pé direito gira de leve para fora, começo a balançar com os escarpins. Um sinal do quanto me sinto desconfortável. Onde está o acompanhante que Linda havia me prometido hoje pela manhã?

Aliás, foi a Kitty que me convenceu sobre o vestido. A pedido da Linda, ela passou em casa à tarde para ajudar a me arrumar para o encontro. Linda não confiou na paz da manhã, ela provavelmente teve medo de que eu pulasse fora no último momento. Então, encarregou Kitty de ficar de olho em mim. E não é só isso. Ela ordenou expressamente que as instruções do envelope fossem seguidas. Dessa vez, não havia nenhuma regra, apenas sugestões concretas de vestido para a noite — cada combinação estava indicada de forma clara e organizada em uma ficha amarela. Vestido de chiffon de seda em tom nude e escarpins abertos. Ou vestido tomara que caia branco com blazer masculino. Ou saia florida com blusa de cor viva e plataformas. Uma ficha dizia em letras maiúsculas, sublinhadas duas vezes: PRETO NÃO! Foi assim que a desgraça seguiu seu curso.

— Você sempre gostou de vestir preto, não é? — perguntou Kitty, desconfiada.

Não consegui contestá-la.

— E você não usou preto em todas as ocasiões importantes da sua vida? Na prova para tirar a carteira de motorista. No primeiro e único *bungee jumping*. Parecia que você estava antecipando o seu próprio funeral naquela ponte na França. E até no casamento na sua irmã você foi de preto — e foi responsável por frenéticas especulações pela escolha da cor. Sempre que aconteceu algo de importante, você vestiu preto. E agora você vai se deixar proibir pela Linda?

Expliquei a ela sobre as cores positivas e a felicidade, e lembrei ainda que, de acordo com Linda, ninguém se apaixonaria por alguém vestido de preto, mas Kitty apenas balançou a cabeça.

— Você procura um homem com quem você possa viver junto por muito tempo. Alguém que se apaixone de verdade por você. Alguém que construa uma vida com você, que talvez se case com você. Então, precisa ser sincera desde o começo. Ser você mesma. Pode ser que as mulheres americanas façam esse tipo de coisa para se casar. E pode ser que funcione. Mas não se iluda, as taxas de separação são muito maiores nos Estados Unidos do que aqui. Vai chegar um dia em que ele vai perceber o quanto você ama a cor preta. Que você não pode abandoná-la. E imagine vocês descobrindo que ele nutre uma profunda aversão por mulheres que se vestem de preto. Por isso, seja sincera desde o primeiro momento — Kitty disse, retirou o vestido longo e preto do armário e o estendeu para mim.

Mas eu ainda estava hesitante.

Kitty continuou a argumentar.

— Nina, pense nos seus filhos que ainda vão nascer. Não deixe um casamento fracassar por causa de uma cor errada de vestido. Divórcios são terríveis.

Kitty, filha de um divórcio. Ela sabia que eu não podia dizer nada contra isso. Além disso, Linda estava bem longe, e eu realmente amo preto. Coloquei o vestido.

Agora, cá estou em meio a essas mulheres festivas e frescas como o verão, parecendo uma viúva alcoólatra. Obrigada, Kitty! Que bom seria se eu tivesse seguido as regras da Linda. Todo esse frenesi do qual estou excluída está me deixando cada vez mais desconfortável.

Envio uma mensagem enfurecida para Kitty pelo celular. Depois, discretamente, começo a procurar o meu lugar nas mesas. Eu poderia entornar uma terceira taça de champanhe, mas não aguento tudo isso. Não tem nenhuma indicação de lugar, provavelmente a distribuição nas mesas é livre. Escolho a parte da esquerda e procuro um lugar ao lado de um arranjo de flores, para jogar um pouco de cor sobre mim. Assim que eu vou puxar uma cadeira, meu celular toca a melodia cheia de jazz de *Summertime*. A resposta de Kitty para o meu SMS.

"Para a beleza negra: Um amor verdadeiro jamais se constrói sobre uma mentira." Ah, claro, Kitty é tão venerada pelo Frank que poderia usar até uma *legging* lilás, sem gerar uma crise com isso.

Enquanto me deixo levar por esses pensamentos, percebo alguém retirar da minha mão a cadeira que eu já havia começado a afastar da mesa. Minha chance de sentar! Giro o corpo e avisto o homem alto, para não dizer esticado, que quer pegar a minha cadeira. Naturalmente chegou o momento de tomar os lugares. Como se não houvesse lugares o suficiente no salão. Mas ele é assim, o mal-educado homem moderno — mal descobre uma convidativa cadeira livre, ele já fareja a possibilidade de se acomodar sem muito esforço.

— Ei, seu neandertal — chamo a atenção do ladrão —, esta é a minha cadeira. Procure o seu próprio lugar.

O homem olha para mim espantado. Mas não de modo hostil. Então, ele se inclina levemente para a frente, tão de leve que dá para interpretar o gesto dele como um cumprimento, e diz:

— Gostaria de me apresentar, meu nome é Enno Freiherr von Rufenberg. E não queria tirar a cadeira de você, é claro. Só gostaria de ajudá-la a se sentar. Acho que serei o seu acompanhante hoje. Desculpe se me apresento só agora, acabei de chegar.

E é assim que conheço o meu acompanhante. Além da altura — ele mede aproximadamente 1,90 m —, os cabelos longos dele me chamam a atenção. Bem cuidados, na altura do queixo, penteados com pouco gel. Quando olho ao redor, percebo que quase todos os homens têm o mesmo tipo de cabelo. Freiherr von Rufenberg veste um paletó cinza-escuro com um corte extraordinário, por baixo uma camisa branca sem gravata, um discreto lenço cinza-claro no bolso, calças jeans e mocassins. Com isso, ele também corresponde à moda no salão. Quase nenhum homem veste terno, há poucas gravatas. Apesar disso, nenhum deles parece estar malvestido.

Meu acompanhante fica em silêncio e me observa. Nos olhos dele, o interesse e a ironia estão tão grudados que não conseguem se decidir quem tem prioridade. Ele me acha um pouco esquisita. Mas talvez esteja um pouco curioso também.

Ele está esperando alguma reação da minha parte? Talvez uma desculpa?

— Perdão. Nos últimos tempos, precisei lutar por todas as minhas cadeiras — ouço minha voz murmurar.

Ele me olha com mais interesse ainda, mas não pergunta nada. Ah, um homem discreto; gosto disso. Percebo que estamos parados no salão, numa pose meio que congelada, e resolvo me sentar. Como um perfeito cavalheiro, Enno von Rufenberg empurra minha cadeira junto à mesa. Então, com um aceno, ele pede mais duas taças de champanhe e se senta ao meu lado. Nós brindamos.

Agora, depois de sentar lado a lado, posso observá-lo melhor. Ele tem um rosto estreito e bastante longo, que termina com um queixo pontudo e vigoroso. Os olhos azuis continuam apertados e ainda me observam entretidos. As belas sobrancelhas arqueadas são decentes. Mas é o nariz que empresta personalidade ao rosto. É um nariz grande, bastante fino, e parece que foi modelado numa fábrica de porcelana. Não quero olhar diretamente para a boca. Suponho que ele tenha lábios bem sensuais para um homem. É melhor não me ocupar com isso tão cedo. Devagar, Nina.

Posso descrevê-lo com apenas uma palavra: autoconfiança. Com certeza, ele pertence ao grupo de pessoas que recebeu uma porção extra de leite durante a vida. Mas não é esnobe. Pelo menos não à primeira vista.

E agora, o que vou fazer? De acordo com os mandamentos de Archie Hegeman, conversaria com este homem sobre livros, filmes ou cores favoritas, sem compromisso. Mas, de alguma forma, já estamos além desse tipo de conversa, apesar de termos trocado apenas duas frases. Não é bom começar xingando alguém de neandertal e depois discorrer sobre um livro. Um xingamento como esse gera certa intimidade. Então, digo mais para mim do que para ele:

— E ainda por cima estou com o vestido errado.

Ele se recosta de leve, me observa e passa a mão pelas costeletas. Elas são bem curtas; não havia me dado conta delas à primeira vista. Os homens costumam fazer isso quando pensam. Alguns levam a mão ao rosto, outros ao queixo. Nunca percebi isso nas mulheres. No máximo, elas enrolam uma mecha de cabelo.

Parece que o meu acompanhante chegou ao fim da observação. Ele toma um gole decidido da taça de champanhe e dá o seu veredito final:

— Você está totalmente enganada! Você está fantástica, gosto muito de preto liso. Há tempos estou aguentando essas terríveis estampas — florais, geométricas, psicodélicas. Até a mulher mais bonita fica prejudicada com esses desenhos horríveis. E ainda as joias pesadas por cima, que sempre me fazem lembrar o amigo do Robinson Crusoé, como é mesmo o nome dele?

— Sexta-feira — ajudo.

— Sexta-feira! Isso! — Nós dois rimos. Ele olha para

as outras mulheres. — Preto tem tudo o que é necessário. É a cor da eterna elegância.

Somente o autoritarismo das *rules*, que aconselha manter a discrição em todos os momentos, não importa o quanto ele seja maravilhoso, me impede de beijar meu acompanhante. Nunca um homem havia conseguido fazer um elogio tão preciso à minha roupa.

De repente, me sinto limitada pela mesa. Não quero ficar encurralada nessa cadeira, conversando de maneira comportada. Sou invadida por uma enorme vontade de passear com esse homem. Sair ao ar livre com a taça de champanha nas mãos. Quero sair daqui com ele, só isso. Preciso me movimentar. Mas, em vez disso, estamos entalados nessa mesa. Levantar não é uma opção, a mesa se enche cada vez mais com convidados.

O lugar na nossa frente é tomado por uma mulher atraente, com colar e vestido muito caros e bastante étnicos, os cabelos soltos e compridos num tom perfeito de mogno, os olhos escuros penetrantes e depreciativos. Ela nos observa. Enno von Rufenberg percebe o olhar e se levanta para cumprimentá-la e permitir que ela se sente.

— Deixe-me apresentar a Chichi, uma amiga dos tempos de infância — diz ele.

Aos poucos, todos esses gestos de gentileza me confundem, não tenho mais a menor ideia de como devo me comportar. Devo me levantar ou apenas fazer um movimento com a cabeça? Suponho que meu acompanhante e a mulher se conheçam bem, então me ergo um pouco e estendo a minha mão sobre a mesa, que ela recebe com complacência.

— Felipa Gräfin… — ela começa, mas é interrompida por Enno von Rufenberg, que faz um gesto com a mão.

— Não precisa, Chichi — ele a acalma. — Estamos entre amigos aqui.

Ao que Felipa Gräfin não-sei-mais-o-quê, conhecida entre os amigos por Chichi, me olhou com frieza e disse:

— E como você conseguiu um convite?

Uma nítida declaração de guerra. Ela acaba de dizer que esta é uma sociedade à qual não pertenço. Na verdade, pensei nisso também, onde é que eu fui me enfiar. É estranho o fato de eu não conhecer ninguém daqui, isso não acontece comigo em grandes eventos. Além das dicas concretas para o traje da noite, Linda apenas me deu o endereço e a instrução de confiar nela. O acompanhante e o evento eram absolutamente respeitáveis. Aos poucos, percebi que não se trata aqui de nenhuma ordem secreta, mas de uma reunião de jovens de famílias nobres. Observo os anéis de sinete nas mãos dos convidados — as mulheres usam no dedo anelar, os homens no mindinho. Meu acompanhante também tem um. Certo, é um tipo de reunião da nobreza. A pergunta sobre como eu entrei aqui não é de todo injustificada. Mas não deixa de ser descarada.

— O convite é unicamente por causa da minha boa aparência — respondo.

O acompanhante da condessa, que até o momento seguia tudo com interesse, não consegue conter uma gargalhada e percebo como também Enno von Rufenberg tenta dominar um sorriso.

Por sorte, a entrada está sendo servida. *Consommé* de tomate com pãozinho de pesto. O volume da conversa diminui, agora se ouve o barulho concentrado das colheres de sopa batendo nos pratos fundos. Não tenho mais nenhum apetite, apesar de ter estado com fome antes. Só quero levar o meu acompanhante para longe dessa mesa. Para fora! Para fora! De repente, vejo nós dois correndo em meio a um caminho de rosas, passando por arbustos em forma de pirâmide, até a fonte no centro. O que está acontecendo comigo? Cinquenta nobres em uma sala fazem com que eu me sinta em uma novela boba? Aborrecida comigo mesma, me dirijo à sopa. Agora vou ficar bem tranquila e tomar essa sopa da forma mais serena possível. Mas segurar a colher exige uma concentração fora do normal. Não sei por que, mas não consigo me livrar da sensação de que ao meu lado, no lugar do meu acompanhante, as coisas também não estão normais. Nós nos olhamos furtivamente e não conseguimos segurar o riso. O que está acontecendo?

Enno von Rufenberg retoma a conversa. Obrigada! É tão agradável quando você não precisa assumir as tarefas. Batemos um papo sobre várias coisas — sobre uma nova peça de teatro na cidade, que é muito popular, sobre pessoas peculiares que se encontra durante o dia no metrô de Berlim, e sobre a piscina no telhado do aeroporto de Cingapura. Digo que sei cozinhar maravilhosamente bem. Por sorte, não preciso mentir muito mais e fingir que a minha cor preferida é o apaixonante vermelho-carmim. Posso permanecer sincera com o preto.

Nossa conversa transcorre como uma belíssima dança sobre o tablado. Ele conduz, mas eu dou personalidade aos movimentos. Cada um de nós tem o seu papel primordial, e é divertido retribuir em vez de sempre tomar a iniciativa, como nos meus flertes normais. E para continuar na imagem da dança: quando não está claro quem conduz e quem dá a forma, os dançarinos pisam um no pé do outro. E não é nada elegante.

Depois de um tempo, sei que ele trabalha como advogado de assuntos econômicos em um grande escritório de Berlim. Como sempre faço com os advogados, não me abstenho de perguntar as notas dele no exame da ordem. Archie Hegemann acharia que é bom eu saber com que qualidade de homem estou lidando. É muito divertido perguntar as notas dos advogados no exame, eles se sentem muito constrangidos. Depois da faculdade de Direito, deve-se agradecer a Deus quando se consegue sair com um "satisfatório". Por isso, nenhum deles gosta de falar sobre isso, seja um advogado, seja um juiz. Até o meu acompanhante escapa da resposta.

Chichi assume a palavra. Desde a alfinetada durante a rodada de apresentação, ela ficou calada e nos observou. Vi como o acompanhante dela se esforçou para se reconciliar e conversar um pouco com ela. Nada feito. Chichi o cortou e só tinha ouvidos para nós. Agora é a hora dela.

— Ele passou com um "bom" — disse, acentuando a palavra, como se a nota fosse dela. Faço um movimento de cabeça para Enno von Rufenberg, mas ele abana a mão indicando que o tema era desagradável. Mas Chichi não se dá por satisfeita. Ela pergunta, austera: — E você? Você se graduou na faculdade?

Com isso, ela coloca o dedo na minha ferida. Não, não concluí a faculdade. Até hoje falta terminar a matéria de economia política, que sempre prometo recuperar um dia. Na época, meus estudos se esticaram como chiclete, e quando meu estágio no grupo automotivo foi concluído com êxito, seguido de uma oferta de emprego, não pensei duas vezes e assumi o cargo. Ninguém pergunta a formação de um lobista, contanto que tudo corra bem. Mas, em momentos difíceis, acredito que isso possa se tornar um problema. Hoje é um desses momentos.

— Entrei no mercado de trabalho muito cedo — confesso com sinceridade.

Por que mentiria? A condessa está triunfante, posso ler nos olhos dela. Os lábios se contraem. Ela vai enfatizar cada palavra que conseguir pronunciar com uma tomada de fôlego.

— E qual é a sua ocupação? Esteticista? Auxiliar de dentista? Ou caixa de banco? — Ela faz uma curta pausa dramática, para então cutucar o vizinho de mesa com um movimento descontrolado. Ele olha espantado, porque estava há muito tempo conversando com a mulher à direita dele, na crença de que Chichi não queria mais papo. — Agora já sei, já sei: ela é auxiliar administrativa em um órgão público. Acertei?

Ela lança um olhar desafiador.

Chichi está fazendo piada com mulheres que estimo muito. Minha esteticista é uma ouvinte maravilhosa, a quem posso confiar qualquer coisa. Já fico feliz um dia antes de encontrá-la. A assistente do dentista segura a minha mão às vezes, quando a coisa fica feia. A caixa do meu banco foi muito compreensiva nos tempos em que eu não ganhava dinheiro e sempre ficava no vermelho. Não tenho nenhum contato pessoal com auxiliares administrativas em órgãos públicos, mas creio que as pessoas se dão bem com elas. Não vou deixar todas essas mulheres — que, ao contrário de mim, têm uma formação profissional mais limitada — na mão ao girar os holofotes para mim e dizer que sou lobista e lido com mais dinheiro em doze meses do que tudo o que a família nobre dela conseguiu juntar em contas na Suíça por um século.

— Vendo carros — é o que respondo, bem despretensiosamente.

O que é verdade. Só que em uma quantidade diferente da que ela supõe.

De fato, Chichi cai como um patinho. Ela começa a gargalhar. O riso a sacode tanto que ela segura no braço do vizinho para não cair da cadeira.

— Você trabalha em uma concessionária! Diga quais são as cores de estofado da moda, vou comprar um esportivo na semana que vem. Ou você não sabe nada de carros de luxo? Você vende uns carrinhos coreanos?

Como se já não tivesse ido longe demais, ela se debruça sobre a mesa e pega a pequena bolsa de mão Wunderkind preta, que trago comigo hoje. Ela a abre na minha frente e, atrevida, examina a peça. Em seguida, me devolve a bolsa com uma surpresa fingida.

— É a original, mesmo. Nada falsificada. Você deve ser o diabo das vendas de automóvel. Como se referem a você? A rainha dos negócios?

Finalmente, Enno von Rufenberg intervém. Ele parece bravo e passa a mão sobre a mesa, não sem antes pegar com habilidade o guardanapo de tecido, com um gesto visualmente forte, mas que não chama a atenção.

— Chichi, basta — sussurra para a amiga de infância. — Tenho a absoluta certeza de que a mulher ao meu lado não trabalha em nenhuma concessionária. Mas mesmo que ela vendesse carros usados, não teria problema nenhum. Por favor, não se esqueça de como você concluiu a faculdade. Seu pai teve de custear a construção de uma biblioteca.

O que é uma informação muito divertida, que vou guardar com carinho. Chichi também não é nenhum gênio. Na nossa parte da mesa, todos se calam num silêncio embaraçoso. O acompanhante da condessa fita o ar como se ele não tivesse presenciado a troca de farpas. Nenhum manual de regras do mundo é capaz de tirar alguém de situações constrangedoras como esta. Felizmente, o prato principal é servido. Carne de caça com um delicioso molho de cogumelos. A comida levanta os ânimos. Além disso, temos um novo assunto. Enno von Rufenberg e eu conversamos sobre caçadas. As caçadas de verdade.

Há evidências de que a família dele caça há séculos. Eles são donos de um bosque próprio em Wurttemberg, e uma vez por ano organizam um grande fim de semana de caça. Com cães e espingardas na bagagem, parentes e amigos viajam para passar dois dias no bosque privado atirando em tudo o que encontrarem na frente. É um pouco estranho conversar com um homem que sabe manejar uma arma. E cujo tiro abate alguma presa com frequência. Isso não é condenável?

— Você mata animais? — pergunto insegura.

A questão desconcerta o meu acompanhante. Não é a primeira vez que ele ouve isso.

— Você não conhece nada sobre a caça, não é? — ele pergunta. Em silêncio, concordo com a cabeça. Ele começa: — Nunca tentei convencer ninguém a caçar. Apenas exijo que a outra pessoa saiba do que está falando. A caça está dentro de nós. Não vou falar sobre a morte, vamos começar com a floresta. A noite na floresta. A melhor hora para caçar é o amanhecer. Portanto, é preciso se pôr a caminho enquanto ainda está escuro. No começo não dá para ver nada, as plantas molhadas de orvalho roçam nas pernas, pisamos nas folhas dos pinheiros. O ar é úmido e pesado, bastante aromático. Subo em um lugar mais alto e o mundo ao meu redor é mais escuro que o breu. Só lá em cima, no céu, consigo ver as nuvens passando. De repente, o céu clareia e mostra a luz da lua, cintilante. Tudo se desenha mais nitidamente à minha frente. Aos meus pés, a luz ilumina as poças de água, a vegetação alta balança ao vento. E, subitamente, lá está um lindo animal. — Ele faz uma curta pausa e se recompõe. — Os momentos mais intensos da minha vida sempre foram nas caçadas — diz, olhando diretamente para mim. Tão diretamente, que poderia ser chamado de indiscreto.

Nesse instante, juro que consigo sentir o perfume de cada mulher e a loção pós-barba de cada homem no salão.

Minha audição fica aguçada. Apesar do rumor de vozes, percebo como a porta do terraço se fecha com o vento. Sinto como, alguns lugares adiante, um garfo cai no chão e é recolocado sobre a mesa. Embora meu acompanhante esteja me encarando nos olhos, percebo com o canto do olho que uma mulher no canto do salão está arrumando o sutiã sem ser percebida. E instintivamente sei que, do outro lado da mesa, Chichi está nos observando com bastante atenção. Meus sentidos estão aguçados. Estou caçando.

Deixo meu guardanapo escorregar para o chão. Assim como as mulheres fizeram durante séculos para sinalizar interesse. Elas deixavam algo cair — um lenço bordado, uma luva, uma bolsa de mão com *strass*. Ou um guardanapo de tecido.

O guardanapo cai. Ele escolhe o caminho entre as nossas cadeiras. Nós dois acompanhamos a queda. Ao chegar ao chão, ele fica parecendo um iceberg. Enno von Rufenberg sorri para mim. Então, curva o corpo para baixo, alcança o guardanapo habilmente com os longos dedos, volta a se sentar e o coloca novamente no meu colo. Nossas mãos se tocam por um breve momento.

Ele vai me ligar.

Capítulo 12

É ENGRAÇADO COMO dá para perceber algumas mudanças logo de cara. Sem que seja necessária uma palavra. Parecia tudo normal na recepção, quando passei pelo Hans, o segurança. Como acontece todos os anos, o time dele saiu do campeonato e hoje, como sempre depois da desclassificação, ele estava um pouco cabisbaixo. Hans não tinha nada de engraçado para me dizer, o que acontecia muito raramente. Mas isso não foi ruim, porque meu pensamento estava concentrado na noite de sábado. Passaram-se quatro dias desde o meu encontro com Enno von Rufenberg, e ele ainda não havia me ligado. Não sei explicar o porquê, mas não estava apreensiva. Ainda sentia a inacreditável excitação da caça. Pelo menos, até sair do elevador.

No momento em que me dirijo até a porta de vidro do corredor do escritório, percebo que aconteceu alguma coisa. Consigo literalmente sentir a pressão. Alguma coisa deve ter dado errado. Hesito por um instante antes de seguir para o meu escritório.

De fato, a secretária aparece assim que me vê. Pela expressão dela, deve ter algo a ver comigo.

— Não tire o casaco. Você precisa ir já para a sala do diretor. Agora!

Nós, representantes de interesses, não temos um chefe propriamente dito. Somos guerreiros solitários. Cada um age de acordo com seu estilo individual. Às vezes nos aliamos com determinadas pessoas na empresa, às vezes com outras — não dá para ser muito seletivo. Geralmente, o conselho diretivo não quer saber nada do que se passa conosco. Pelo menos, não enquanto anda tudo bem. Se um lobista obtém sucesso, ele é o queridinho do grupo, o que pode mudar se as coisas dão errado. Então, ele é intimado e interrogado pelos superiores, e o maravilhoso emprego é colocado em risco. Por esse motivo, não existem muitos profissionais mais velhos no nosso meio. Aqueles que se tornam avessos ao risco com os anos — e quem não se torna? — se retiram para departamentos menos dotados, e por isso mais tranquilos. Os poucos senhores e senhoras do nosso ofício são considerados ícones. São cínicos experientes que conhecem todos os truques da profissão. Aproximar-se deles é muito difícil, mas pode ser uma ótima oportunidade de aprendizado. O único perigo que os ameaça é deixar escapar alguma coisa por tédio. Ou permitir que uma situação alcance níveis mais altos, porque só se sentem pressionados quando soa o alerta máximo. Entretanto, não há dúvidas de que eles são mestres. Nosso diretor é um deles. Eu sou apenas uma iniciante que ainda comete erros. Mas qual erro?

Tenho a intuição de que é algo relacionado à maldita pista de testes em Brandemburgo. Se eu tivesse me preocupado menos com a minha maquiagem e mais com as notícias hoje de manhã, talvez soubesse o que está acontecendo.

Sem discutir, dou a volta sobre os saltos e volto para o elevador. Curioso, um colega novo no departamento coloca a cabeça para fora do escritório. Acho que ele está tentando passar uma expressão animadora. Mas pode poupar as lágrimas de crocodilo. Sei exatamente quais colegas são confiáveis. E meu conhecimento humano me diz que esse não é um deles.

No elevador, meus pensamentos voam. Será que andei relapsa com o trabalho recentemente? Será que me ocupei tanto com essa história de caçar homens que deixei passar acontecimentos importantes? Meu trabalho não permite muitas pausas. O mostrador indica cada andar. 20, 21, 22. Preciso seguir até o número 24. É raro ir até lá. Na verdade, ninguém quer ir até lá.

Rapidamente, repasso o *status* mais recente da pista de testes. Tenho alguma carta na manga? Até agora, o governo estadual estava apoiando a construção. A região é pobre e precisa com urgência de investimentos e criação de empregos. Não minto, portanto, quando afirmo que estou engajada no fomento de uma área necessitada.

Se há opositores? É claro. Mas consegui convencer o líder da oposição com uma viagem de negócios a Cuba. Foi imprudente da parte dele ter aceitado. Desde essa viagem, ele sabe que está em minhas mãos. Se eu resolvo disponibilizar para qualquer jornal o registro da verdadeira viagem, documentada meticulosamente pelo nosso jornalista de relações públicas, acabo com a carreira política desse homem. Tenho uma pasta cheia de fotos dele de calção, com um drinque na mão e uma beldade de biquíni nos braços. E ainda duas testemunhas, que podem confirmar data e horário das fotos. Desse modo, é possível conferir que, apesar de constar no roteiro oficial da viagem: “14 horas: Visita à fábrica de motores Che Guevara”, cinco minutos depois o senhor líder da oposição estava sob os coqueiros da praia, sendo besuntado de protetor solar por uma mulata.

Não, os pontos fracos no nível estadual foram todos neutralizados. O problema deve vir de cima, do nível federal. Ou seja, do Ministério dos Transportes. A situação com eles já foi melhor, isso é fato. Isso porque o ministro colocou o antigo secretário de Estado no olho da rua. Ele era um tipo meio babaca, mas ideal para um lobista eficiente — sempre disponível e nunca negava um suborno. Com o antigo secretário de Estado, a pista de testes estaria negociada há muito tempo, faltaria apenas apresentar os papéis ao ministro. Então, há duas semanas, veio essa irritante notícia. E não conheço o cara novo. Ele é um total desconhecido nos negócios políticos. O nome também não me diz nada, nunca ouvi falar. Há dias tento entrar em contato por telefone, mas a secretária sempre me despacha. Ela diz que o chefe precisa colocar o trabalho em dia primeiro. E eu caí nessa!

De repente, entendo o que aconteceu. O novato quer se destacar. Ele precisa rapidamente chamar a atenção na cena política. E o que é melhor do que se atracar com um grande grupo automotivo? Justo agora, quando o mundo todo está batendo na tecla das catástrofes climáticas. Até então, os únicos protestos ruidosos contra a pista de testes estavam ligados à emissão de gases e à apreensão de que o óleo pudesse contaminar a água potável. Ridículo. Ninguém mais vive onde a pista de testes será construída. Metade de Brandemburgo acabou migrando para o oeste; aquela terra está mais ou menos inabitada. Portanto, ninguém respira o ar de lá. Além disso, nosso grupo já esclareceu que vai instalar um reservatório de concreto sob a pista de testes para recolher todas as substâncias tóxicas danosas. Não vamos construir em nenhuma reserva ambiental, Brandemburgo possui diversas regulamentações e leis, ninguém precisa se preocupar. O novo secretário deve saber disso. Mas, ao se colocar contra um gigante como nós, ele ganha uma boa reputação.

O elevador para suavemente, a porta desliza e eu entro no ambiente nobre do 24º andar. A cada passo no carpete azul macio e felpudo, cresce a raiva dentro de mim. Um secretário de Estado ambicioso e um ministro sem vontade própria não vão parar a minha pista de testes. Não importa quantas declarações eles deem para essas revistas semanais. Já passei por coisas muito piores. Se eles querem guerra, é o que vão ter. Posso montar uma campanha para explodir contra eles no ministério. Tenho de convencer o diretor disso, preciso da cobertura dele nisso. Inclusive, se ele pudesse me dar acesso ao conselho diretivo — uma ou outra declaração da central do grupo no sul da Alemanha, se possível diretamente no microfone dos jornalistas —, dou uma reviravolta na situação dentro de três meses. Esse secretário de Estado ávido por ambição deveria começar a procurar outro ministério. Ele mexeu com a pessoa errada.

Minha postura até então acuada desaparece, endireito o corpo. A recepcionista do diretor, Helga, uma senhora muito elegante, acena para mim de longe. Faço um movimento de cabeça, alcanço a maçaneta e sinto o metal frio na mão. No momento em que abro a porta, sou invadida por uma leve dor de despedida. Sei que, depois de passar por essa porta, vou precisar me despedir por algum tempo das *rules* e da busca pelo homem da minha vida. Uma dura campanha exige máxima concentração, não sobra tempo para mais nada. Por sorte, nada foi mais prazeroso na minha vida até agora do que uma conquista profissional. O homem dos meus sonhos vai ter de esperar.

Decidida e preparada para a guerra, entro na sala do diretor. Ao contrário das minhas expectativas, ele não está esperando sentado atrás da mesa, mas em pé — e sorri para mim. Nunca o vi com essa expressão. Minha testa se enruga. Invadi a sala como um touro, mas, em vez de uma arena furiosa, parece que aterrissei em um afável campo de flores. Meu olhar vai ao encontro de um balde de champanhe. Balde de champanhe? Volto os olhos para o diretor sem entender nada, mas ele já saiu de trás da mesa, dá a volta no imponente baluarte de cerejeira, uma peça de exposição arrojada e moderna, e se dirige feliz a mim.

— Este é o meu tesouro — diz, apertando meus braços em reconhecimento.

Meu tesouro?

O diretor já me soltou e está indo agora em direção à mesinha com o champanhe. Com um estrondo, ele abre a garrafa e enche as duas taças com um gesto exagerado. Desde que trabalho na empresa, nunca aconteceu uma situação como esta. E nunca ninguém ouviu o diretor chamando uma funcionária de "tesouro". Nem vamos comentar sobre o sorriso radiante. Tudo isso é realmente muito irritante. Champanhe, tesouro, sorrisinhos afáveis — isso aqui é uma cantada? Será que o diretor se olhou ontem no espelho e entendeu pela primeira vez que está envelhecendo? Por isso decidiu arranjar uma parceira mais jovem? E quem seria melhor do que eu, já que provavelmente minha testa estampava a desesperada busca por um homem? Por um instante, imagino uma vida ao lado do diretor. Eu conheceria o presidente do grupo, os dois são velhos amigos e jogam golfe com frequência. O diretor deve ter uma casa bacana no norte da Alemanha e outra nas ilhas Canárias. Eu só conviveria com pessoas mais velhas, bem estabelecidas e quase enterradas. Que pavoroso! Não, prefiro tomar outras providências. Será que "meu tesouro" pode ser considerado assédio sexual?

É evidente que o diretor foi capaz de interpretar a expressão do meu rosto, porque ele dá outra de suas cínicas risadas costumeiras e caminha com o conhecido andar de tigre em direção ao interfone.

— Helga, você poderia vir aqui, por favor?

A sempre impassível Helga entra. Ela já presenciou muitas idas e vindas nesta empresa. Poucos conhecem tão bem o território quanto ela. E ela tem uma aparência fantástica para a idade. Talvez os dois, o diretor e ela, tenham um relacionamento?

Helga trouxe sua própria taça de champanhe. Nós brindamos. Ainda olho com um pouco de perplexidade.

— É possível que você não faça ideia do que estamos comemorando? — questiona o diretor.

Nunca é bom não ter ideia nenhuma. Revela um ponto fraco. Por isso, acho melhor dizer "a pista de testes" da maneira mais confiante possível.

— A pista de testes? Sua pista de testes! Uma conquista e tanto. E é unicamente graças a você. Hoje de manhã obtivemos o sinal verde do ministério federal — as obras podem começar no ano que vem. Temos inclusive um polpudo subsídio do governo. A imprensa já está publicando a notícia. Meus parabéns, colega. A direção do grupo está orgulhosa de você — pronuncia o diretor, entusiasmado. Então, recuperando a sobriedade, mas bastante profissional, ele diz: — Você é uma boa lobista, Nina. Espero que saiba disso.

O ministério federal concedeu a aprovação! Mas foi muito rápido. Não estava contando com isso em um prazo tão curto. Sexta-feira passada ainda estava tudo indefinido. O novo secretário precisava colocar o trabalho em dia, foi o que disseram. E eu devia entrar em contato em uma semana. A semana nem terminou.

Alguém deve ter intervindo. O ministro nunca dita o ritmo, sei que deixa tudo a cargo do pessoal dele. Isso não ajuda em nada, preciso ficar em contato telefônico para saber de alguma coisa. Bebo o champanhe em um só gole e agradeço educadamente pela pequena comemoração. O diretor percebe a impaciência e acho que ele até a estima.

— Vá com calma. Faça suas ligações como é de praxe na nossa profissão. Para isso, precisamos de gente como você. E conte em breve com um convite para visitar a sede do grupo. O conselho quer conhecer você.

Então, dá uma piscadela. Acho que ele quer parecer paternal. Nunca imaginei que o diretor soubesse piscar. Helga pega a taça da minha mão.

Desço correndo. Dessa vez, escolho ir pelas escadas. O movimento ajuda a dissipar a adrenalina. Três minutos depois, chego ao escritório. Incrível — em quatro minutos consigo falar com o novo secretário de Estado.

— Você parece surpresa — ele ri ao telefone. — É só perguntar para o Enno.

— Enno — repito, sem acreditar. — Você se refere ao barão Enno von Rufenberg?

Nesse momento, a secretária entra no escritório e coloca um envelope na minha mão. O remetente escrito à mão no verso é Rufenberg. Rasgo o envelope e retiro uma carta em um bonito papel de pergaminho. Escrita com uma caligrafia elegante, a mensagem: "Vamos comemorar a grande conquista? Próximo sábado, às 20 horas. Buscarei você".

Alguns homens já fizeram muito por mim. Mas me presentear com uma pista de testes para conseguir um encontro supera todo o resto.

Capítulo 13

A CAMPAINHA TOCA pela segunda vez. Dessa vez, um tanto insistente. Mas ainda educada.

— Me deixe ao menos responder pelo interfone — imploro a Linda.

Dessa vez a empurro para o lado, e ela cede de má vontade.

— Ele precisa aprender a esperar, regra número 13 — ela reclama.

Faço um sinal ameaçador para ela ficar quieta e com uma voz mansa digo no interfone que desço em um instante. Ouço Enno von Rufenberg dizer "maravilhoso". Ao meu lado, um bipe. Linda acionou o cronômetro do esportivo relógio cromado no pulso dela.

— A partir de agora, dois minutos e meio — ordena com determinação. — Depois disso, você pode ir.

— Linda — protesto, amuada.

Mas sei que não faz sentido protestar. Então esperamos as duas, em pé atrás da porta, até o cronômetro anunciar o fim da espera com um bipe. Uma cena grotesca. Estou perfeitamente vestida, maquiada e de salto alto, entalada entre a caixa de fusíveis e o suporte de casacos, tomando cuidado para o meu novo e lindíssimo vestido Lanvin não enroscar na caixa de correio. Ele é vermelho-carmim, como se fosse pintado de sangue, na altura dos joelhos, e deixa qualquer mulher com uma cintura maravilhosa. O tecido brilhante termina nos seios, na forma de um corpete. A partir daí, um chiffon preto e transparente sobe até o pescoço. Adoro esse tipo de vestido. O corpete é super-sexy, e ao mesmo tempo não é preciso ter medo de um movimento impensado fazer você parecer uma adepta do nudismo no meio do restaurante. Por exemplo, levantar os braços, e exibir os restos de fita adesiva no peito. Eu, hein. Meu vestido é atraente, mas sob controle. Aliás, esse é o lema desta noite: atraente, mas sob controle.

Linda tenta fixar atrás da minha orelha uma das rebeldes madeixas do meu cabelo. Se ela tivesse uma cola, com certeza a usaria agora. Abano a mão como se estivesse espantando um mosquito. Sei que meu cabelo é genioso. É melhor deixá-lo em paz.

Na verdade, Linda deveria ficar um pouco à distância. É claro que ela só quer o meu bem, se esforça para que eu tenha o encontro perfeito e gostaria de me ver no altar. Mas os métodos dela são questionáveis. Nos últimos dias, ela conduziu um treino militar comigo.

— Quanto tempo falta? — pergunto sem paciência.

— Um e catorze — ela responde com precisão.

Essa mulher poderia facilmente planejar um exercício das forças armadas com 26 tropas de países diferentes. Ela é precisa, prudente, implacável e perfeccionista. Entretanto, o primeiro encontro com um homem não é calculável. Mesmo que Linda assim o queira. Como ela pode saber sempre o que é certo e bom? Nesse momento, talvez Enno von Rufenberg já esteja farto de esperar. Talvez ele pense consigo mesmo, essa Nina teve a chance dela. Valorizo mulheres pontuais. Ele pode estar entrando agora no carro dele, girando a chave para dar no pé. Tenho certeza de que ouvi um barulho de motor na frente do prédio.

Assustada, alcanço a maçaneta para sair do apartamento.

Mas Linda coloca o pé na porta.

— Ainda faltam 52 segundos. — Aí está ela, em um conjunto de moletom amarelo e sorrindo para mim. Ela me acalma: — Ele vai esperar. Não se preocupe.

Linda está vestida assim, de modo tão confortável, porque planeja me esperar no meu apartamento. Reproduzindo as palavras dela, para eu não "me entregar precipitadamente" a ele. Essa forma de vigília pedagógica teria sido comprovada na sua própria juventude. A cada encontro, o pai e a mãe dela ficavam espiando atrás da cortina da sala de estar, esperando o beijo de despedida. Por isso, nenhum pretendente teve a coragem de pisar nem na entrada da casa, com medo de que o pai de Linda abrisse o seu famoso gabinete de armas. Alguns garotos do colegial foram até proibidos de sair com a Linda — os pais temiam pelas vidas dos amados filhos. Assim, ela conseguiu passar pela puberdade e se manter virgem. Desde então, Linda acredita que o melhor remédio contra o sexo é ter alguém esperando por você no seu sofá, resistindo até o último minuto. Eu não deveria me sentir tratada de forma paternalista, mas o meu ponto fraco estava no sexo. "Você é muito rápida, Nina. Como quase todas as mulheres alemãs." Ela precisava me disciplinar com isso.

Nunca vou contar a ela que, no meu tempo, meus pais também ficavam acordados esperando, quando eu voltava das festinhas com quinze anos — cada vez de mãos dadas com um garoto diferente, que levava para o meu quarto sem uma palavra. Lembro como eram horríveis os cafés da manhã em família na manhã seguinte. Enquanto meu pai mastigava o pão com mau humor e em silêncio, minha mãe dava a maior atenção para os garotos. Chá ou café, ela começava, perguntando então se eles queriam ovo quente ou se preferiam suco de laranja fresquinho. Em seguida, tentava descobrir onde estudavam, se é que estudavam. Esses momentos eram uma tortura para todos os membros da família. Mas eu me sentia totalmente rebelde.

— Esse nobre é a sua grande chance. Minha missão aqui é não deixar você a desperdiçar. Se ele nutrir sentimentos verdadeiros por você, vai esperar lá embaixo. E o meu conselho é para o seu bem, *sweetie*: deixe-o estrebuchar — sentencia Linda, mantendo a porta bloqueada.

Por um momento, ficamos em silêncio. Repasso os últimos dias. Depois de ler a carta de Enno na minha mesa, liguei imediatamente para o escritório da Linda. Em dez minutos, nos encontramos no restaurante da empresa, onde fomos cercadas pelo cheiro de *curry*. Depois de voltar de um spa ayurvédico, a Sra. Schneider mudou radicalmente o cardápio do restaurante. Desde então, comemos tal e qual como em um santuário hindu. Em vez de canela, meu café com leite recebia agora pó de gengibre desintoxicante pulverizado sobre a espuma do leite. Pedi um desse e Linda, naturalmente, escolheu uma Coca-Cola Zero com sorvete. Ela leu a carta de Enno mais uma vez. Vi que ela estava impressionada. Entretanto, uma pista de testes não é um anel de noivado, ela me disse. Mas ela sentia que agora eu estava no caminho certo. "Agora não podemos cometer nenhum erro."

Nos dias seguintes, ouvi essa frase centenas de vezes. "Não vamos cometer nenhum erro." A partir daquele momento, tudo precisava ser planejado com perfeição. A primeira pergunta que fiz foi: eu deveria aceitar um convite enviado tão em cima da hora para um sábado à noite? Era quarta-feira! Não era melhor dizer que eu já tinha um compromisso marcado há muito tempo? Era isso que ditava a regra número 12. Depois de consultar Archie Hegemann e algumas amigas de Nova York, Linda deu o sinal verde para o sábado. Apesar de ir contra as regras, ela admitiu. Mas o nobre colocou tanto em jogo com a pista de testes que era possível tratá-lo como uma exceção.

O próximo problema surgiu instantaneamente. Como aceitar o convite? Por telefone, e-mail, carta, ou deveria escrever minha resposta no céu com a ajuda de um avião? Decidimos por uma despretensiosa mensagem na secretária eletrônica dele, e descobrimos o período do dia em que ele não poderia atender o telefone. Treinei várias vezes com Linda a frase: "Querido Enno von Rufenberg, será ótimo nos encontrarmos no sábado à noite". E então seguia com o meu endereço. Depois disso, cuidamos da minha aparência. Linda tinha uma opinião determinada até para a minha lingerie. Para ir ao encontro, ela exigiu que eu vestisse a calcinha de algodão, que sempre usava para fazer exercícios. Com ela no corpo, era garantido que eu não me entregaria para ele. Às vezes me pergunto se Linda foi obrigada pelos pais a frequentar missas daqueles pastores evangélicos que condenam o sexo antes do casamento e consideram a teoria da evolução um sacrilégio. Aliás, minha lingerie esta noite é glamorosa. Não obedeço todas as regras da Linda.

O relógio apita. Ela retira o pé imediatamente e libera a porta. Linda me olha com um sorriso e dá um beijo de despedida no meu rosto.

— Você está um arraso, Nina. Desejo a você uma noite maravilhosa.

Aperto a mão dela com ansiedade e, animada, começo a pular os degraus, escada abaixo.

O ar ainda está quente, mas já é possível sentir a chegada do outono. Enno está encostado no carro de maneira relaxada, e se endireita assim que saio pela porta. Ele parece ainda muito alto, principalmente porque o carro que ele dirige é um esportivo, bastante baixo; verde-escuro, se não me engano apesar do escuro. Enno von Rufenberg veste um clássico terno preto, uma camisa cinza com uma gravata preta bem estreita. Nós nos cumprimentamos com um beijo no rosto e ele abre a porta do passageiro.

Enquanto me sento no estofado do carro, sinto o cheiro dele no meu nariz. Ele tem uma agradável fragrância masculina. Mantenho as pernas juntas e dobradas elegantemente no espaço para o passageiro, parecendo alguma famosa perseguida por *paparazzi*. O que é atraente para uma estrela de cinema com certeza fica bem para mim.

Ele fecha a porta com um ruído grave. Enno se coloca atrás do volante, o que, de certo modo, para mim é surpreendente. Sempre pensei que homens altos e carros esportivos não combinassem. Começa o passeio noturno por Berlim.

Não faço a menor ideia para onde estamos indo. O galã não me revelou e eu tampouco perguntei. Dessa vez, não precisei escolher o restaurante e nem arrancar os cabelos procurando nosso ponto de encontro no mapa — portanto, não vou me intrometer no planejamento agora. E nem devo, as regras da Linda me proíbem estritamente. Para minha surpresa, não seguimos em direção ao bairro de Berlin-Mitte, onde estão localizados todos os restaurantes e bares da moda. Também não estamos a caminho do coração de Berlim Ocidental, onde conheço alguns lugares novos e bonitos. Nada disso, estamos dirigindo para fora da cidade, passando por bares locais, *steakhouses*, restaurantes italianos familiares, lanchonetes. Uma placa indica um hotel instalado em um castelo. É verdade, aqui funciona um restaurante caro, onde se diz que a comida é maravilhosa. A vista também deve ser linda — o castelo fica à beira do lago.

Estou prestes a parabenizar Enno por sua escolha de bom gosto, mas percebo que o veículo não reduz a velocidade. Passamos direto pela entrada do hotel. Uma placa amarela com a palavra "Berlim" riscada anuncia a fronteira da cidade.

Agora estamos em Brandemburgo. Será que devo me preocupar? O que ele pretende fazer? Penso em possibilidades terríveis. Vamos passar a noite em um bar de motoqueiros, e Enno von Rufenberg vai se divertir a valer com o fato de eu estar vestida elegantemente no meio de uns roqueiros tatuados, de barba e cabelo comprido. Não dá para imaginar o que mais podemos encontrar em Brandemburgo. Antigos oficiais do exército da Alemanha Oriental, capitalistas megalomaníacos do leste, *hippies* sem teto, cujo reduto em Berlim foi descoberto pela polícia e agora precisam continuar fumando maconha no campo. Sem mencionar os *skinheads* e seus tacos de beisebol, com certeza à espera de um nobre e sua acompanhante em um carro esportivo.

Passamos por um clube de troca de casais em uma residência à margem da estrada. Penso no que está acontecendo lá dentro. Imagino homens obesos e mulheres usadas, todos nus e em pé sob as palmeiras no jardim central, indecisos se devem seguir à esquerda para o sexo no quarto comum ou se preferem ir à direita e escolher o bufê de frios. Tento ler a placa com o nome de um vilarejo, mas estamos indo muito rápido. Nossa localização exata é um enigma para mim.

— Eu deveria ter preparado uma mala? Parece que este vai ser um passeio longo — pergunto em meio ao barulho do motor.

Enno von Rufenberg ri e não me responde. O carro continua na escuridão. O círculo de luz produzido pelos faróis revela floresta de ambos os lados.

Estamos no meio do nada, o último lugar habitado já está bem para trás. Inesperadamente, o carro diminui a velocidade e Enno liga a seta indicando que vai virar. Ele liga a seta? Não tem nada aqui. Mas parece que estou enganada, porque nós entramos em um estacionamento de floresta, um desses que podem ser encontrados aos milhares na Alemanha. Na entrada, a típica placa com os pedestres. Além de nós dois não há ninguém no estacionamento. Isso é motivo para calma ou inquietação? Enno von Rufenberg desliga o carro. O silêncio é retumbante. Assim como a escuridão. Penso nos filmes americanos de terror adolescente, em que os jovens se deixam levar em passeios perigosos. No lugar errado, na hora errada e com a pessoa errada.

Sem uma palavra, Enno sai do carro, no meio da noite. Enquanto o ouço mexendo no porta-malas, verifico quase em pânico se o celular está funcionando — está! — e reflito febrilmente se tenho alguma outra arma disponível além dos saltos — não!

A porta do meu lado se abre. Enno está em pé, segurando galochas verdes e um casaco impermeável. Ele as estende para mim.

— Achei que estaria mais ou menos certo com um tamanho 37/38. Dentro das botas tem um par de meias de algodão grossas e bastante quentes. Você vai precisar delas hoje à noite.

Hoje à noite? Apesar de me sentir um pouco mais tranquila por ele não aparecer com um machado para me cortar em pedacinhos e uma pá para me enterrar em seguida, meu instinto ainda permanece alerta. Por que ele diz hoje à noite — o que esse homem está planejando? Coloco as pesadas meias de algodão, que parecem ter sido confeccionadas à mão, sobre a meia calça cara e fina. Espero que elas aguentem, elas me custaram o olho da cara. Depois, calço as botas verdes. O vestido de festa e as galochas montam uma combinação moderna. Imagino que as crianças da alta classe inglesa se vistam assim. Agora, meu lindo vestido vermelho-carmim desaparece sob o casaco enorme e quente. De fato, ele é bem útil fora do carro, já que faz muito mais frio no estacionamento do que na cidade. Antes de o tecido vermelho sumir por completo, Enno comenta:

— Um vestido fabuloso. Ele poderá entrar em cena mais tarde.

Então, fecha o carro, toma a minha mão e me conduz sem explicações para a floresta.

Isso é romântico? Ou é uma loucura? Estou entregue a esse homem que mal conheço. Se eu conseguir sair viva daqui, vou dar um sermão na Linda. Ela alguma vez já refletiu sobre as ameaçadoras consequências das *rules* dela? O fato é que, de acordo com ela, devo deixar tudo a cargo dele. Não devo me intrometer e fazer muitas perguntas, é melhor continuar misteriosamente silenciosa e discreta. E o que vai acontecer?

Estou adentrando uma floresta à noite com um cara mais ou menos desconhecido. A propósito, não faço a menor ideia de onde fica essa floresta e está tão escuro que mal dá para reconhecer a própria mão na frente dos olhos.

Aos poucos, minhas pupilas se dilatam e vou conseguindo diferenciar os contornos devagar. Tento prestar atenção no caminho. Grandes pedregulhos em uma bifurcação. Um pinheiro torto. Um tronco no meio do caminho. Mas então deixamos o caminho e nos enfiamos em uma trilha entre os arbustos. Agora dependo totalmente do apoio de Enno von Rufenberg. O caminho se torna desnivelado, e Enno segura a minha mão com mais firmeza. Uma sensação de segurança.

As galochas são bem confortáveis. Na verdade calço 36, mas as meias grossas não me deixam escorregar. Talvez seja a mão condutora de Enno, talvez o equilíbrio sobre as raízes no chão, aos poucos começo a gostar dessa viagem. Há anos que não passeio à noite em uma floresta. Na escola, fizemos algumas caminhadas noturnas. Agora, só ando à noite para ir de um restaurante ou de um show para um bar, ou se preciso correr para pegar o último ônibus.

Sob os nossos pés estalam ramos, escorregamos de leve em algumas pinhas no chão. O termo "floresta decídua temperada", aprendido nas aulas de geografia, me vem à cabeça. O ar noturno é úmido e pesado, e faz bem aos pulmões. Minha mão, no início agarrada à de Enno, começa a relaxar. Ele percebe isso e acaricia de leve as costas da mão com o dedo indicador. Engraçado. Nós ainda nos tratamos de maneira formal, mas já damos as mãos timidamente. Sinto como se estivesse no século 18.

Sobre nossas cabeças, alguma coisa bate as asas, bem de perto. Acho até que roçou no meu cabelo. Imediatamente, minha mão se contrai.

— Uma coruja — ele me tranquiliza. — Já estamos chegando.

Não entendo como ele pode ter tanta segurança. Este lugar aqui se parece com todos os outros por onde passamos. Então reparo em algo. Um pouco adiante, atrás de árvores e folhagens, vejo algumas luzes oscilantes. De início penso que são vaga-lumes, mas a época do ano já está muito fria para eles. Além disso, as luzes não estão voando para lá e para cá. Assim que nos aproximamos, o mistério se esclarece: devem ser velas acesas. Conto seis luzinhas. Enno para abruptamente e me dá passagem. A trilha termina em alguns metros. Chegamos a uma clareira com vegetação na altura dos joelhos.

É uma visão mágica. No meio da clareira, uma pequena mesa quadrada com duas cadeiras. Sobre a mesa, um candelabro com as velas. A lua penetra pela copa das árvores e sua luz se reflete na prata do candelabro. Uma leve brisa passa de vez em quando, ela brinca com a chama das velas e inclina a vegetação.

A cena me toca profundamente o coração. Já não sinto mais nenhuma desconfiança, toda a hesitação desaparece. Dessa vez, eu mesma tomo a mão de Enno e caminho com ele em direção ao nosso lugar no meio da clareira. Meu nobre admirador mostra sua satisfação por me ver tão feliz.

A mesa está posta de forma simples e bonita. Uma toalha branca, louça de porcelana também branca, talheres pesados de prata e duas espessas taças de vinho. Enno providencia a abertura do vinho enquanto eu, entusiasmada, retiro as tampas dos pratos e recipientes sobre a mesa. Patês, molhos, diferentes tipos de queijo, frutas e pudins em pequenos formatos redondos. Embaixo, ao pé da mesa, erguem-se de uma cesta de piquenique duas baguetes enroladas com guardanapos xadrez em vermelho e branco. Ouço o barulho da rolha pulando da garrafa, e Enno servindo o vinho tinto. Nem está frio demais. Estou perplexa.

— Como você...? — gaguejo, sem palavras.

Mas ele coloca o dedo indicador sobre os lábios, indicando para eu não continuar.

— Meu segredo — diz. Então, puxa a cadeira para mim e percebo como é fácil se acostumar com um tratamento atencioso. Brindamos. — A esta maravilhosa noite a céu aberto.

Comer ao ar fresco faz bem ao paladar. Os sabores parecem mais intensos, não trocaria nosso menu da floresta por nenhuma cozinha cinco estrelas deste mundo. O vinho tinto me aquece de dentro para fora, o casaco e as meias grossas, de fora para dentro.

Finalmente, faço a pergunta que me queima de interesse. O que foi aquilo com a pista de testes, como ele conseguiu a aprovação?

Enno sorri e diz que o novo secretário é um velho amigo. Eles se conhecem desde sempre, estudaram juntos, participaram da mesma fraternidade estudantil.

— Um colega — concluo, e ele faz que sim com a cabeça.

Entretanto, ele diz que a participação dos dois na fraternidade não era muito convincente. Eles se interessavam mais em passear pelos bares e tocar música.

— Mas, enfim — ele continua —, esse meu amigo é o novo secretário do Ministério dos Transportes e iniciou os trabalhos há algum tempo. Depois do nosso encontro no sábado, mencionei por acaso o seu nome a ele, Nina. Então, ele aguçou os ouvidos. Parece que você surge com bastante frequência nos assuntos do ministério. — De qualquer forma, parece que depois disso o amigo dele olhou com mais atenção para o processo da "pista de testes" e concluiu que já estava tudo decidido, na verdade. O ministro apoia a construção. — Eu só acelerei o anúncio público da notícia. Pensei que um pouco de pressão não faria mal.

Então realmente preciso agradecer ao barão Enno von Rufenberg. Ele pediu para o amigo dele me ajudar. É assim que funciona o nosso negócio. Assim fechamos grandes pedidos e assinamos ótimos contratos. O trunfo é escondido na manga — seja na política ou na economia, todo mundo sabe disso. Os interesses profissionais e privados estão inseparavelmente entrelaçados um ao outro. Se minha relação com Enno von Rufenberg fosse apenas profissional, a conclusão automática é que devo um grande favor a ele pelos próximos anos. Talvez oferecesse a ele um carro atraente com ótimas condições, vinte por cento abaixo do preço de tabela. Ou uma visita totalmente patrocinada à fábrica no Brasil, com estadia no melhor hotel e uma viagem à floresta amazônica.

Mas as coisas entre nós são puramente pessoais. Como se paga uma dívida particular?

Como não tenho uma resposta para isso, mudo de assunto. Pergunto onde estamos exatamente.

— Este é o terreno de um conhecido — ele explica. — No nosso primeiro encontro, fiquei com a impressão de que você é uma verdadeira mulher da cidade, sem muita intimidade com a natureza. Eu, ao contrário, cresci no campo. Não em uma fazenda, claro, mas em uma grande propriedade. Mas o campo é o campo.

Enno von Rufenberg é um perfeito anfitrião. Ele me serve comida e vinho e conversamos sem interrupção. Ele me conta histórias de onde foi criado, na Alemanha, e do internato na Irlanda. Acrescento à conversa anedotas do meu pai. Nós dois rimos. Todo esse cenário, a escura floresta ao redor, o imenso céu sobre nós, a lua irradiando por entre as árvores, até a leve brisa que ameaça vez ou outra apagar nossas velas, mas desiste no último instante — tudo parece estar à nossa disposição. Como se a floresta quisesse nos acolher bem.

Quanto mais permanecemos aqui, mais confiável a clareira me parece. Como se fosse totalmente normal passar uma noite à luz de velas em uma mesa no meio da floresta.

Que horas são? Não faço ideia. A lua mudou de posição, algumas horas se passaram. O que Linda deve estar imaginando? Uma coisa é certa, ela está errada. Nós conversamos e conversamos — nada mais que isso. Nenhum contato físico, nenhum beijo, nem mesmo uma suavização do tratamento formal. Se não fossem as mãos dadas no começo, quando caminhamos pela floresta, ainda não teria tocado esse homem. Está correndo tudo totalmente diferente do esperado. Nem Linda, nem as *rules* nunca imaginaram uma situação como esta.

— Ainda tenho uma surpresa — Enno revela subitamente e pede para eu me levantar.

Ele arruma as cadeiras uma ao lado da outra, de forma a observarmos a parte de trás da clareira, como espectadores. Então, ele pede para eu não fazer mais nenhum barulho a partir de agora. Sem falar, sem sussurrar, sem espirrar. E um pouco de paciência.

Sentamos um ao lado do outro. Estou um pouco tonta, por isso apoio a cabeça no ombro dele. Esperamos. Não sei o quê, nem por quanto tempo. De algum jeito, me acostumo aos poucos a esse estado de desorientação. Impressionante, nem estou impaciente. Pelo contrário, sou invadida por uma profunda sensação de calma, que geralmente me falta. No dia a dia, sempre estou indo para algum lugar. Quando chego, preciso lutar contra o silêncio. Em casa, ligo imediatamente o rádio ou a TV, às vezes os dois ao mesmo tempo. Sei que a minha vida é assim. Eu me apresso de A para B, e quando finalmente estou em B, coloco C para funcionar para me distrair.

Quantos botões em média aperto em um dia? Trinta? Cinquenta? Sessenta? Começo com o interruptor. O botão do meu despertador. A secretária eletrônica. O elevador. O botão para abrir a porta do metrô. O botão do computador no trabalho. De repente, me lembro dos botões mais malucos. Aquele que você aperta em cabines fotográficas para rejeitar uma foto que não ficou boa. Os vitais botões do caixa eletrônico. Os lindos e grandes botões das máquinas de refrigerante. Acho que estou um pouco bêbada. Ou estou sonhando?

Nesse momento, Enno puxa de leve a manga do meu casaco e aponta para o canto direito da clareira. Ainda não consigo ver nada, mas ouço um barulho. Não, a palavra "barulho" é suave demais. Alguma coisa estala os galhos no chão da mata. De repente, aparece um javali. Um tanto apreensiva, olho para o meu anfitrião. Não é melhor sair correndo quando um javali se aproxima assim? Esses animais não são lá muito pacíficos, isso é tudo o que uma mulher da cidade sabe. Mas Enno von Rufenberg faz um sinal tranquilizador, ele parece calmo. De fato, o javali não se preocupa conosco. Ele vai da direita para a esquerda e deixa a clareira, passando na nossa frente. Alguns metros nos separam do animal. Incrível. Nunca passei por isso.

Mas o desfile continua. Algumas lebres vêm em seguida, um porco-espinho ofega na frente das minhas galochas, uma corça pula na diagonal sobre a clareira e, quando penso que isso já está ficando inverossímil — o homem deve ter contratado esses animais para o encontro romântico, uma floresta alemã não pode ser assim tão ativa — aparece um cervo. Um cervo gigante. Com uma galhada enorme. Dessa vez, até Enno parece impressionado. O animal dá um bramido horripilante, que estremece toda a floresta. Os pássaros, até então tranquilos, saem em revoada. Uma coruja troca de árvore. Então, o cervo se vira e trota majestoso para longe.

Pisco para Enno von Rufenberg, desorientada.

— É sempre tão movimentada a noite por aqui?

Ele balança a cabeça.

— Não, você trouxe sorte. Sorte de caçador. — Finalmente, ele coloca as duas mãos no meu rosto, me puxa para perto dele e pergunta, já bem próximo dos meus lábios: — Posso?

Em silêncio, faço um movimento positivo. Segue-se um longo beijo à luz de velas no meio de uma clareira na floresta.

Não posso dizer se passou uma estrela cadente no céu nesse momento. Mas a noite está tão perfeita, que suponho que sim. Talvez Linda a tenha visto da janela do meu apartamento em Berlim. O mais provável é que ela esteja dormindo no sofá.

Capítulo 14

O CARRINHO DOS gêmeos da Bete bloqueia a calçada. Precisaríamos de uma escolta policial para abrir o caminho. Há vinte minutos peno para passar por um bando de pedestres, evitar cachorros farejadores de forma desengonçada e, com maior esforço, desviar de bancos, pilares e veículos estacionados em local proibido. Todos me olham de cara feia. Acham que estou perturbando o fluxo. Ao mesmo tempo, algumas pessoas impacientes ficam congestionadas atrás do carrinho. Querem passar, mas não conseguem, porque o contrafluxo está muito pesado. Ninguém se alegra com a nossa presença na rua. Atrapalhamos todo mundo. Para piorar, Theo grita a plenos pulmões. Ele já está com três meses e não para de gritar desde o dia em que nasceu. Theo come e dorme apenas para tiranizar o mundo com berros mais poderosos a cada grama e centímetro obtidos. Em compensação, seu irmão Albert, deitado no assento ao lado dele no carrinho duplo, sorri o dia todo. Não sabia que as personalidades de gêmeos podiam ser tão diferentes.

Duas senhoras caminhando na direção oposta balançam a cabeça com um ar de reprovação.

— Pobre bebê — diz uma delas.

Como sempre, Theo arrebata a compaixão pública e não deixa ninguém mostrar simpatia pela mãe estressada ou pela tia desesperada.

— Ele deve estar com fome — supõe a segunda.

Essa conversinha me dá nos nervos. Desde que subimos pelo elevador do metrô e alcançamos a calçada, ouvimos comentários incessantes de completos estranhos. Uma acha que o bebê está com calor, outra acha que ele está com frio. Alguns pensam que é melhor deixá-lo gritando. Outros resmungam bravos por que não pegamos Theo no colo. Um homem pergunta horrorizado se não temos nenhum brinquedo — um chocalho ou alguma dessas porcarias a pilha que tocam uma melodia terrível para bebês. Fico irritada por ser tão descaradamente observada em público.

— Ele acabou de fazer uma ótima refeição — grito para as duas senhoras, mas Bete me acalma colocando a mão no meu braço.

— Não se irrite, Nina. As pessoas gostam de dar seu parecer.

Acho que a falta de sono a deixou benevolente. O estresse com o carrinho, a multidão hostil e o berro de Theo, nada parece afetar Bete. Ela continua andando sobre a calçada calmamente, como se estivesse numa bolha de ar. Nesse meio-tempo, o rosto de Theo fica vermelho de raiva. Nada o acalma — nem chupeta, nem brinquedo. Finalmente, Bete se inclina. Ela tira o filho do carrinho, o enrola em um tecido de algodão e o segura no colo. Ele sossega apenas quando se vê nos braços da mãe. E Bete ainda ousa se sentar em um café com ele nos braços.

Enrosco a roda dianteira em uma lata de lixo.

— Preste atenção! — sussurra alguém atrás de mim, bravo porque precisou parar de repente.

Bete pergunta se não prefiro segurar o Theo, mas acho essa tarefa mais difícil do que a luta com o carrinho. Minha irmã parece se divertir a olhos vistos. Ela não parece estar tão sonolenta, afinal.

— Como estão as coisas com o príncipe? — pergunta depois que consigo soltar a roda.

Desde o princípio, Bete se refere a Enno como "o príncipe". Ela disse que durante o difícil período de amamentação não tem paciência para finezas genealógicas. Tanto faz se o cara é um duque, um conde, um barão ou só um "von[1]" — no fim das contas são todos príncipes.

Parei de querer explicar a ela. O próprio Enno pode se esforçar algum dia para apresentar a história dos barões Von Rufenberg.

As coisas vão bem. Enno e eu estamos juntos há dois meses, mais precisamente há cinquenta e cinco dias, e nenhum de nós mostramos sinais de querer fugir do relacionamento. Está cada vez melhor. Enno se esforça como no primeiro dia. Ele não deixa as coisas esfriarem. Às vezes, me surpreende com um passeio ao museu, onde caminhamos sérios ouvindo o audioguia, até que eu o faço gargalhar ao transformar o aparelho de áudio em um instrumento de comunicação com o Capitão Kirk de *Jornada nas Estrelas*. Às vezes, ele recita poesias para mim a noite inteira. Como agradecimento, organizo noites de DVD em que vemos todas os episódios de *24 Horas* em sequência, devorando um monte de tacos com guacamole. Enno nunca havia ouvido falar de Kiefer Sutherland, ele só conhecia Donald, o pai. Às vezes, vamos passear na floresta. Passeios que sempre terminam com um jogando o outro em um monte de folhas, e eu encontrando pequenos ramos no sutiã, à noite.

1. Prefixo de nomes alemães que designa título de honra.

Sobretudo, estou aproveitando as comodidades da boa educação. Ele abre todas as portas para mim, ajuda com o casaco, segura o guarda-chuva para me proteger e oferece voluntariamente o pulôver quando estou com frio. Isso me faz bem. A gentileza dele é como um xale quente sobre os meus ombros.

Dois meses. Para mim, dois meses são como um limite mágico. Normalmente, esse é o prazo de validade dos relacionamentos. Os namoros vão por água abaixo no máximo logo depois disso. Mas não desta vez.

Bem, agora estou manejando as coisas de maneira diferente. Por exemplo, evito ir a alguns dos meus lugares preferidos com Enno. Difícil imaginar um barão no Afterworkklub. Enno é bastante solícito e cauteloso, dirige um carro bacana, veste roupas de bom gosto, mas não é exatamente descolado. Com Enno ao seu lado, é mais ou menos como se você fosse a um encontro com o melhor aluno da classe.

Pode ser que eu esteja sendo injusta. Enno é descolado, sim. Mas de um jeito diferente da maioria dos homens de hoje. As tralhas do mundo atual parecem não interessá-lo.

Se eu sinto falta dos *bad boys* de Berlim? Não sei o porquê, mas sempre desejei homens que abrem uma garrafa de cerveja de dez formas diferentes, que sabem como fazer ligação direta em um carro e contam com grande prazer sobre algum inacreditável show nojento de *striptease* em Las Vegas. Não há dúvidas de que homens assim são uns porcos. Com eles, um relacionamento não passa dos dois ou três meses. Porque depois de algumas semanas, eles começam a ficar negligentes. A cada visita, a casa está mais bagunçada. Caixas de pizza no chão, louça suja amontoada na pia da cozinha e roupas usadas jogadas no corredor. Tive um namorado e estávamos há algum tempo juntos.

Uma vez, estávamos nos beijando no sofá. Depois de um tempo comecei a sentir um cheiro desagradável e, quando abri os olhos, percebi que atrás de mim, no canto do sofá, tinha uma pilha de meias e cuecas usadas. Se eu tivesse colocado tudo na máquina sem reclamar, pode ser que estivéssemos ainda juntos. Em algum momento, eles querem transformar você de amante a mamãe. Mas só para arranjar outra amante no ano seguinte. Comigo, não.

Enno nunca bebe cerveja no gargalo. Ele sempre leva o carro na concessionária. Bares de *striptease*? Nunca ouvi essa palavra saindo da boca dele.

— E o sexo? — continua minha irmã. Ela sempre foi curiosa, quer saber de tudo.

Eu hesito. Não porque não queira responder. Mas é porque desta vez — e isso também é diferente de antes — tenho a necessidade de guardar certas coisas para mim. Bete interpreta mal a minha hesitação.

— Vocês já transaram, não é? — ela pergunta, um tanto assustada.

— Claro que sim, Bete! O que você acha? Vivemos no século 21.

— Só pensei nisso por causa das regras da Linda, e também das convenções dos nobres. Pode ser que o sexo antes do casamento seja tabu para vocês. — Apesar de eu balançar a cabeça energicamente, Bete não deixa por menos. Ela me observa com olhos penetrantes. — Mas ele é bom de cama, vocês se divertem? Diga logo — ela pressiona. Theo adormeceu nos braços dela. Ela o coloca suavemente no carrinho e, para a minha surpresa, ele não acorda.

Reflito por um momento. Busco as palavras certas para responder. Bete e eu sempre fomos bastante próximas. Isso não vai mudar agora. Então digo:

— Enno é um amante gentil.

Os olhos de Bete se arregalam, ficam grandes e redondos. Ela ama essas expressões do cinema mudo. De acordo com ela, isso reforça magistralmente sua cara de espanto.

— Gentil? — ela repete. — Nunca ouvi isso. Conheço bons e maus amantes. Amantes apaixonados, indiferentes, brutais. Mas nunca conheci um amante gentil. Como é isso?

Bete dá uns risinhos. Ela ficou muito cheia de risadinhas depois que se privou do sono por causa dos bebês.

Na verdade, gentil é um sinônimo para hesitante. Enno é um amante hesitante. Espero que isso mude com o tempo. Talvez ele precise de mais confiança, embora essa seja uma qualidade que não falte a ele. Já passamos dois dias inteiros na cama, como fazem os verdadeiros amantes. Uma vez choveu e estávamos no apartamento dele. As gotas batiam nas janelas, coloquei a cabeça no peito dele, ele brincou com os meus cabelos e nós ficamos olhando para fora, em silêncio. Foi muito bom, era uma sensação de intimidade. Acho que ele confia em mim. Mas talvez perceba que não sou totalmente sincera com ele. Às vezes fico irritada com o jeito que ele me trata na cama. Ele faz perguntas demais. "Posso isso? Posso aquilo?" Isso me deixa louca. Será que os homens suspeitam o quanto uma mulher pode pensar durante o ato sexual quando ela não está satisfeita? Se não gosto do jeito que estou sendo tocada, reflito sobre isso enquanto transamos e, quanto mais reflito, mais fico irritada com o toque dele, até pular da cama de repente e dizer algo insano — deixei a luz acesa, me esqueci de tomar a pílula, não fechei a porta de casa —, só porque não aguento o corpo dele mais um segundo. Normalmente, me visto e vou embora para sempre. Mas não posso deixar que isso aconteça com Enno. Preciso conversar com ele antes. Agora minha irmã quer ouvir uma explicação.

— Admito, não é o melhor sexo que já fiz na minha vida, mas não é o pior. Ele é aceitável. Se tivesse que escolher um parceiro de acordo com a qualidade do sexo, teria de estar até hoje com aquele babaca da faculdade. Aquele estudante de medicina esquisito, um baixinho maluco. Você se lembra dele?

— Ele era realmente pirado — Bete precisou dar outra risadinha.

— Pois bem.

— Você parece feliz — conclui Bete, por fim.

Nós nos dirigimos a uma padaria com mesinhas na calçada, onde os clientes tomam café. Vamos encontrar o Rüdiger aqui. Ele passa todos os dias depois da escola para tomar uma xícara de café. Nos dias de hoje, até os mais velhos bebem um cappuccino, um expresso ou um *macchiato*. Quem ainda bebe café de coador deve pedir um bule de café, e não uma xícara. Imagino o Rüdiger dizendo todas as tardes com sua voz infame: "Uma xícara de café, por favor". Ele é tão retrô. As cafeterias descoladas com exuberantes espumas de leite e cafés aromatizados — avelã, caramelo, baunilha — nunca ofereceram tentação para alguém como o Rüdiger. Ele acha que *brownies*, *cupcakes*, sanduíches de atum e *muffins* são um lixo do mundo moderno. Com uma xícara diária de café coado e alguns biscoitos, ele dá de ombros para a americanização.

Paramos com o carrinho gigante na frente da vitrine. Rüdiger não percebeu a nossa presença. Ele beberica o café da xícara e folheia a revista gratuita da padaria.

Mais uma vez, me pergunto como Bete foi casar com esse homem. Ele não é charmoso, não é bonito, não faz uma boa impressão. E também não tem dinheiro. Como? Nunca perguntei a ela. Talvez em respeito ao casamento. Bem, um casamento já é alguma coisa. Mas agora que acredito estar em um relacionamento sólido, sinto que tenho direito de fazer essa pergunta. Além disso, ela quis agora há pouco saber coisas íntimas sobre mim. Então, antes de Bete abrir a porta, pergunto a ela sobre o marido.

Ela responde de maneira inesperada.

— Lembra quando o Achim foi para a Nova Zelândia?

Achim, faz tempo que não ouço falar dele. Se houve algo parecido com um grande amor na vida da minha irmã, esse foi o Achim. Um surfista, loiro, alto, muito simpático. Os dois formavam um casal bem atraente. Infelizmente, o relacionamento era tão instável quanto a prancha dele em uma ressaca. Era invejável como eles pareciam felizes ao entrar de braços dados em uma festa. Entretanto, ninguém poderia prever com segurança que o casal ainda estaria junto uma hora depois. Suas brigas em público eram lendárias. Assim como os casos, que usavam para se magoar reciprocamente. Bete não admitia, mas partia do princípio de que, no final das contas, ela e Achim ficariam juntos. De alguma forma, acreditava que eles continuariam o relacionamento e envelheceriam juntos. Até o dia em que ele partiu para a Nova Zelândia, sem previsão de retorno.

— Na véspera da viagem dele, nos encontramos. Eu sentia que aquele poderia ser o fim. Queria evitar isso a todo o custo. Então propus, meio que de brincadeira, que nos casássemos e construíssemos uma família. Sabe o que ele respondeu? "Você é muito egoísta para ter filhos. Não dá para viver com uma mulher como você." Isso me magoou profundamente. Eu apenas era igual a ele. Nossos defeitos eram os mesmos, no fundo éramos dois egoístas. Mas o egoísmo dele não o impediu de, meses depois, engravidar uma maria parafina australiana e se casar com ela. Hoje, ele deve ter três meninos e um café na orla da praia com conexão à internet.

Minha irmã teve de lutar contra a derrota por muito tempo.

Bete aponta para Rüdiger, que continua a tomar seu café, distraído, e provavelmente interessado em um artigo sobre o significado cultural do fermento em pó. Rüdiger, continua minha irmã, foi o primeiro homem que aceitou espontaneamente querer viver com ela. Com ela, a selvagem mulher-troféu. Sem casos, sem idas furtivas um à casa do outro. Ele até chegou a dizer que amava o egoísmo dela, porque era a expressão de uma fome de viver — um sentimento que ele nunca havia conhecido.

— E então ele me assegurou que confiava plenamente em mim. Plenamente! — conta Bete. Foi assim que aconteceu com ela. — Quando um homem diz que quer passar a vida ao seu lado, Nina, leve a oferta a sério. Nunca jogue essa chance fora de forma leviana. Quem sabe se ela vai se repetir algum dia.

Ainda em dúvida, olho para Rüdiger. Ele se sujou e está limpando a mancha de café com um guardanapo de papel. Os movimentos são rudes, como sempre. É quase como se ele estivesse encerando a mancha. Que pedante! Adoraria dizer que a alegação apaixonada da minha irmã torna o Rüdiger mais inteligente, menos maníaco e não tão patético. Não, Rüdiger parece tão estúpido quanto há cinco minutos.

Não desisto assim tão rápido do meu inimigo preferido. Sobre quem vou fazer graça durante o dia todo, se não tiver o Rüdiger? Ele é o maior idiota que já pisou na face da Terra. Sempre achei que minha irmã pensava o mesmo, sendo sincera. Talvez eu tenha me decepcionado um pouco. Admito que quando olho o rosto dos bebês, vejo que eles parecem um pouquinho com o Rüdiger. Por que nunca tinha percebido isso? Quem sabe, talvez algum dia o reconheça como pai dos meus sobrinhos. Mas não hoje.

Capítulo 15

Eles me ofereceram Bombaim! Bombaim. No momento, não existe posto mais cobiçado na empresa. Antigamente, todos desejavam as metrópoles tradicionais — Paris, Roma, Madri, Washington ou Tóquio. Hoje não. Quem é ambicioso quer ir para Pequim, São Paulo, Cidade do Cabo, Seul ou — bem lá no topo da lista — para Bombaim. Lá devem acontecer os grandes negócios do futuro. Lá está o dinheiro. E, quando tudo dá certo, de lá sai o caminho direto até o andar do conselho diretivo do grupo.

Paris, Madri e Nova York são postos para os que estão prestes a se aposentar. Esses clássicos são oferecidos aos colaboradores no final de uma carreira de sucesso, como agradecimento. Antigamente, as pessoas recebiam um relógio de ouro. Hoje, são três anos de diretoria em Roma. A única coisa que se espera é que sejam sempre negociadas boas condições nos hotéis mais famosos da cidade, para que os membros do conselho possam se hospedar no tempo livre. Esses cargos se assemelham a uma recolocação profissional da indústria automotiva para o segmento de turismo de luxo. Mas eu sou jovem, e devo ir para Bombaim.

Já consultei a internet pelo celular. Temperatura de hoje em Bombaim: 28° C e alta umidade do ar. O tempo aqui está frio e chuvoso, com previsão de tempestades de outono. Mal posso acreditar: Bombaim!

Como estou no vagão-restaurante do trem, não faz sentido tentar telefonar. Não dá para explicar que me ofereceram um cargo na Ásia com uma ligação ruim. Então, empurro de lado meu prato com ovo mexido e salmão comidos pela metade para enviar um SMS coletivo. Escrevo assim: "Minha carreira foi turbinada. Ofereceram um cargo em Bombaim. Direto ao topo. Devo aceitar?". Envio para Kitty, Linda, minha irmã Bete e, naturalmente, para Enno.

Enno. Como ele vai reagir à oferta de Bombaim? Ele viajou por alguns dias para a casa dos pais em Württemberg. Pelo visto, ele faz isso com bastante frequência. Enno parece mesmo ser um verdadeiro príncipe. O pai quer tê-lo por perto em todas as decisões de negócios importantes que afetam o patrimônio, a mãe controla as pequenas finanças familiares com a ajuda dele. Enno tem outros irmãos que moram mais perto da casa dos pais, mas ele é o responsável por ser o mais velho. Da próxima vez, ele quer me levar para conhecer os pais.

Parece que as coisas estão realmente sérias entre nós. Ou devo dizer, parecia que estavam sérias?

Cutuco o ovo mexido com o garfo. Ovo mexido de trem me lembra comida de astronauta. Já espiei como preparam: é pré-cozido em um tipo de saco, colocado no micro-ondas do restaurante de bordo e aquecido a 423° C em segundos. Porque, em poucos minutos no ar totalmente climatizado do vagão, ele esfria para 4°C e fica mole e aguado no prato. Empurro de lado o ovo mexido.

Com certeza, Enno vai se decepcionar ao ler o SMS sobre Bombaim. Quem gostaria de manter um relacionamento de fim de semana entre Berlim e Bombaim? Até onde eu saiba, não há voos baratos nessa rota. Bombaim significaria o fim do nosso amor.

A cidade não se chama mais Bombaim, há alguns anos o nome mudou para Mumbai. Nunca vou me acostumar. Bombaim é tão mais bonito de se pronunciar. Parece bombom. E soa como os filmes brilhantes e coloridos que vêm de lá. Bombaim, Bollywood. Quase nenhuma outra cidade no mundo tem população tão grande. Quantas pessoas? Ninguém sabe. Os habitantes de Mumbai nunca foram contabilizados, nem os de Bombaim. A única coisa que se sabe é que eles se multiplicam. Essa cidade está explodindo. Quem já esteve na estação central e observou como, a cada hora, dez mil passageiros se espremem nos trens indianos, sabe que a explosão populacional não é uma expressão sem sentido. Muitos, muitos milhões povoam Bombaim, e agora provavelmente vou me juntar a eles.

Mas não posso me iludir, até agora ninguém conseguiu se adaptar direito ao cargo em Bombaim. É quase como um assento ejetor. Só nos últimos três anos, cinco colaboradores da empresa tentaram ficar e fazer negócios. Nenhum deles obteve sucesso. O último chefe de Bombaim precisou abandonar o cargo porque começou a se relacionar com uma garçonete indiana jovem demais. Um político indiano de alto escalão a levou a uma reunião para negociar melhores condições no contrato com a nossa empresa. As condições impossíveis que nosso querido colega concedeu ao governo indiano causaram pânico no departamento financeiro alemão e levaram ao fim da estadia dele em Bombaim. Por sorte, o contrato nunca foi assinado. O que não teria sido tão trágico, uma vez que contratos escritos não têm tanto valor em Bombaim. Isso foi o que aprendeu o antecessor dele que — depois de muita papelada e pouco pagamento — despachou por contêiner três dúzias de limusines de luxo para o seu maior cliente na Índia, saindo da Alemanha diretamente para o porto de Mumbai. Mal os veículos foram descarregados, o cliente desistiu do negócio. Não estava mais interessado. Quando o antecessor mencionou o contrato assinado, o indiano riu e disse que, na Índia, as coisas não funcionavam daquele jeito.

Aliás, os veículos desapareceram da noite para o dia. E os rumores na cidade davam conta de que o cliente teve participação no roubo. Essa é Bombaim, a cidade dos grandes malandros. Mas, que ninguém se iluda — nossas vendas ficam significativamente atrás de outras fabricantes de veículos estrangeiras.

Os indianos endinheirados amam nossos carros. Mesmo sem ter ruas para dirigi-los. Em dias bons, dá para alcançar a velocidade máxima de 40 km/h na avenida expressa de Bombaim. Uma vez, em uma viagem de negócios, levei três horas do aeroporto até o hotel — e pude observar todas as variações de transporte humano, desde a idade do bronze. Não apenas veículos sem marca, feitos com partes roubadas de modelos atuais e obsoletos. Também vi carros de boi, caminhões sobrecarregados, carretas, riquixás e até um elefante.

Durante essa longa viagem até o hotel, senti uma enorme sensação de liberdade. Desde então, a cidade está no meu coração. Não por ela ser especialmente bonita, ela nem é muito indiana em comparação a Calcutá ou Nova Délhi. Fui tomada por uma sensação de que nesse caos tudo é possível, mas nada é realmente importante. Bombaim é como um animal selvagem — se quiser, posso pular sobre seu torso, agarrar os pelos com a mão e andar com ele por alguns momentos. Em algum momento serei derrubada ao chão e a cidade não vai nem se importar, tanto faz para ela.

Mas essa montaria vai mudar quem eu sou. Posso aprender muito em Bombaim e, ao mesmo tempo, não corro o risco de colocar meus erros em evidência. Quando algo dá errado em Berlim, o problema gera imediatamente um tremor de gravidade média na central do grupo no sul da Alemanha. Ao contrário, se o problema ocorre em Bombaim, sou uma vítima da cidade, uma de muitas. E, se obtenho sucesso em Bombaim, meu valor de mercado sobe de maneira incomensurável. Só tenho a ganhar.

De alguma maneira, acredito que a cidade também gosta de mim. Ao menos, foi o que afirmou um iogue de olhar penetrante e cabelos grisalhos, emaranhados e imundos quando me viu na rua: "Bombaim é seu carma, madame". Ele gritou isso diversas vezes, agitado, até que eu colocasse algumas rúpias na mão dele. Será que Bombaim é o meu carma? Nosso diretor acredita piamente nisso.

Se eu já me decidi sobre Bombaim? Não, preciso conversar com Enno primeiro. E também ouvir o que os outros têm a dizer.

Não tenho como enviar uma mensagem para os meus pais. Eles se recusam a comprar um celular. Nem uma secretária eletrônica eles têm. Meus pais amam quando alguém liga onze vezes em uma única manhã para contar algo importante. Quando finalmente, na décima segunda tentativa, eles tiram o telefone do gancho, explicam que é preciso aprender novamente a ser paciente nesses tempos apressados. O engraçado é que meu pai não tem nada contra usar um MP3 *player*. É que ele acha que deve ser muito cansativo correr com um rádio nos ombros.

Meu celular toca uma melodia curta de jazz. Kitty foi a primeira a responder ao SMS. "Por favor, me traga *chutney* de coentro. Vamos sempre visitar você!" Sei que Kitty e Frank adoram viajar.

Peço uma pequena garrafa de vinho tinto. Nunca faço isso, mas quero comemorar. O trem para em uma conhecida cidade estudantil. Muitos que embarcam têm perto da minha idade, mas ainda levam uma mochila nas costas. Odeio mochilas! Não ligo para a zombaria de Chichi, fico feliz por ter interrompido a faculdade. Ao me lembrar de Chichi, Enno me vem à cabeça. Como ele vai reagir? Ele vai ficar decepcionado, com certeza. Será que ele já leu a mensagem? O celular toca mais uma vez.

Minha irmã também me parabeniza. Ela lamenta que a tia-madrinha vá morar tão longe. E pergunta se pode enviar as crianças para mim nas próximas férias. Que corajosa.

Ainda nada do Enno. Brindo em silêncio comigo mesma e bebo um gole. Que ironia do destino, penso, ao observar a situação e ver como ela é fruto do que foi semeado: Enno acelerou tanto a minha carreira que vamos acabar nos perdendo de vista. Sei que ele nunca se mudaria para Bombaim. Ele acabou de ser nomeado sócio no escritório de advocacia em Berlim. Seria burrice partir agora.

Como sempre, Linda me responde com uma mensagem enigmática. "Vai ser divertido." O que vai ser divertido? Bombaim ou a reação de Enno? É claro que vai ser divertido em Bombaim. Respondo que ela deve manter silêncio absoluto na empresa. Não que eu ache que a notícia da minha saída esteja percorrendo os corredores antes que eu saia desse trem. Posso confiar em Linda nesse aspecto. Ela foi muito discreta nos últimos meses e se tornou realmente uma amiga íntima. E, quem sabe, Linda é tão ambiciosa que logo pode vir a me encontrar em Bombaim. A não ser, claro, que o Greg da Bolsa se case com ela, finalmente.

Meu celular apita mais uma vez. O homem atrás de mim se vira com uma expressão irritada. Meu telefone está com um volume de toque muito alto. Digo ao homem:

— Sinto muito, século 21.

Imediatamente, ele volta para o lugar. Com certeza não esperava ser confrontado.

Dessa vez tem de ser o Enno. Meu coração bate um pouco mais rápido. Estou com medo dessa mensagem. O que ele vai escrever? Em que nível está a nossa relação? Até agora, Enno e eu nunca conversamos sobre o futuro. Linda me proibiu veementemente de questioná-lo sobre qualquer tipo de perspectiva futura. Para isso, ela me deu outra ficha. "Regra número 14: antes dos seis meses, nunca mencione o assunto casamento. Entretanto, se depois de um ano ele ainda não tiver pedido a sua mão, coloque-o na parede e dê o ultimato: 'Ou você fica de joelhos e me pede em casamento, ou eu passo por essa porta e não volto nunca mais'."

A resposta de Enno é concisa: "Vamos conversar em Berlim. Passo na sua casa amanhã à noite. Você prepara o jantar?".

Merda, ele está decepcionado ou não? E, merda de novo: vou ter de preparar o jantar!

Capítulo 16

Sopa exótica de creme de maçã com *curry*? Ou é melhor sopa de marisco com gengibre e açafrão? Indecisa, olho pelo vidro da seção de congelados para os pequenos potinhos brancos de plástico cheios de sopas sofisticadas que se acumulam nas prateleiras. Cada potinho possui uma etiqueta escrita à mão, indicando o conteúdo da sopa e o dia da fabricação. É por esses lindos detalhes que eu amo a pequena casa de produtos finos do Enrico. E também porque ele cozinha absurdamente bem.

Enrico se agachou atrás do balcão e limpa o bico vaporizador de leite da máquina de cappuccino pela terceira vez desde que estou aqui parada. A loja está vazia, a não ser por um casalzinho conversando em uma mesa de canto. Na verdade, ele bem que poderia me atender. Mas Enrico não é apenas um cozinheiro genial, ele também se acha um pouco celebridade. Faz tempo que o conheço e gosto dele. Mas ele não poderia ser descrito como solícito aos clientes.

Sei como conseguir a atenção do Enrico. Colo a mão na porta da seção de congelados. Com um barulho seco, ela se abre. O frio do refrigerador me rodeia, as sopas estão ao alcance das mãos. Mas ainda estou indecisa. Encaro o conteúdo das prateleiras, solto um murmúrio de indecisão e sei que é uma questão de segundos para que Enrico apareça ao meu lado. Ele odeia quando as pessoas ficam com a porta da geladeira dele aberta.

De fato. Ele está aqui em um piscar de olhos. E fecha a porta com suavidade, mas sem perder a firmeza.

— Nina, querida. Aí dentro estão guardadas sopas sensíveis à temperatura, pequenas obras de arte da cultura gastronômica europeia. Por acaso você iria a um museu e ligaria o aquecimento na potência máxima, enquanto as cores dos Monets, Manets e Picassos ressecam de maneira irrecuperável? Provavelmente, não. Portanto, não coloque as mãos nas minhas sopas. — Então ele bufa pelo nariz de leve, revira os olhos e pergunta um pouco rabugento: — Você precisa de uma consultoria?

Se você espera alguma ajuda de Enrico, formule o pedido de forma rápida e sucinta. Com pressa, resumo toda a história:

— Tenho um jantar importante esta noite. O homem é atraente, um nobre no fim dos trinta, estamos há dois meses juntos. Consegui uma oferta de emprego magnífica em Bombaim. Parece que vamos ter de terminar.

Enrico abana as mãos. Tudo isso foi informação demais. Ele faz uma única pergunta:

— Sexo apaixonado de despedida ou discussão de relacionamento interminável?

— Ainda não sei — protesto. Mas pela expressão impaciente de Enrico, percebo que essa não foi a resposta certa. — Temos de conversar antes — digo com hesitação. Não consigo revelar que a paixão não é um dos fortes de Enno.

— Então, sem sexo apaixonado de despedida — Enrico balança a cabeça com um ar de reprovação. Para ele, um encontro sem uma transa rápida não vale nem um centavo. Em silêncio, ele abre o refrigerador e me surpreende com a sopa exótica de creme de maçã com *curry*. — Com esta não vai acontecer nada, eu garanto. Vocês podem conversar a noite inteira.

— Por quê? Exótica até rima com erótica — resolvo irritá-lo.

— Essa sopa exótica é tão erótica quanto uma visita a uma churrascaria asiática. Muito caldo, muita maçã, bastante creme e uma pitada de *curry*. Como eu já avisei, totalmente inofensiva. Em compensação, a sopa de mariscos é de outro calibre — disse Enrico e, ao mencionar "sopa de mariscos", sua voz começa a vibrar. Antes de voltar para trás do balcão, ele não poupa um olhar piedoso para mim.

No balcão, Enrico empacota o resto do jantar. Depois da sopa, um prato intermediário leve: salada toscana com croutons, rúcula, tomate e salsinha. Em seguida, o ponto alto da noite, o prato principal: pato caramelizado sobre lentilhas, com arroz ao vapor no estilo asiático. Enrico já me mostrou o pato, ele parece incrivelmente apetitoso. Vou causar uma ótima impressão.

Isso é um pouco constrangedor, mas vou mentir. Vou dizer que essa refeição foi preparada por mim mesma. Em casa, é só colocar tudo nas panelas e sumir com as embalagens delatoras. Fico um tanto relutante por ter de mentir para Enno, afirmando que passei a tarde no fogão. Mas eu já havia dito a ele que cozinhava maravilhosamente bem. E não vou me desmentir justo agora que a nossa relação parece estar indo em breve por água abaixo. Por que faria isso? Quero que ele se lembre de mim como uma mulher perfeita, que lê livros de receita e as notícias da bolsa de valores com o mesmo interesse. Um dia, quando eu estiver velha e solteira, sozinha na minha cobertura, vou saber que pelo menos um homem lá fora pensa em mim de vez em quando, por me considerar realmente perfeita.

Com o objetivo de aliviar a consciência pesada, preparei sozinha a sobremesa. Para manter a mentira sob controle. Hoje de manhã, tirei duas panelas do armário e tive até de arrancar o selo de garantia do fundo de uma delas. Comprei-as quando me mudei — um conjunto de cinco panelas por R$ 249,90. Até agora, só havia usado a frigideira. Agora, mais duas entraram em uso no preparo de um pudim de chocolate com calda de baunilha. É óbvio que deixei o pudim queimar. Assar um pudim é um verdadeiro desafio. Primeiro, é necessário dissolver o pó do pudim o máximo possível, para ele não ficar em pedaços. Isso é fácil. Mas, então, deve-se acrescentar a massa ao leite fervendo, tomando cuidado para não deixar tudo transbordar. Como se isso já não fosse infernal o suficiente, o pudim começou a borbulhar e respingar sem controle — além de feder — como um gêiser islandês. Provavelmente, deveria ter tirado o pudim do fogo no mesmo instante para que não queimasse. Meu maior problema na cozinha é o tempo.

Na saída, Enrico me presenteia com um pacotinho de bombons para servir com café expresso.

— Se não vai ter sexo, então pelo menos um expresso?

Na volta para casa, Linda me liga. Tento equilibrar as sacolas e o celular. Consigo atender a chamada e coloco o aparelho entre a orelha e o ombro. Digo que estou me sentindo um pouco mal por ter de mentir para Enno. Esse não era o meu estilo. Linda responde que às vezes a verdade é um incômodo. E que eu devo parar de me lamentar. Até hoje, Greg não sabe que ela usa um aplique de cabelo na maior parte do tempo — uma informação nova até para mim. Contanto que ela não esconda uma vida dupla como traficante de drogas, tudo está dentro do permitido.

— Além disso, cozinhar para ele abre possibilidades. Talvez vocês continuem juntos — diz Linda.

— Linda — contesto com insistência —, estou indo para Bombaim. — E por que ela não me preparou nenhuma regra útil para terminar o namoro?

— Não vou fazer nenhuma regra para isso — é a curta resposta dela, e depois desligamos.

Já me decidi. Não consigo imaginar uma relação à distância, separada por 6.306 quilômetros. Já acho um mistério como Linda e Greg sustentam o amor entre Berlim e Nova York. Não tenho boas experiências com relacionamentos à distância. Já tive um com um cara de Hamburgo. Nós nos víamos todos os fins de semana. Era sempre igual. Sexta-feira à noite, na maioria das vezes depois da chegada, tínhamos a primeira grande discussão. Quando dava tudo certo, íamos para a cama logo em seguida. Isso garantia um ótimo sábado. Mas o clima piorava no domingo de manhã, porque já sentíamos a separação se aproximando. Brigávamos de novo na estação de trem, nos reconciliávamos entre a plataforma e o balcão de informações e deixávamos os trens passarem. Depois de algumas semanas, me cansei dessa vida estressante. Não fui feita para namoros à distância. Berlim — Bombaim? É perda de tempo.

Mais 58 minutos para a chegada de Enno. Dá tempo de arrumar os pratos. A salada de croutons é transferida para uma tigela de porcelana. Enquanto coloco a sopa na panela, me sinto como uma extraordinária dona de casa. Só por estar na frente do fogão. O pato vai para a assadeira que minha mãe me deu de presente no último Natal, antes de se tornar feminista. Leio as instruções de Enrico: "Aqueça o forno a 180 graus. Ponha o pato em uma forma resistente ao calor, e o arroz em uma tigela. Não se esquecça de acrescentar uma xícara de água para o prato não ressecar".

Obedeço as instruções estritamente, a luz do forno se acende pela primeira vez desde que me mudei para cá. A gaveta de talheres abre e fecha com uma nova dinâmica, e até o pano de pratos experimenta como é ser usado de verdade. Na geladeira, o perfume agradável da salsinha se espalha, dominando o odor de plástico. Meu pudim de chocolate com calda de baunilha está uma prateleira abaixo. É como se a minha cozinha acordasse do sono profundo da Bela Adormecida. Apenas os pacotes e embalagens da loja de Enrico atrapalham a cena idílica. Isso precisa sumir já.

Enfio tudo em uma grande sacola de plástico. O tempo voa. Ainda preciso pôr a mesa, trocar de roupa e me maquiar, dar uma olhada se está tudo em ordem no apartamento, enviar um SMS para Linda com um "tudo certo", ligar rapidinho para Kitty, que deixou uma mensagem na minha secretária eletrônica, e não posso me esquecer de abrir o vinho com a antecedência necessária para deixá-lo respirar. O cronograma é tão apertado que decido deixar a sacola com as embalagens na despensa.

A minha roupa de hoje é como a sopa — com um toque exótico. Visto uma blusa do tipo "primeiro devemos conversar" e uma saia "mas depois podemos fazer algo mais divertido". Amarro o cabelo em um rabo de cavalo, não muito apertado. O que está faltando para uma cena perfeita é um avental de cozinha. Ou um jaleco. Minha avó vestia um jaleco sem mangas na cozinha. Era branco e na altura das mãos tinha dois práticos bolsos, nos quais ela às vezes enfiava colheres de pau ou batedores de clara em neve.

Hora de ligar para a Kitty. A voz dela soa totalmente histérica ao telefone, ela está com medo de estar grávida. A menstruação está dez dias atrasada.

Aconselho a ela ir diretamente para a farmácia e arranjar um teste de gravidez. É um absurdo convencer uma médica a fazer um teste de gravidez. Provavelmente eu deveria também explicar sobre os métodos contraceptivos. Pergunto se devo cancelar o jantar para acompanhá-la. Mas Kitty recusa. Ela consegue fazer isso sozinha. Prometo ligar mais tarde.

Ainda faltam 18 minutos. Estou pronta, a sopa ferve lentamente — um termo novo no meu vocabulário culinário — na panela, a mesa está posta e o vinho tinto respirando. Devo acender umas velas? Ou isso vai atrapalhar o clima sério da conversa? Com ou sem velas? Nunca tive uma conversa civilizada sobre um rompimento. Só conheço homens que juntam as suas tralhas na calada da noite, enquanto finjo que estou dormindo na cama, e desaparecem da minha vida sem se despedir. Algumas vezes inverti os papéis e eu mesma saí da vida deles sem aviso. Sendo eles ou eu, o importante era evitar essa miserável conversa de rompimento. Porque uma vez que você cede à discussão, acaba com certeza dizendo coisas desagradáveis. Ânimos alterados são da natureza das conversas de rompimento. Se, no começo, uma característica do parceiro é apenas irritante, por exemplo, ele nunca lê um livro, em uma conversa de rompimento isso é jogado na cara e ele se torna um idiota analfabeto que consegue no máximo programar um DVD *player*. Deve-se evitar discussões desse tipo.

Mas esta será uma conversa de rompimento civilizada entre duas pessoas que gostariam de ficar juntas se existisse uma conexão de trem entre Berlim e Bombaim.

Acendo as velas? Acho que sim. Enno deve ter ao menos um olhar feliz nesta noite. Esse pensamento é tão romântico. Não vou me casar com esse homem, mas vou me esforçar para que ele nunca se esqueça de mim.

Agora está tudo pronto. Isso não é bom. Nervosa, folheio uma revista, distribuída gratuitamente na minha academia. Paro no artigo "Os 33 erros de um jantar à luz de velas". Ele diz que nunca se deve oferecer uma salada. Comer salada não é nada sensual. Ah, que ótimo. E salada com croutons? Infelizmente, na salada toscana com croutons não há apenas pedaços de pão em forma de cubo, mas também rúcula. Sempre que como rúcula, ela fica pendendo para fora da minha boca, é ridículo. Nunca pediria rúcula em um almoço de negócios. Por que não pensei nisso hoje? Será então que a luz das velas não vai me ajudar a disfarçar isso? Por que não sei mastigar rúcula? E o que vamos fazer se Kitty estiver grávida?

Meus pensamentos estão em um turbilhão, essa revista só me deixa mais maluca, estou prestes a abrir a porta da despensa para jogar a revista lá, e então a campainha toca.

A campainha toca. Finalmente. O barão Enno von Rufenberg tem a honra de chegar.

Desde o primeiro momento, Enno se comporta de maneira diferente da usual. Quando abro a porta, vejo que ele está quase à vontade para os seus padrões. Com as duas mãos, uma em cada batente, Enno preenche todo o espaço da porta, o que é fácil fazer com o tamanho dele, e sorri para mim. Ele veste um paletó inglês, com uma dessas estampas de *tweed*, basicamente verde. Por baixo, uma camisa cor de casca de ovo, jeans e lindos sapatos que acabo de notar. Um par de sapatos de amarrar simples e elegante, de camurça cor de caramelo. Aí está Enno, com os braços estendidos, fazendo um leve aceno com a cabeça.

Primeiro penso que esse vai ser apenas mais um jantar educado, mas então começamos a nos beijar, pulando a parte do cumprimento. De repente, ele gira e entra no apartamento, me abraçando como o Super-Homem, mas sem interromper o beijo. O curto trajeto acaba na parede do corredor, que já sinto contra as minhas costas. Lembro-me da sopa no fogo. Eu poderia deixar as coisas rolarem, mas para que então comprei tanta comida? Liberto-me do beijo e escorrego por baixo dos braços dele na direção da cozinha. Enno me segue.

Quando chego perto do fogão, a sopa de maçã e *curry* está com um cheiro maravilhoso, e o pato caramelizado parece crocante no forno. Procuro na gaveta a concha de sopa nunca usada, lembro que ela faz parte do conjunto de 63 peças de cozinha. Enno respira na minha nuca e murmura:

— Você é inacreditável.

O homem está desinibido.

Estou feliz por não ter escolhido a sopa de mariscos. A perspectiva de voltar a ser solteiro parece ser libertadora para Enno. Dizem que é melhor não fazer sexo do que fazer sexo de despedida. Até hoje não consegui comprovar isso. O sexo de despedida que tive até hoje foi tímido. Uma vez que a mente já havia se conformado com a separação, os corpos agiam como se fossem desmanchar. Nunca deu certo comigo. Será diferente hoje?

Primeiro teremos uma conversa de rompimento. Depois desses dois meses, não dá para simplesmente dizer: "Foi ótimo com você, Enno, mas agora vou me mudar para o exterior". Embora com certeza acabe sendo algo assim.

Enquanto sirvo os pratos na cozinha, Enno providencia o vinho. Ele analisa a etiqueta.

— Um bom vinho — elogia da sala.

É verdade. Pode ser que eu não saiba cozinhar, mas conheço bons vinhos. Nunca quis pertencer ao grupo de mulheres que se sentam desnorteadas na frente do garçom e perguntam: "Cabernet ou Merlot, não sei. Meu marido que escolhe, eu só bebo". Com cuidado, equilibro os pratos até a mesa.

Na verdade, jantar em casa é muito bom. Ninguém ditando o ritmo, o tempo fica sob o seu controle, e no final não vem nenhuma conta horrenda, dessas que você espera abater algum dia do imposto de renda.

Sentamos à mesa. Antes de começarmos, Enno retira do paletó um presente para mim — um livro fino. À primeira vista, parece um artigo de antiquário. Um livro de bolso, suponho que dos anos 1970, impresso em folhas de papel que me lembram dentes amarelos de nicotina. Minha nossa, como as pessoas fumavam naquela época. Ainda me recordo dos bares onde meu pai fazia reuniões políticas e nos levava junto, minha irmã e eu. Esses bares eram buracos, buracos escuros e enfumaçados. Penso nisso quando tomo o livro pequeno e amarelado nas mãos. É uma história policial. Eu devoro histórias policiais.

— Emocionante, inesperado e, sobretudo, curto! — diz Enno.

Eu deveria estar comovida. Esse é um presente bastante pessoal. Desde que estamos juntos, já reclamei várias vezes que os livros policiais de hoje estão cada vez mais longos. Antes, conseguia ler um livro a cada viagem de negócios. Agora, preciso de um voo transatlântico ou de uma parada de emergência para chegar à metade de um. Em média, eles não têm menos de 400 páginas, às vezes chegam a 600. E as histórias melhoraram? Não. A única mudança em comparação às histórias antigas é que agora, como leitora, também preciso lidar com a vida pessoal do investigador alcoólatra ou da detetive particular lésbica. Hoje, entra em cena o lado privado da era em que vivemos — crianças abandonadas, ex-amantes negligenciados e, naturalmente, psicólogos. Nos velhos e bons livros policiais do passado, os investigadores não tinham vida pessoal. Eles tinham um caso que precisava ser solucionado.

Fico pensando no que Enno falou. "Emocionante, inesperado e, sobretudo, curto." Não poderia ter caracterizado melhor o nosso relacionamento. Ele tem a intenção de me magoar com esse presente?

— Bombaim, Bombaim — Enno murmura agora. Reconheço um tom de frustração aí? — Nina, você é uma profissional com uma carreira brilhante. Uma profissional que sabe até cozinhar, e entende de vinhos. O mundo está de portas abertas para alguém como você.

Apesar de estar bem endireitado na cadeira, hoje ele me parece um tanto curvado. Talvez Enno deva ter bebido alguma coisa antes de vir para cá. Ele está tão informal.

Nesse meio-tempo, chegamos à salada de croutons. Enrico a preparou direitinho. As rúculas somem dentro da minha boca, sem ficar espetadas para fora.

— Que salada fantástica — Enno elogia.

Para mim, é um pouco constrangedor receber os louros de outra pessoa. Nunca minto no trabalho. Mas na vida privada é outra história. Fui criada com a ideia de que devemos nos esforçar para mentir o mínimo possível, mas nunca sobre a responsabilidade de ter ou não feito alguma coisa. Afirmar que você preparou uma salada toscana de croutons, sendo que na verdade você a comprou em uma loja de produtos finos, seria avaliado com reprovação pela minha família. Meu pai é um verdadeiro moralista.

O que estou fazendo? Mentindo para o homem com quem divido minha cama e pensando no meu pai durante um jantar romântico. Nenhuma das duas coisas é adequada, muito menos boa. Hora de uma distração.

— Desculpe, preciso telefonar para a Kitty — digo e desapareço por um instante na sala ao lado.

Enno não precisa saber que talvez Kitty esteja grávida. Ele vai para a cozinha e abre outra garrafa de vinho.

Kitty atende num instante. Ela diz que comprou o teste, mas não tem coragem de abrir o pacote.

— Vou esperar mais uma noite. Talvez tudo se resolva amanhã cedo — Kitty se explica, e ouço como ela tenta manter a voz sob controle.

— Você quer que eu passe aí? — ofereço o meu apoio.

Mas Kitty não quer. Devo aproveitar a noite com Enno.

O pato caramelizado está um sonho. Não tem como descrevê-lo de outra forma. A primeira garrafa de vinho foi esvaziada em um piscar de olhos, a segunda já está ficando mais leve. Até agora, conversamos sobre Bombaim de forma bastante neutra. Enno conhece muitas pessoas lá, um amigo próximo dele trabalha no consulado. Naturalmente, também é um representante da nobreza. Desde seu nascimento, um nobre é atirado em uma firme rede social. Ele conta uma divertida história sobre um elefante que ele quis montar na Índia. E então, diz a frase que eu estava temendo durante todo o jantar.

— Às vezes viajo para Bombaim a negócios.

— Não quero "às vezes" — respondo.

Ficamos em silêncio. Atrás de nós, a pequena cafeteira cromada faz ruídos gorgolejantes. Sirvo as pequenas xícaras e os bombons de Enrico. Depois, trago a sobremesa — o pudim de chocolate com calda de baunilha.

Enno von Rufenberg olha para a sobremesa como se tivesse uma epifania. Certo, está mesmo com um aspecto bom. De forma prática, transformei duas taças de champanhe em tigelas de sobremesa. O pudim tem uma cor marrom sólida e, sobre ele, uma grossa camada amarela de calda de baunilha. Mas não importa o quanto está bonita, essa continua sendo uma sobremesa bastante simples, preparada com mistura para pudim. E, para ser sincera, estou mastigando alguns pedaços da mistura.

Mas quem observa Enno agora pensa que ele está saboreando uma sobremesa altamente complexa, decorada com uma folha de ouro finíssima. Ele mergulha a colher no pudim com satisfação e bem devagar.

Quando termina, bebe o expresso de uma só vez. Pega o guardanapo para passá-lo levemente na boca, então se inclina na minha direção e toma minha mão. Pela primeira vez nesta noite, ele olha nos meus olhos.

— Nunca uma mulher fez um pudim para mim. O jantar estava maravilhoso, bem harmonizado e genialmente temperado. Mas esse pudim supera todo o resto. É como se eu estivesse em casa.

Ele pega suavemente minha nuca, me aproxima dele e me beija.

Um longo beijo. Um beijo bom. Cheio de sentimento. Só então percebo o quanto ansiei por aquele beijo. Com certeza durante as últimas semanas, mas talvez durante os últimos anos. Um beijo que diz a uma pessoa que ela é desejada. Desejada mesmo, sem sutilezas. Que mostra que você é parte da vida de uma pessoa. Que tudo vai dar certo.

Enno von Rufenberg está novamente com aquela fragrância maravilhosa. Ele cheira a floresta. O perfume está mais forte na curva do pescoço. Ele solta minha nuca para colocar as mãos em volta do meu rosto. Olha para mim e uma sensação de felicidade nos invade. Esse não é um flerte normal, sabemos disso há muito tempo. Ele me beija mais uma vez, agora suave e breve, e murmura:

— É você.

Como se eu fosse um ser amado exemplar, tido como perdido e inesperadamente reencontrado.

Enno se ajoelha na minha frente e tira do paletó um pequeno porta-joias revestido de veludo vinho. Ele o abre, e vejo um esplêndido diamante, circundado por dois pequenos cristais de quartzo azul no estilo *art déco*. Ele faz a pergunta pela qual tanto esperei, e que agora vem tão inesperadamente:

— Nina, você quer se casar comigo?

Mais tarde, durante a noite, levanto da cama e me olho no espelho. Atrás de mim, Enno dorme exausto. Totalmente nua, meus cabelos pendem soltos sobre os ombros. Na minha mão brilha esse diamante incrivelmente grande. Agora ele faz parte de mim.

Não sabia o quão vestida você se sente quando está nua com um anel de noivado.

Capítulo 17

— Você realmente conseguiu.

Linda e eu observamos com orgulho nossas mãos direitas. Em cada uma delas brilha o diamante de um anel de noivado. Ambos os anéis são tão imponentes que nunca poderiam ser usados a céu aberto nas ruas de uma grande cidade. Quase dá para acreditar que nossos noivos os compraram na Swarovski. Quase.

Normalmente, o tamanho dos diamantes é correspondente ao diâmetro de bolinhas homeopáticas. Os diamantes dos nossos anéis têm a dimensão de uma aspirina. O meu é até um pouco maior que o da Linda. A pedra é bastante pura, dá para olhar através dela como se fosse um rio cristalino nas montanhas. Quando a coloco contra a luz, ela mostra as cores do arco-íris. O anel em si é de ouro branco e, graças ao brilho prateado, ele parece delicado apesar do pesado diamante. As duas pedras azuis, à esquerda e à direita, contribuem para impressionar. Adorei o desenho arrojado do anel.

Brincando, Linda e eu balançamos as mãos, fazendo brilhar os diamantes. E como eles brilham! Bernd, que como sempre está com seu amigo Björn no Afterworkklub, fecha os olhos, ofuscado.

— Que clarão nesse balcão escuro. Agora vocês duas estão comprometidas? — ele pergunta, curioso.

— Estou noiva! Há sete dias — respondo orgulhosa.

— Quem fica noivo hoje? A única forma de me levar ao altar seria me arrastar totalmente bêbado para Las Vegas e casar comigo semiconsciente. Como nos filmes de Hollywood. Um noivado... O cara deve levar isso a sério. Ele é estrangeiro?

— Talvez ele venha de alguma cultura de casamento arcaica? — Björn se intromete agora.

— Não, ele é nobre — responde Linda.

— Ah, tá — dizem Bernd e Björn em uníssono.

Linda e eu rimos novamente e suspendemos nossas mãos no ar, uma ao lado da outra, na altura dos olhos. Anel com anel. Que visão espetacular!

Linda está muito orgulhosa de mim. Ela diz que alcancei meu objetivo, e a partir de agora não preciso mais de regras. Ela só se refere ao meu anel de noivado como *the rock* — a pedra. Em geral, ela evita palavras em inglês quando está falando em alemão. Mas, para um diamante dessa categoria, infelizmente não existe uma palavra adequada em alemão — eu tirei a sorte grande: *the rock*. Ela já pediu duas vezes para ir comigo a Nova York em algum fim de semana próximo para apresentar o anel às amigas dela. Ela acha que eu deveria me exibir com ele em Manhattan. Afinal, o futuro marido faz parte da nobreza, tem um emprego lucrativo e a joia de noivado vem diretamente do tesouro familiar. Com isso, eu ocuparia um lugar logo abaixo da Sarah Ferguson, a princesa dispensada involuntariamente, e seria um desafio até para a milionária Ivana Trump. Quando converso com Linda, tenho a impressão de que vou me casar em breve com o príncipe William e me mudar para o Palácio de Buckingham.

De fato, o anel tem bastante experiência. Enno me contou toda a história na noite do noivado. Ele pertenceu à tia-bisavó dele e foi confeccionado exclusivamente para o noivado dela. A festa de noivado ocorreu em 1909. O noivo, futuro tio-bisavô de Enno, extraviou pessoalmente o diamante, de uma mina na África.

— Extraviou? — perguntei assustada.

Enno precisou confessar que a nobreza não era garantia automática de caráter. Havia muitos malandros nesse círculo social.

— Mas o roubo cavalheiresco é valorizado. Nunca ninguém procurou esse diamante. Oficialmente, ele nunca foi retirado da terra.

Apenas com o diamante no bolso é que o tio-bisavô se aventurou a pedir a tia-bisavó em casamento. Cem anos depois, Enno se ajoelhou com o mesmo anel na minha frente. Isso que é tradição.

Enno disse que, ao ler meu SMS sobre a oferta de emprego em Bombaim, soube que precisava agir rapidamente. Ficou claro para ele que a única forma de me segurar seria uma proposta de casamento. Os pais dele se alegraram. Desde os últimos anos, eles esperavam com cada vez mais intensidade que ele se casasse e construísse uma família. Juntos, foram ao cofre da família no banco e escolheram este anel como presente de noivado.

— Achei que combinava com você. Cheio de estilo, sem floreios e de pureza máxima.

Desde então, refleti um pouco sobre esse negócio de pureza. O quanto Enno sabe sobre mim? Espero que não chegue o dia em que todos os meus amantes se encontrem por acaso no mesmo espaço. Por exemplo, num *lounge* especial para viajantes frequentes, com café e bebidas de cortesia. Enno e eu entramos sem suspeitar de nada e vejo que todos, absolutamente todos os lugares estão ocupados pelos meus ex-namorados. Até o pequeno corredor que dá para o banheiro. É bem capaz que eu perca meu anel de noivado.

E eu sei alguma coisa sobre a pureza do Enno? Não pergunto para ele. Passado é passado. Agora começa uma nova fase da vida. Balanço de leve meu dedo anelar para lá e para cá. A pedra brilha no ar, e estou satisfeita. Feliz, Linda coloca o braço no meu ombro.

— Ele veste bem? — pergunta Kitty atrás de nós, com um ar zombeteiro.

Encantadas com o brilho dos diamantes, não percebemos a chegada dela.

Meu anel não veste bem, ele me veste magnificamente. Aprendi a parar de desvalorizar o poder das coisas materiais. Para entender o sentimento dos clientes e dos desejos de consumo, passei um longo tempo trabalhando em concessionárias. Nessa época, pude experimentar a força das coisas materiais. Quando os homens chegam para fazer o primeiro *test drive* em um dos nossos carros de luxo, a maioria deles é como um franguinho. Curvados e pouco confiantes, mas com muito dinheiro. O primeiro *test drive* com um veículo de 200 mil reais os muda completamente. Eles saem do carro eretos, e passam a se comportar como soberanos. No momento em que finalmente vão buscar o veículo depois de fechar o contrato de compra, pode-se dizer que eles se tornam majestosos.

Esse anel também me mudou. Quando o observo, não sinto inquietação. Talvez seja a hora do sentimento que me impulsionou para a frente na última década finalmente desaparecer. Essa nervosa esperança por uma virada na minha vida. Acho que a carreira nunca foi suficiente para mim. A cada ano que se passava — preciso admitir agora, e o anel me ajudou muito a reconhecer isso — sempre ansiava por algo diferente. Eu esperava por um homem. Meu homem. Um lar, quem sabe uma família. O anel de noivado é o alicerce para a nova vida que em breve chamarei de lar.

Estou surpresa comigo mesma, como sou patética.

— É mais leve do que parece — minto.

Kitty parece cética. Ela é o extremo oposto de Linda. Enquanto Linda está fora de si de tanta alegria, Kitty mostra claramente sua desconfiança. É claro que ela me parabenizou. Mas não demorou muito para eu ouvir os "mas". Mas estava indo tudo muito rápido. Mas Enno e eu mal nos conhecemos. Mas deveríamos construir primeiro uma relação forte. E então, a maldita frase: "O amor não precisa de um pedaço de papel".

O amor não precisa de um pedaço de papel. Eu também falava assim há algum tempo. É fácil dizer isso. Parece verdade, mas agora sinto que era errado para mim. Um amor informal não é menor, mas também não é nada além de um relacionamento. E conheço tudo sobre relacionamentos. Eles podem se arrastar no tédio por anos, sem que as pessoas admitam para si mesmas. Esse tipo de amor é como um barco com uma corda frouxa. Todas as noites você amarra a corda no pontão e de manhã verifica se o bote ainda está lá. Um dia o mar fica bravo, a corda se solta e seu relacionamento vai embora em silêncio. No pontão, uma mensagem. "Sem mágoas. Vivemos bons momentos." Até uma separação legal é melhor que isso. Pelo menos há uma discussão acalorada. O amor não precisa de um pedaço de papel — essa frase só significa uma coisa: essa é apenas uma tentativa, talvez dê certo. Se não, tudo bem. Não tem problema, nada importante.

Nós três nos sentamos na parte de trás do Afterworkklub, nos esparramamos sobre nossos sofás preferidos e pensamos no que pedir. Um coquetel? Uma cerveja? Água? Que bebida combina com um diamante no dedo? Enquanto nos decidimos — Kitty não está bebendo cerveja automaticamente porque teve dois dias de folga e já descansou do turno estafante —, a atendente do bar vem na nossa direção. Espantoso, na verdade não existe serviço de mesa no Afterworkklub. Mas ela traz uma bandeja redonda com três taças de espumante. O penteado não é mais de poodle, agora parece com a cantora grega Nana Mouskouri.

Nana coloca as taças na nossa mesa e diz:

— Com os cumprimentos de Bernd e Björn do balcão. Parabéns pelo noivado.

Olha só. Eles sabem como se comportar. Provavelmente estão aliviados por um homem ter tomado o lugar deles como vítima ao assumir um vínculo sério e cheio de responsabilidades. Contanto que haja homens como Enno, tipos como Björn e Bernd ficam livres de problemas. Dormimos com eles por um tempo e depois os deixamos, porque é claro que a relação não vai durar. Enquanto partimos em busca de homens mais sólidos, Björn e Bernd só precisam esperar até que uma nova geração de mulheres atraentes bata à porta do bar. Será que eles nunca se cansam do eterno joguinho? Mas isso não é mais da minha conta — deixei para trás os Bernds e Björns da minha vida.

Brindamos aos homens do balcão. Respeitavelmente, eles levantam os copos de cerveja e brindam de volta. Então, olho para Linda e Kitty. Linda brilha de felicidade, Kitty parece abatida. Desde a descoberta de que a suposta gravidez era um alarme falso, ela está constantemente de mau humor. E ela que sempre afirmava não querer crianças por enquanto.

— O que foi, Kitty? Estamos comemorando meu noivado, você precisa ficar contente — digo a ela.

Linda concorda avidamente do meu lado. Ela acrescenta que tudo ocorreu de forma tão mágica que nem ela mesma conseguia acreditar. Pela milésima vez, Linda pega minha mão e segura meu anel na cara de Kitty.

— Não é fantástico?

Sei quando Kitty está nervosa, porque ela não consegue ficar sentada. Começa a escorregar o traseiro para lá e para cá. Kitty prefere brigar em pé. Mas, como estamos na pequena mesa do bar, espalhadas nas poltronas do antigo hotel, precisamos discutir sentadas. Ela se inclina para a frente, apoiada apenas na borda da poltrona, agarra o dedo em que está o anel de noivado e o aponta para Linda, com um ar de reprovação. Faz tempo que não sou tão agarrada pelo dedo.

— Este aqui é o anel de uma galinha chocadeira exclusiva — diz Kitty zangada. E então se dirige a mim: — Sinto muito, Nina, não quero magoar você. Mas é verdade.

Linda está irritada.

— Galinha chocadeira?

— Homens como Enno pensam de forma diferente. Tudo o que importa para eles são essas besteiras de sucessão, herança e propriedade familiar. Eles procuram mulheres de acordo com esses critérios. No momento em que Nina recebeu a cobiçada oferta de trabalho em Bombaim, Enno quis tê-la de qualquer jeito. Só ela, e mais ninguém. Porque ele entendeu que Nina é uma das melhores. E só uma das melhores pode ser considerada como sua esposa ou mãe de seus filhos. Esse homem nasceu em berço de ouro. Ele procura sua companheira de modo muito calculista, como se fosse um objeto de luxo. Não tem nada a ver com amor — Kitty desvia a atenção de Linda e diz para mim: — Você permitiu que Enno freasse terrivelmente a sua carreira, minha querida. Você está trabalhando há anos, e trabalha duro. Agora está finalmente tendo a recompensa por isso; uma oferta irrecusável de trabalho. E joga tudo para o ar por um homem que conhece há três meses. Seja honesta comigo: você ama o Enno de verdade, ou só gosta da sensação de ser amada?

Se eu o amo ou se apenas gosto da sensação de ser amada? Que pergunta complicada! Sutil demais.

— Kitty, ele me pediu em casamento. Isso é sério. Ele é capaz de se imaginar vivendo o resto da vida ao meu lado. Um homem nunca me pediu em casamento antes. Você não entende o que isso significa para mim? É uma revolução! Não dá para reagir a uma revolução com um "mais tarde, talvez". Nessas situações, só existe sim ou não. E escolhi o sim porque realmente acho que ele é o homem certo. Minha carreira vai continuar em Berlim com sucesso, não se preocupe. É só um cargo — digo, tentando apaziguar.

Ficamos as três em silêncio, constrangidas. Preciso prestar atenção para não perder as conexões no trabalho. Mas por que uma carreira de sucesso deve valer mais do que uma vida pessoal feliz? E é assim que estou me sentindo agora: feliz. Com o tempo, Kitty vai aceitar o casamento.

Entretanto, o que me deixa perplexa é o Karl do marketing sendo o primeiro a me parabenizar efusivamente. Dizem que agora ele está sendo cogitado para Bombaim. Esse panaca! Mas ele tem uma vantagem extra: se o Karl ficar noivo antes de ir para Bombaim, isso definitivamente não trará nenhum problema profissional para ele. Não vou me iludir nesse assunto, uma mulher com certeza desistiria do trabalho para se mudar com o marido para Bombaim. Quando encontramos o homem certo, pagamos o preço com prazer.

Capítulo 18

JÁ ESTÁ ESCURECENDO, apesar de ser apenas fim de tarde. Puxo a gola do meu casaco em volta do pescoço. Estou com frio. O vento passa pelas folhas na grama, fazendo um ruído. Estamos encostados em um imponente carvalho, com raízes viçosas, que deve ser bem velho. Olhamos para a mansão principal. Pouco a pouco, as luzes por trás das janelas dos andares mais baixos se iluminam. Mathilde, a governanta, parece ter saído. A iluminação quente da casa alcança os pinheiros milimetricamente podados da fachada, que continuam verdes mesmo em novembro. Atrás está o parque, no escuro. Enno trouxe uma vela da casa e a fixou com cera no banco de pedra. A luz da vela oscila, inquieta. A cada nova rajada de vento, a chama ameaça se extinguir. Prefiro ficar no escuro, mas Chichi quer um pouco de luz para encontrar na bolsa Gucci gigante o presente de que tanto falou.

— Deve estar aqui em algum lugar. Providenciei especialmente para vocês, em uma loja na qual nunca pisaria se não fosse por esta ocasião — ela murmura. Então, dá um grito triunfante. Do fundo da bolsa, puxa uma barulhenta sacola plástica com o nome de uma rede de drogarias populares em azul. Da sacola saem três latas douradas de bebida, que ela distribui orgulhosamente a cada um de nós.

— Parabéns pelo noivado de vocês. Pensei que deveríamos brindar com um espumante. Direto da latinha, como diz a propaganda. Essa apresentação bombástica me fez pensar imediatamente na sua futura esposa.

Apresentação bombástica. Que charmoso, Chichi.

Sem acreditar, seguro a lata perto da luz da vela e tento ler a embalagem. De fato, espumante em lata. Essa mulher é realmente uma sem-vergonha. Cerveja em lata já é repugnante, mas espumante em lata é inaceitável.

— Essa é a minha Chichi. Sempre divertida — Enno intervém amigavelmente e a abraça.

Então, chacoalha a lata dourada, imitado por Chichi, e um, dois, três! Os dois abrem o anel de metal ao mesmo tempo, espirrando o espumante quente em um arco bem alto, sobre o gramado bem cuidado que já passou pela primeira geada este ano.

Eles brindam e riem. Enno olha para mim e percebe que ainda estou segurando a lata fechada.

— *Darling* — ele diz claramente com um tom de reprovação —, não seja estraga-prazeres.

Estraga-prazeres. É assim que me sinto desde que entrei na propriedade dos Von Rufenberg. Já sabia que o mundo da nobreza é diferente de tudo o que conheci até agora. Por isso, me preparei para a visita. Comprei um livro pela internet, *A nobreza — Ascensão e queda*, com prazo de entrega de quatro dias. Fiquei mais informada sobre a origem da nobreza alemã nos tempo dos francos, a aristocracia rica dos carolíngios e a separação entre a antiga nobreza e a nobreza nomeada. Mas nada disso me ajudaria neste fim de semana. Era melhor eu ter comprado o livro com o título: "A nobreza e suas brincadeiras". Capítulo um: "O peculiar humor da nobreza".

Agora me lembro de uma foto onde se vê a Rainha, Charles e Camilla rindo com vontade. Havia sido tirada em uma competição escocesa de lançamento de tora. Durante um dos lançamentos, o vento levantou o *kilt* de um dos escoceses e, como manda a tradição, o pobre homem estava sem cueca. Esse é o humor à la Mr. Bean. Mas ver a Rainha tão relaxada é uma ocasião rara. Assim como Ernst August, o príncipe de Hannover. Ele é mundialmente famoso pelas suas obscenidades. Convidado de honra, faz xixi em público no pavilhão de exposições. E ainda acha engraçado. Há histórias malucas em circulação sobre o nobre — desde travesseiros de pum sob as poltronas de salões da alta corte até decepcionantes bifes de borracha em banquetes. É como uma festa infantil.

Enno pega minha lata e a chacoalha vigorosamente. Então, a devolve para mim.

— Agora é só abrir! — ele me encoraja. — Deixe a pobre Chichi ensopada.

Iluminado pela vela oscilante, o rosto dele parece cheio de caretas. Medonho. E ainda por cima com esse humor idiota de internato.

Talvez ele seja mais nobre do que eu pensava. Aponto minha lata para trás e espirro tudo em um velho carvalho nodoso. O espumante jorra para todas as direções e o líquido apaga a vela. Agora estamos no escuro. Que ótimo. Chichi resmunga em voz alta. Por acaso vi um "idiota" saindo dos lábios dela? Não consigo reconhecer no escuro.

A lua sobre nós está bastante fina, parece uma foice.

— Crescente — digo, apontando o céu.

Nenhum deles reage à minha afirmação. Enno e Chichi estão novamente concentrados em alguma nova traquinagem da nobreza. Enquanto isso, me recosto na árvore e aprecio a escuridão. A mansão e o parque são muito bonitos. Simples e belos. Nunca havia imaginado que me casaria em um lugar tão bonito.

Na noite de antes de ontem, quando Enno dirigiu o seu esportivo verde através do alto e imponente portão de entrada — o terreno fica atrás de uma floresta e sua frente é circundada por um muro alto —, as pequenas pedrinhas do caminho de cascalho pularam como sapinhos para dentro do nosso carro. Depois de sair da estrada, abrimos a capota, eufóricos. Era um lindo e ensolarado dia de inverno e estávamos passeando pela linda terra natal de Enno. Ao entrar pelo portão, ele acenou de dentro do carro para seus pais, que estavam esperando no pé da grande escada da mansão.

Pensei que aquele deveria ser um sonho. Ao estacionar, Enno pulou por cima da porta fechada para fora do carro, deu um forte abraço na mãe e um vigoroso aperto de mão no pai. A governanta Mathilde ganhou um beijo na bochecha. Os cães de caça pularam sobre os pais, Enno e o carro. A cena era inacreditavelmente idílica — não, idílica não é a palavra certa. Não era meigo. Era bonito. De uma beleza dura, aromática e real que quase doeu em mim: o morno sol de inverno se pondo, os cachorros excitados com seus pelos castanhos, longos e bem cuidados, os pais com roupas de casa caras e robustas e, naturalmente, Enno, que irradiava de um jeito que nunca vi antes.

Então, desci do carro. Dei a volta no esportivo, Enno colocou os pais em posição de cumprimento. Dava para ver que ele estava orgulhoso, e também que os pais tinham uma atitude amigável, mas cheia de expectativa. Afinal, é direito deles. Deve ser estranho: de repente, o filho traz uma completa estranha para casa e a apresenta como futura esposa. Desarmada, sorri para todos — pais, governanta, os cachorros, meu noivo — e caminhei na direção deles. O cascalho rangia sob o salto alto, não foi fácil vencer a curta distância entre nós.

Quando estava quase lá, tirei a luva da mão direita para cumprimentá-los. Era a mão do anel de noivado. Por um curto instante, me esqueci completamente disso.

Todos puseram os olhos no enorme diamante encaixado no meu dedo. Ninguém mais olhou para mim. Era como se eu trouxesse de volta como presente um talher de prata perdido. Aparentemente, os pais de Enno não tinham problemas em ver o filho sacar um grande anel de diamante do bolso com o objetivo de cortejar uma mulher. Mas ver pela primeira vez a noiva desconhecida com esse diamante no dedo era um pouco demais para eles.

Subitamente, passei a odiar tradições de família, joias e até mesmo a nobreza. Por que não insisti em um anel de noivado novo? Assim não teríamos de passar por essa situação constrangedora. Ninguém conseguia desviar o olhar da minha mão. Os pais de Enno, a governanta Mathilde, até os cachorros — que não apenas me encaravam, mas também rosnavam de leve.

Ficamos em pé. Ninguém disse nada, ninguém me cumprimentou, foi realmente embaraçoso. O rosto da mãe de Enno, Cecilia, não expressava nenhum tipo de emoção. O silêncio do pai, Hubertus, era inequívoco, e a governanta me olhava como se eu fosse uma golpista ambiciosa de olho na fortuna dos Rufenberg. Para piorar as coisas, só faltava os cachorros me atacarem. Enno não ajudou em nada, de repente parecia que ele tinha levado um soco no estômago.

Tossi de leve.

Isso deve ter aliviado a tensão do pai de Enno, porque ele murmurou em meio ao silêncio:

— Ao menos ela não tem os dedos de linguiça da tia Elisabeth-Viktoria.

Os dedos de linguiça da tia Elisabeth-Viktoria. Essa foi a primeira frase dirigida a mim. Nenhum olá, nenhum cumprimento amigável. Com um encontro encantador como esse, foi destruído de maneira irrecuperável o primeiro momento entre meus futuros sogros e eu. Por sorte, nesse dia não estavam presentes nem Chichi nem seus pais, conde e condessa, que obviamente sempre visitavam os Rufenberg. Eles teriam se deliciado com cada segundo desse momento constrangedor. Mas aquilo já havia sido humilhante o suficiente.

Enno deu um tapinha consolador no meu ombro e me conduziu pela escada para dentro da casa, atrás dos pais e dos cachorros. As olhadas que a governanta Mathilde me lançava pelas costas me davam arrepios.

— Deu tudo certo — Enno sussurrou. — É um bom sinal quando meu pai faz algum comentário engraçado.

Confusa, encarei meu noivo. Ele estava falando sério? Parecia que sim. Supus pela primeira vez que, neste fim de semana, eu teria de me adaptar a outro tipo de divertimento.

Agora esse espumante. Essa coisa tem gosto de metal. Na mansão, vê-se que a porta da entrada foi aberta. Mathilde chama para o jantar. Embaixo de nossos grossos casacos de inverno, estamos todos prontos para a noite. Para esta ocasião, escolhi o vestido vermelho-carmim que permaneceu escondido pelo pesado casaco impermeável durante o piquenique na floresta. Derramo o resto da lata de espumante na grama, enquanto Chichi e Enno já se encaminham para a casa.

No meio do caminho Enno para, como se tivesse se lembrado de alguma coisa, se vira para mim e segura minha mão. Esse é o primeiro gesto carinhoso desde que chegamos aqui. Talvez ele só faça isso porque está muito escuro. Junto dos pais, Enno parece outra pessoa. Ele é apenas um filho. Não um amante, um galã, nem mesmo um noivo de verdade. Gosto mais do Enno longe do alcance dos pais. Mas minha irmã já havia me avisado — visitas aos pais são sempre difíceis. "Se der tudo errado, não fique desesperada, Nina. Muitas outras visitas se seguirão. As coisas se ajeitam com o tempo", foi o conselho que ela me deu.

Tiramos os casacos e entramos na sala de jantar. Fico novamente perplexa. A longa mesa está arrumada de forma exuberante. Há dois grandes buquês de flores, a prata brilha como o candelabro que preenche a sala com uma luz quente e amarelada. Na lareira arde uma chama agradável, e os cachorros deitam esparramados na frente dela. Às vezes se ouve um estalo de madeira. Meu futuro sogro e o pai de Chichi estão sentados em duas poltronas de couro junto à lareira e bebem um xerez provavelmente bem antigo. As mulheres ocupam o canto da mesa, elas se mantêm em pé ao lado das altas cadeiras e saboreiam champanhe.

— As crianças chegaram. Podemos começar. Ouvi que vocês já tomaram um aperitivo — diz a mãe de Enno e tenta dar um tipo de piscadela.

A luz fosca funciona como um suavizador para o rosto dela, a pele está com um ótimo aspecto. Na verdade, ela acabou de chegar de uma visita ao cirurgião plástico. O botox deixa os músculos da face paralisados. Bem, ela não é tão retalhada assim. O nariz ainda é normal e os lábios também não parecem tão inflados a ponto de exigir uma passada no posto de gasolina para verificar a calibragem da pressão do ar de vez em quando. Mas a pele do rosto é visivelmente esticada. Com isso, ela perde a liberdade de movimento entre os olhos e a boca, necessária para parecer vivaz e complacente, mesmo sem palavras. À luz do dia, é alarmante como Cecília parece rígida. Talvez minha futura sogra de botox deva aparecer em público apenas depois do pôr do sol.

Durante o jantar, Enno e eu somos o assunto principal.

— Nina, você deve estar muito ansiosa para receber seu título de nobreza — o pai de Chichi inaugura a noite. A voz dele é de quem está à espreita. É a primeira vez que ele fala diretamente comigo.

— Baronesa Nina von Rufenberg — murmura Enno.

Nunca ouvi o nome sendo pronunciado. Sem dúvida, parece cheio de estilo ao sair da boca dele.

Mas agora não é o momento de me sentir melancólica. O pai de Chichi acabou de disparar uma artilharia de canhão completa sobre mim, sem avisar. E suponho que venha muito mais por aí.

— Baseado em que você pressupõe que eu esteja atrás de um título de nobreza?

O pai de Chichi coloca de lado garfo e faca e se recosta na cadeira. Um gesto presunçoso. Noto que ele preparou há muito tempo a próxima frase. Deve ser algo com um gracejo. Alguma coisa que você pode preparar mentalmente e disparar no momento certo. Os pais de Chichi vão bombardear esse casamento até o último instante. Eles esperam que a filha deles vá para o altar com Enno no meu lugar.

— Sabe, Nina, precisei cortejar minha esposa durante três anos até ela aceitar o pedido de casamento. Enno a conhece há menos de três meses, e na primeira tentativa você diz que sim. Isso diz tudo.

Enno, sentado na minha frente, parece ter ficado pálido. Ele até se encolheu. Chichi sustenta uma expressão triunfante no rosto, como se ela, a rival, tivesse me surpreendido com os saltos agulha em um monte de cocô de cachorro. Agora, os pais dela também estavam na expectativa de uma grande cena, que levaria a um rompimento definitivo. Como sempre, a mãe de Enno procura a melhor máscara para colocar. Agora, ela faz cara de desinteresse — se bem que, no caso dela, isso não diz nada.

Não me aventuro a olhar para o pai de Enno. Todos os olhares estão dirigidos a mim.

Eu também coloco meus talheres de lado, abro os braços e brinco de maneira provocante com o anel de noivado. Enquanto faço isso, olho para o pai de Chichi e digo:

— Talvez sua esposa nunca tenha se apaixonado por você de verdade. Pode ser que tenha demorado tanto exatamente por isso.

A mãe de Chichi respira ruidosamente. Acho que ela vai se irritar.

Mas então Hubertus, meu futuro sogro, interrompe a conversa. Ele começa a rir bem alto, e em seguida se dirige ao pai de Chichi:

— Ela é impetuosa como um cavalo selvagem. E é rápida. Isso é bom. Mostra força — diz com a voz grossa e continua rindo.

Depois de o chefe da família dar o direcionamento, todos os outros concordam e riem junto. Enno ri aliviado, Chichi e a família dela riem com frustração, e até a mãe de Enno coloca a sua máscara de risada, que parece possível mesmo com o botox. A governanta Mathilde não me dirige mais aquele olhar malévolo. O gelo foi quebrado. Todos bebem à minha saúde e posso tratá-los mais informalmente.

Parece que agora pertenço mais ao meio deles.

— Enno contou que você gosta da sua profissão, é verdade? — pergunta a mãe de Enno.

Finalmente ela me faz uma pergunta pessoal. Quando estou prestes a responder, Enno toma a palavra e faz um discurso inflamado sobre mim dizendo como sou talentosa, como tenho sucesso, que meu escritório tem no mínimo 25 metros quadrados e uma vista espantosa para a Potsdamer Platz, o parlamento alemão, o monumento ao holocausto e o Portal de Brandemburgo. A alegação final dele para o meu alto desempenho profissional foi a frase:

— Inclusive ofereceram a ela um cargo em Bombaim.

Ofereceram. O pretérito mais-que-perfeito deixa inequivocadamente claro para qualquer um que algo está acabado em definitivo. Sem volta. Para sempre. A frase me apunhala como uma faca. Bem, comuniquei ao conselho e ao diretor a minha renúncia ao cargo. Eles foram compreensivos. Não é a primeira vez que acontece. "Boas mulheres são sempre cobiçadas, seja no trabalho, seja como esposas", disse meu diretor, de forma ambígua. Agora entendo que contratar mulheres é realmente um risco certeiro para o empregador. Somos uma espécie incerta. Por um longo período, caminhamos no rastro da empresa, mas então mudamos de rumo, atraídas por um homenzinho poderoso, e passamos a segui-lo.

Fecho os olhos e, nesse momento, vejo um babuíno na minha frente. Estou atrás da enorme bunda rosa brilhante dele, de quatro, seguindo-o cada vez mais para dentro da selva. Abro os olhos rapidamente e começo a pensar se misturaram algo no meu vinho, quando percebo que a mãe de Chichi se virou para mim.

— Mas quando as crianças vierem, você vai parar de trabalhar? — ela pergunta.

Ao menos, é uma pergunta. Está mais para uma conclusão. Pressuponho que ela se refira a Enno e aos meus filhos. Por que ela está usando o plural? Não é normal começar com um filho? Ou entre eles é normal colocar logo gêmeos no mundo?

— Você quer dizer, quando eu tiver um filho? — pergunto com irritação.

— Os nobres nunca têm apenas um filho. Temos ao menos três. No mínimo! Na verdade, só consideramos uma família completa a partir do quarto filho. Cinco ou seis também estão em ordem. Essa ideia moderna de um único filho não nos agrada. É tão terrivelmente individualista — a mãe de Chichi me instrui.

— Um filho não é nada! — profere Chichi, sarcástica.

Eu devo estar com uma cara bastante horrorizada. Porque Enno toma rapidamente a palavra.

— Não se preocupe, querida, é claro que teremos uma babá inglesa para nos ajudar.

A palavra babá leva automaticamente a uma lembrança nostálgica de todos os presentes à mesa, com exceção de mim mesma.

— Minha babá sempre carregava um pequeno medalhão de prata na lapela — diz Cecília.

— A minha também — o pai de Chichi também participa da conversa.

Todos contam pequenos episódios sobre cada babá. Uma tinha sempre um pequeno cantil de prata cheio de vinho do porto no bolso do avental, a outra distribuía pancadas na cabeça quando não a obedeciam. Ao contrário dos pais, com os quais se continua convivendo, a babá é uma figura exclusiva da infância — quando criança, você a conhece e aprende a amá-la, mas não se deve levá-la para o mundo adulto. Essas babás, tão importantes durante um tempo, são apenas fantasmas da infância, mesmo que se continue educadamente a enviar cartões de Natal para elas. Não é à toa que as mansões da nobreza são assombradas. Elas não têm apenas essas intermináveis galerias de fotos de antepassados, também produzem fantasmas na vida real.

— Se vamos ter uma babá, poderei voltar ao trabalho logo depois do parto — me intrometo na conversa.

Minha sogra olha para mim. Com que expressão? Desacordo veemente?

— Não, Nina, isso não é possível. E não é nada bom. Para nós, nobres, as crianças têm um significado muito forte. Uma mãe não pode se dividir entre a profissão e a família. Além disso, não se preocupe. Com as crianças, você vai ter muito o que fazer — ela conclui.

— Como assim? Se eu não trabalhar, o que vou fazer?

— Tarefas representativas. Caridade, como se diz na linguagem moderna dos dias de hoje. Nós, as mulheres Rufenberg, somos tradicionalmente presidentes honorárias de organizações beneficentes. Fundação contra a asma. Crianças com déficit de atenção. Alimentar os pobres. Associação de proteção aos jardins de castelos. Amigos da ópera. Uma pessoa como você seria muito útil para nós. Você sabe como captar investidores. Você tem um grande futuro no almoço de mulheres — ela profetiza.

— E como ela vem de fora do nosso meio, enfrentará menos obstáculos para tirar dinheiro dos bolsos dos convidados de gala. Afinal, somos parentes ou amigos próximos de muito deles. Não conseguimos ser tão impetuosas quanto à importância do evento beneficente. Mas tenho certeza de que isso não será problema para a nossa Nina — Chichi lança mais uma flecha envenenada.

A mãe de Chichi, percebendo que a conversa vai novamente contra mim, concorda de imediato com o tom desdenhoso da filha. Ela me examina de cima a baixo, como se eu estivesse em uma entrevista de emprego para o cargo de assistente pessoal dela.

— Ainda precisamos trabalhar sua aparência — ela conclui com objetividade.

Antes que eu possa reagir, minha futura sogra se manifesta:

— Não se preocupe. Vamos alisar os cachos.

E toca suavemente no meu cabelo, que para esta noite amarrei em um nó frouxo.

Esse é o meu problema quando venço. No começo do jantar, quando amorteci o comentário do pai de Chichi, sem dúvidas obtive uma grande vitória. Entretanto, ao embarcar em um conflito com as três mulheres, pode acontecer que eu termine a noite como uma megera. Sofro com isso no trabalho. Cada vitória que conquisto tem um preço. Provavelmente, seria diferente se eu fosse um homem. Aos homens são permitidas várias vitórias em sequência. Eles são tidos como os verdadeiros tipos vencedores. É mais complicado com as mulheres. Nós cultivamos uma elaborada interação entre vitórias e derrotas, ou seja, estamos preparadas para assumir conscientemente um fracasso de vez em quando. Porque nada é mais mortal para uma mulher do que ser chamada de megera. Ou de desclassificada, como se deve falar aqui na mansão. Por sinal, isso vale tanto para a vida profissional quanto para a vida privada. Adversários do mesmo nível supõem que me colocam em xeque-mate com uma grande vitória. E essas mulheres da nobreza são adversárias à altura.

— Ah, mas eu amo meus cachos.

Coloco a mão na cabeça e, ao mesmo tempo, odeio o tom choroso que uso para protestar.

Enquanto os homens se retiram da conversa abertamente, encaro os frios olhos das três mulheres presentes.

— Não — Cecília diz com uma expressão resoluta que não a julgava capaz de produzir. — No nosso círculo, as mulheres têm os cabelos lisos. Além disso, sempre usamos chapéus. Em casamentos, batizados, caçadas e funerais.

— Tenho exatamente 67 chapéus no armário — delira a mãe de Chichi.

— Meu último chapéu foi comprado em Londres. Ele é menor que uma caixa de bombons — conta Chichi.

— Meu chapéu de noivado era do comprimento de dois braços — minha futura sogra dá uma risadinha. Então me olha de novo, séria e com pena. Acho que ela avalia criticamente o cacho que se enrola atrás da orelha esquerda. — Nas próximas semanas, vamos examinar o seu armário e ver o que serve e o que não serve para uma futura baronesa Von Rufenberg.

Quero dar crédito a Cecília e dizer que evidentemente ela é uma mulher dominada pela indústria da beleza. Quem se deixa injetar uma toxina paralisante no rosto deve ter uma ideia bem clara do que a beleza significa. Com isso, quero apenas dizer que Cecília deve ser vista como uma maníaca, uma viciada pela estética. Ele não consegue mais controlar a si mesma, nem o que ela fala. Você levaria em conta a opinião de um alcoólatra? Ou de um ex-namorado drogado? Não. Por isso, resolvo não levar a sério as palavras dela. Assim, essa conversa se torna suportável.

Por sua vez, Enno se mantém à parte. Age como se houvesse uma mensagem importante flutuando no ar, pronta para ser lida. Ele simplesmente fita a sala. Não consigo encontrar o olhar dele. De repente, entendo por que Letizia, a esposa plebeia do sucessor ao trono espanhol, emagreceu até os 41 quilos depois do casamento. Raramente experimentei tanta malícia manipuladora de uma só vez. E eu sou uma lobista! Trabalho com políticos!

Novamente é o pai de Enno que quebra a atmosfera tensa com um gracejo.

— Não se preocupe. Você vai poder manter o seu primeiro nome.

Todos riem, e eu também. Agora entendi como funciona com o humor. Eles riem para afastar os gases tóxicos do ar.

A pressão não se dissipa na manhã seguinte. Pouco depois das dez horas, quando chego ao salão de café da manhã, encontro todos acordados, já felizes e sentados à mesa. Enno acena para mim, eu devo me sentar ao lado dele. O pai de Chichi me chama de "dorminhoca" e afirma que já estão no segundo café da manhã. Pela cara deles, é mais provável que estejam no segundo uísque.

Pergunto a Enno em voz baixa por que ele não me acordou em vez de ter saído de fininho do quarto. Ele responde que eu parecia exausta ontem à noite, ele quis apenas me deixar dormir um pouco mais. Estava tudo em ordem.

A porta se abre, e a mãe de Enno aparece no salão, com um bloco de notas e o telefone na mão. Hoje ela parece muito mais animada que ontem.

— Aí está a noiva — ela diz em voz alta e se dirige a todos. — Tenho uma boa notícia para dar. O casamento poderá ser realizado no último fim de semana de fevereiro. O bispo tem tempo e a nossa capela está livre. O hotel do castelo também tem lugar. Além disso, não há nenhum outro grande casamento da nobreza perto dessa data no calendário. Nosso *chef* premiado, Josef, estará disponível. E, Nina, agora vem a melhor notícia: nosso tradicional ateliê de Munique está pronto para preparar o seu vestido de noiva. Normalmente, é necessário ficar na lista de espera e demora de um a dois anos para chegar a sua vez. Mas não com os Rufenberg! Não é uma ótima notícia?

Preciso me sentar. Eles planejaram tudo sem me consultar! E, pelo visto, Enno também não sabia de nada, pois parece tão surpreso quanto eu. Minha nossa! Em menos de três meses estarei casada. Vou me casar em um lugar que não conheço. Comemorar em um hotel que nunca vi. Em um dia que não foi previamente combinado comigo. E em um vestido que eu não escolhi. Percebo como estou me contorcendo. Não foi assim que imaginei o planejamento do meu casamento.

Cecília parece um pouco irritada. Ao menos, forma-se algo similar a uma ruga no canto do olho. Ela não entende por que não estou vibrando com as notícias.

— Queridinha, não se preocupe. É claro que vamos delegar tarefas a uma agência de casamentos. Senão não vamos conseguir cumprir os prazos — ela quer me tranquilizar.

Enno também coloca a mão no meu braço, tentando me acalmar.

— Vamos acertar os detalhes, vai continuar sendo o nosso casamento. Minha mãe apenas providenciou o enquadramento correto — ele sussurra. Então, se levanta e abraça a mãe. — Você é a melhor — diz para ela.

Todos aplaudem e se alegram. Não quero ser a estraga-prazeres agora. Todos nós brindamos.

Espero que meus pais tenham o último fim de semana de fevereiro livre. E Linda. Kitty e Frank. Bete, os gêmeos e até o idiota do Rüdiger. Preciso de todos eles ao meu lado.

Capítulo 19

TOCAMOS A CAMPAINHA do bangalô de propriedade dos meus pais desde os anos 1970. Ao lado da porta ainda está pendurada uma placa de barro com o nome deles, presente de Natal que eu mesma fiz aos onze anos. Ela é azul e verde com uma pequena joaninha vermelha e branca no canto direito. Conforme o esperado, Enno a acha "bonitinha". Eu, ao contrário, já quis jogá-la fora várias vezes.

A porta se abre e meus pais estão postados à entrada. Eles estão curiosos! Minha mãe estende a mão para Enno e, com um forte aperto, diz em seu novo e enérgico tom de liderança:

— Sou a Inge. E este é meu marido, Klaus.

Meu pai ergue a mão, hesitante, e faz um sinal com a cabeça. Sempre fomos informais. Enno parece ter escorregado um pouco para fora da zona de equilíbrio. Em primeiro lugar, porque minha mãe tomou a dianteira na apresentação. Depois, porque ela se apresentou diretamente com o primeiro nome e, em terceiro lugar, porque meu pai claramente evitou o aperto de mão. Como consequência, o ritual de cumprimento de Enno, que ele geralmente domina com perfeição, sofreu um leve baque na porta da casa dos meus pais.

O bangalô não mudou quase nada desde a minha mudança. Assim como antes, os claros móveis da sala de estar são de pinheiro da Escandinávia; o que em outros tempos já foi o último grito da moda hoje lembra o consultório desorganizado de algum praticante de medicina alternativa. O lustre da sala de jantar parece ter sido colado com centenas de palitos de sorvete em alguma oficina de artesanato prisional. Um dos abajures da sala tem um grande corpo de plástico laranja, que irradia uma luz psicodélica. O outro, de cobre esmaltado, é escuro e desagradável. Do teto da sala, revestido algum dia por meu pai com uma madeira de cor clara, pendem vasos de plantas simples em redes de macramê. Minha mãe fez todas elas. Acho que esse trabalho de macramê se estendeu por todos os anos 1980. Os vasos de plantas naquelas redes parecem animais capturados em armadilhas e condenados a passar a eternidade pendurados no teto.

Como em todos os anos, nossa árvore de Natal está montada na frente da porta do terraço e enfeitada com estrelas de ráfia, pinhas e anjos politicamente corretos, vestidos de juta. Preciso mencionar que nunca vi fios prateados nas árvores de Natal dos meus pais? Eles nunca usaram isso. Nem luzinhas piscando. No lugar delas, acendem velas beges de cera biológica de abelha. Por isso o cheiro do Natal é tão doce lá. Entretanto, todos os outros doces bregas de Natal são proibidos em casa.

Paciente, Enno deixa que meus pais mostrem o bangalô repleto de cantos. De fato, devo reconhecer que colocar juntos os 153 metros quadrados da casa é uma obra de arte da construção, alcançada pelo arquiteto dos meus pais. A cozinha sem janelas é do tamanho de um banheiro de hóspedes e se compõe — ao lado de fogão e pia — apenas de armários, no chão e nas paredes. Alguma coisa está me incomodando bastante nessa cozinha. Primeiro, suponho que deve ser a visível e desagradável discrepância entre a atmosfera da mansão dos Rufenberg e o bangalô empoeirado dos meus pais.

Então entendo que o incômodo é mais concreto. Admirada, empurro minha mãe para a cozinha. Por que a casa não está cheirando a ganso assado? O forno também não está ligado. E é Natal!

Na nossa família, comer ganso assado na véspera de Natal é uma tradição. Minha mãe prepara um ganso maravilhoso. Depois de oito horas no forno, o bicho fica parecendo uma foto de revista. Crocante e dourado de todos os lados, suculento por dentro. O recheio, melhor do que qualquer coisa no mundo, é uma mistura de castanhas, vegetais e carne moída. Como acompanhamento, minha mãe serve o tradicional repolho roxo e as almôndegas. Sem esquecer o molho perfeito, que ganha um aspecto viscoso por causa das cebolas cortadas de forma grosseira, como ela me revelou há alguns anos. Minha mãe aprendeu esse truque em um programa culinário da televisão.

Adoro o ganso de Natal da minha mãe.

Depois de eu ter dito ao meu noivo, durante todo o caminho de Berlim até aqui, o quanto a comida de Natal da minha mãe é inacreditável, vem a desilusão. Inge, essa mulher estranha de cabelos curtos com franja e óculos vermelhos pontudos, nos informa resoluta que está cansada de assar gansos e não está disposta de jeito nenhum a passar metade da festa do Natal deste ano na cozinha. Afinal, podemos comer no restaurante. Se quisermos levar a opinião dela em consideração, há um indiano vegetariano não muito longe dali. Eles estão abertos hoje, já que ninguém comemora o Natal na Índia. Olhamos um para o outro, encolhendo os ombros, e Enno desfaz a situação com um comentário irônico sobre Bombaim.

— Quer dizer que você ainda vai para a Índia este ano, Nina.

Sorrio, um tanto irritada. Primeiro a ausência do ganso, agora essa piadinha sem graça sobre Bombaim.

Nosso pinheiro de Natal salva a atmosfera. Meu pai acende as velas amarelas. A visão das chamas dançantes me deixa em clima natalino. Minha mãe coloca músicas clássicas de Natal e os galhos do pinheiro com os anjinhos de juta caem sobre os presentes. Lá fora começou a nevar para valer.

Enno entrega um pequeno pacote ao meu pai. Durante toda a viagem tentei descobrir o que era esse presente, mas Enno não disse. Deve ser algo importante, com lembranças dos pais dele, dizendo que estão ansiosos para que as famílias se conheçam logo.

Sei que meus pais acham esse casamento estranho. Há anos eles são contra o meu "estilo de vida". Primeiro, a carreira em um grupo automotivo. Agora, um casamento com a nobreza. Pobres pais. Provavelmente, eles conseguiriam lidar melhor com um casamento se eu tivesse me apaixonado por um rastafári jamaicano que ajudei a legalizar na Alemanha por meio da união matrimonial. Em vez disso, um indigesto nobre conservador de Württemberg! Mas como os dois levantam a bandeira da tolerância com letras maiúsculas, tentam aplicá-la também a Enno. Suspeito que seja mais fácil para a minha mãe. Por trás da barba, meu pai parece mais introspectivo do que o normal.

Ele desfaz o pacote e dentro vê um pequeno porta-joias de couro, que ele abre imediatamente. Lá, meticulosamente espetado em um enchimento de cetim, um alfinete. O alfinete da família dos barões Von Rufenberg. A cabeça do alfinete é decorada pelo pequeno brasão da família. Pode-se espetar o alfinete na lapela como uma ordem de mérito. Um pequeno cartão de Natal acompanha o presente. A letra feminina, provavelmente de Cecília, deseja: "Feliz Natal. Bem-vindo à família".

Meu pai não diz uma palavra, apenas olha fixamente para o alfinete e, mesmo à luz fraca das velas amarelas da árvore de Natal, percebo que ele fica pálido.

Enno não reconhece a complicada situação. Em um tom animado, explica o brasão. O carvalho representa a floresta que é de propriedade da família, a foice representa o campo. Agora ele vai começar a palestra sobre as cores da família Rufenberg — preto e amarelo. Depois disso, já sei que virá a piada sobre a situação política atual. Isso entornaria o caldo. Então, corto o discurso.

— Para o meu pai, uma insígnia com um brasão da nobreza é... Bem, é incomum — tento explicar a Enno.

Ele me olha totalmente perplexo. Não está entendendo mais nada. Como assim? Este é um mundo estranho para ele.

Meu pai fecha o estojo de couro e o estende a Enno.

— Pode levar de volta — ele diz de forma franca, quase solene. — Nunca usaria isso. — A voz dele treme. Sei que ele está fora de si.

É necessário saber que, há muito tempo, meu pai teve uma intensa fase política revolucionária. Cinco anos malucos que mudaram a vida dele. Era considerado uma celebridade entre o corpo docente. Estava ameaçado de ser proibido de lecionar, e isso o transformou em uma lenda. Minha irmã Bete e eu o admirávamos, naturalmente, ele era nosso papai, e tão guerreiro. Não sei por que a agitação terminou. Mais tarde, não sobrou muito do engajamento, a não ser o fato de ele sempre alegar ter sido algo como um velho revolucionário. É difícil para o meu pai esquecer esse período, é como se fosse o ponto alto da vida dele.

Sem uma palavra, ele vai à estante e puxa *O capital*, de Karl Marx. Está um pouco empoeirado. Faz tempo que não o vejo com esse livro nas mãos. Antes, quando criança, pensei que todas as famílias eram assim, que o pai lia *O capital* todos os dias. Considerava a obra um tipo de bíblia. Até perceber que o livro não constava nas casas dos meus colegas. Na verdade, todos eles possuíam a bíblia. Na minha casa não tínhamos a bíblia, mas tudo de Marx e Engels.

Ele folheia o livro por um momento. Em silêncio, percebo que ele não se lembra mais do texto como antes. Então, diz um "a-há!" e começa a ler em voz alta:

— "Sobre as bases materiais econômicas, cada classe dominante (antes a nobreza, agora os capitalistas) constitui a ideologia que é mais lucrativa para si mesma. O Estado apenas serve como uma máquina opressora" — ele cita *O capital* com uma voz grave.

Dá para perceber que é uma voz treinada em cursos intensivos de geografia e eventos políticos. Em seguida, ele dirige a Enno e a mim um olhar severo de professor que nos põe de castigo aos pés do pinheiro enfeitado. Enno parece realmente impressionado. Há dois minutos, acho que não podia imaginar que existisse alguém como o meu pai, capaz de citar Marx junto a uma árvore de Natal acesa.

— Eu havia me conformado com isso — meu pai continua —, quando perdi minha filha para um grupo industrial automotivo que, aliás, também trabalha para a indústria bélica.

Tento interromper com um "Papai, isso não é verdade". Ele me cala com um movimento de mão.

— Deixe-me falar, Nina. Você sabe que nunca concordei com a sua escolha profissional. Mas sempre disse que é a sua vida. Mas, agora, você me traz um... — ele engasga de leve antes de pronunciar a palavra. Até dois minutos atrás, parecia que poderia suportar o fato de a filha estar prestes a se casar com um barão — um nobre para casa. Ainda por cima, que atua como advogado na área econômica. E espera que eu o aceite como genro. Não é nada pessoal, Enno, mas durante toda a minha vida lutei contra pessoas como você.

Ele ainda quer dizer alguma coisa, mas desiste. Agora, assim calado, ele parece desnorteado. Eu o conheço. Isso o está despedaçando por dentro. No fim das contas, meu pai é do tipo que gosta de se dar bem com as outras pessoas. Foi difícil dizer tudo isso para Enno. Mas ele tem suas próprias crenças. E há muito tempo não tinha oportunidade de defendê-las. Esta é uma oportunidade e ele precisava falar.

Ainda com *O capital* nas mãos, sai da sala, fecha a porta devagar e posso ouvir como ele desce pela escada de caracol, em direção ao porão. Apesar de me sentir péssima, preciso admitir que estou contente com surto do meu pai. Há anos que não o via tão cheio de vida. Ele demonstra grandeza.

Minha mãe olha para Enno, assustada. Só uma descrição dos horrores da indústria armamentista teria irritado mais meu pai. Então ela diz, em tom meio reprovador e meio de desculpas:

— Nina, você deveria ter prevenido o Enno — e vai atrás do meu pai.

Enno e eu permanecemos na sala, sozinhos. Ele observa ora o anel de sinete, ora o jardim suspenso de macramê da minha mãe, e não diz nada. A música de Natal continua tocando.

— Seus pais precisam estar no nosso casamento? — Enno pergunta com objetividade.

Horrorizada, olho para ele. É claro que meus pais precisam estar presentes no meu casamento, não importa o quão difícil eles podem ser às vezes. São meus pais! Como pode passar pela cabeça dele não convidar os meus pais?

Enno interpreta mal o meu silêncio ofendido e me dá um abraço consolador.

— O próximo Natal será bem melhor. Vamos festejar com os meus pais na mansão — ele sussurra no meu ouvido, e pega dois pequenos pacotes do bolso. — Os meus presentes de Natal para você — diz e os empurra sobre o tapete.

Ótimo, vamos então trocar presentes. Quero comemorar o Natal e não me aborrecer mais. Nem com Enno, muito menos com meu pai revolucionário ou minha mãe que se recusa a assar o ganso este ano. Estendo meu presente de Natal para Enno. As lindas velas no pinheiro de Natal queimam e ao menos o perfume da sala combina com a data festiva, como deve ser.

— Você primeiro — ordeno a Enno.

Ele não espera pela segunda ordem, pega o pacote e rasga o embrulho. É um cachecol, de estilo britânico, como ele adora — azul-escuro com estreitas listras amarelas e verdes. É de lã pura de ovelhas escocesas especiais, produzido por uma marca inglesa bastante exclusiva. Na ponta, mandei bordar as iniciais dele: B. E. v. R.

— É para você usar nas caçadas. Ele aquece bastante. Não quero que meu noivo se resfrie com o ar noturno — explico um pouco insegura. Por que estou insegura?

Nunca havia dado um presente tão cuidadoso a um homem. Ao olhar para trás, preciso admitir que durante anos escolhi presentes irônicos para meus ex-namorados. Principalmente coisas supérfluas. Sobre as quais você ri e depois deixa empoeirar até jogar na lata no lixo. Uma coqueteleira. Uma palmeira inflável para apoiar um drinque na banheira. Um conjunto de cuecas do Homem-Aranha. Um capacho com a inscrição "Aqui mora um bonitão". Com presentes irônicos, você sempre escapa de ser ridícula porque, nos fim das contas, o presente em si já é uma piada. Presentear com o coração é correr o risco de ser rejeitada. Se Enno achasse esse cachecol ridículo ou ultrapassado demais, eu ficaria magoada. Mas acho que não preciso me preocupar. Ele está encantado olhando para as iniciais. Parece que ele gostou de verdade.

— Vou usá-lo sempre. Talvez ele me dê a sua sorte de caçador.

Agora é a minha vez. Devo abrir primeiro o pacote maior ou o menor? O maior deve ser um livro. Então, sem grandes surpresas. Abro o maior primeiro. Mas realmente me surpreendo — é um livro de receitas. "O grande livro de receitas. Mil dicas para aprender a cozinhar", leio em voz alta. Mal ouso olhar para Enno. Ele já sabia durante o nosso encontro de noivado que aquele jantar era um fingimento? Que embaraçoso! Esse Natal não poderia ser pior.

— Quase acreditei no pato caramelizado — diz Enno triunfante —, mas, quando fui buscar outra garrafa de vinho na cozinha, descobri um bilhete sobre a pia, com as instruções da loja de produtos finos.

Que idiota! Eliminei todos os vestígios das embalagens, mas é claro que me esqueci do maldito bilhete do Enrico. Que estabanada. Coloco as mãos no rosto para me esconder atrás dos dedos, viro o rosto de leve e murmuro "Oh, meu Deus". Não gosto de ser pega — nem no trabalho, nem na vida pessoal.

Ele me envolve por trás com os braços.

— Mas fiquei mais comovido com o pudim que você mesma fez — ele sussurra nos meus cachos. — Com isso, soube que dentro de você existe uma hábil dona de casa adormecida, desejando vir à tona. Fique tranquila, Nina, você vai aprender.

Uma dona de casa adormecida dentro de mim? Hein? Ninguém jamais teve a coragem de insinuar isso. O que Enno vai me dar de presente no próximo Natal? Uma panela de pressão? Um termômetro de forno? Ou o livro "Como passar camisas com perfeição?" No meu rosto se forma uma teatral ruga de fúria. Enno precisa tomar cuidado. Não tenho a mínima intenção de passar os próximos anos procurando a altura ideal no forno para o suflê não afundar. Reconheço que é necessário o mínimo de conhecimento doméstico para se casar, mas até onde eu saiba estamos no século 21 e nada impede um homem de cozinhar. Há muitos cozinheiros famosos na TV.

Enno sorri.

— Sabia que você ficaria furiosa com o meu presente. Por isso, comprei outra coisinha para suavizar os ânimos.

Ele me entrega o bonito pacote. Este tem um tamanho promissor, acho que não vou me decepcionar. De fato, é um estojo de joia. Quando o abro, vejo um lindo bracelete de ouro com elegantes rubis em cada uma das pontas abertas.

— Esse bracelete é novo. Nenhuma tia-bisavó ou prima jamais o usou. Mandei fazer especialmente para você — diz Enno.

Ele me mostra a inscrição na parte interna: o ano do nosso noivado. Esse homem realmente sabe me comover. Coloco o bracelete e me sinto bem pela primeira vez nesse Natal. Agora estou até aceitando melhor o livro de receitas. Até que é engraçado.

Eu me aproximo de Enno, recosto a cabeça no ombro dele e fecho os olhos. Ele pousa o braço quente nas minhas costas. E então me passa pela cabeça: por que essa festa de

Natal com os meus pais deu tão errado? Talvez teria sido melhor se Bete e as crianças estivessem aqui. Se meu pai e eu tivéssemos tirado sarro da cara de Rüdiger em segredo. Mas eles ficaram em Berlim esse ano. E para mim sobrou um Natal sozinha com meus pais. E hoje, na véspera de Natal, eles deveriam finalmente conhecer o futuro genro. Pensei que a atmosfera natalina fosse trabalhar a nosso favor.

Enno não falou nada por mais um tempo. Ele está calado. O fato de eu ter crescido nesta casa o preocupa. Tento ver o bangalô da perspectiva dele. É doloroso perceber o abismo entre nós. Fui criada de uma maneira totalmente diferente da dele, vivi coisas completamente distintas. Provavelmente também pensamos de maneira diferente. O sentimento um pelo outro é mesmo o bastante para um casamento? E o meu sentimento é igual ao dele?

— Você recusaria a Índia por mim? — arrisco.

A pergunta ecoa há algum tempo pela minha cabeça. Ainda não estava certa de que era apropriado fazê-la. Mas agora é tarde demais, ela já escapou da minha boca. Este Natal não tem mais salvação.

Enno não me entende. Ou ele não quer me entender? Preciso explicar melhor.

— Se fosse ao contrário, se você tivesse recebido a oferta de um ótimo emprego em Bombaim, mas eu não pudesse sair de Berlim por causa do trabalho. Você teria ficado na Alemanha para vivermos juntos e talvez se casar comigo?

Ele não responde de imediato. Hesita. Isso deixa tudo claro. Merda. Sabia que era melhor não ter feito essa pergunta, porque não iria gostar da resposta. Se fosse ao contrário, Enno jamais teria recusado Bombaim por minha causa. JAMAIS. Talvez, se tudo corresse bem, ele teria me pedido para ir com ele. E eu provavelmente aceitaria.

É difícil admitir: eu me encaixo perfeitamente na vida dele. Mas sem ilusões — não sou uma prioridade. Se eu tivesse ido para Bombaim, ele teria conhecido alguma outra mulher e feito o pedido de casamento a ela. Ele, ao contrário, é único para mim. Porque, pela primeira vez na minha vida, uma porta se abriu para mim por meio do Enno, e atrás dela está um caminho bonito e bom. Um caminho que atrai e promete algo que eu não tinha a consciência de desejar, procurar e precisar.

Livro de receitas, bracelete, vender carros, Mumbai, casamento — meus pensamentos se misturam. Então finalmente vem a frase que ele deveria ter dito de imediato.

— É claro que eu também teria recusado Bombaim.

Soa um pouco falso. Acho que nós dois sabemos que ele está mentindo. Olho para o outro lado e tenho vontade de chorar. Estou exagerando? Bem, ele não jogaria tudo para o ar por minha causa. Por outro lado, não estou exigindo demais dele? No final das contas, ele me deu um anel de noivado. Ninguém antes de mim conseguiu isso. Nem Chichi.

Olho para o anel. Ele me dá certa confiança. Estou feliz por estarmos noivos.

De repente, meus pais voltam para a sala. Meu pai está com uma garrafa de vinho na mão e minha mãe traz as taças atrás dele.

— Podemos nos juntar a vocês? — ele pergunta, agora animado.

Nós fazemos um sinal positivo com a cabeça, felizes com a interrupção. Eles se sentam no chão conosco, na frente da árvore.

— Oh, que lindo — minha mãe exclama e observa as iniciais no cachecol do Enno. — Eu também teria bordado algo assim. Ótima ideia, Nina.

Admirada, verifico se a minha mãe está sendo irônica com o elogio. Não, ela realmente parece gostar da minha escolha de presente. De repente, o rosto dela sob o cabelo curto não tem mais um aspecto tão amargo.

Meu pai tosse de leve.

— Enno, eu gostaria de me desculpar com você pelo meu comportamento. Não foi educado. Mas você tocou na minha ferida. Sei que não foi a sua intenção, é claro. Você aceita minhas desculpas?

Enno faz um movimento de mãos jovial. Com isso, ele quer dizer para esquecermos tudo. O gesto dele é um pouco presunçoso, afinal Enno é bem mais jovem que o meu pai. Uma resposta simpática e atenciosa seria muito mais conveniente. Mas, enfim, os dois parecem satisfeitos.

Minha mãe sorri, serve as nossas taças e nós brindamos.

— Ao nosso futuro genro — minha mãe faz as honras e até parece um pouco orgulhosa.

O resto da noite é bem agradável. Ficamos sentados no chão, bebendo vinho e conversando. Minha mãe jura por tudo neste mundo que vai preparar o ganso no próximo ano. Sem hesitar, ela admite que um restaurante indiano é o último lugar onde ela gostaria de passar o Natal. De repente, penso que não devo julgar a explosão feminista da minha mãe. Meu pai sempre se gabou dos anos de envolvimento com a política, por que minha mãe não pode ter a vez dela? Abrimos outra garrafa de vinho. Pela primeira vez, meus pais perguntam sobre o nosso casamento em detalhes. Eles querem saber onde e como iremos celebrá-lo.

Quando tomamos a última taça, meu pai retira um emblema do fundo do bolso do paletó. A estrela vermelha dele. Eu também não a via há séculos. Ele a mostra a Enno.

— Sabe, Enno, este é o único emblema que já vesti. Eu o trouxe há muitos anos de Moscou. Ele sempre foi... — ele observa a estrela e a gira na mão, um tanto constrangido — sagrado para mim.

Enno pega a estrela vermelha, já um pouco desbotada nas pontas, e a observa com curiosidade.

— Posso colocá-la? — ele pergunta, abrindo o alfinete.

Meu pai balança a cabeça.

— Talvez devêssemos nos conhecer um pouco melhor antes — diz e pega a estrela de volta.

Capítulo 20

O VESTIDO PARECE UMA armadura. O colo e o decote ficam escondidos sob uma carapaça de seda. Até minha avó puritana teria criado um vestido de noiva mais permissivo do que este. Em frente ao espelho que cobre toda a parede, viro para a direita e para a esquerda. Não é fácil me movimentar nele, o vestido tem um peso considerável. No reflexo do espelho, vejo meu rosto e reconheço a expressão desesperada. Não sabia que seda-duquesa tinha um caimento tão pesado. Estou odiando esse farfalhar de tecido.

Enno não está. Claro que não, o noivo não pode ver o vestido antes do casamento. Mas ele também se mantém de fora dos outros preparativos da festa. Ele diz que o casamento é tarefa minha. Além disso, tem muitas coisas para fazer no trabalho. Como se eu não trabalhasse.

O telefone toca a cada segundo. Todos ao meu redor estão tão agitados, ninguém se preocupa com o meu humor. É assim que uma agência de casamentos trabalha? Tudo e todos estão no centro das atenções — os convidados, a decoração das mesas, os arranjos de flores, os convites — só a noiva que não. Atrás de mim, a gerente da agência corre, passando pela imagem no espelho, e manda alguma mensagem no pager. Pela quadragésima vez hoje, a assistente da gerente verifica a ordem das mesas. O telefone continua a tocar, e finalmente o estagiário vai atendê-lo.

O casamento não deveria ser o meu grande dia?

As salas da agência de casamentos se localizam em um edifício com vista para o Rio Spree. Tudo é extremamente bem desenhado. Há três grandes salas claras com grandes fachadas de vidro interligadas. Na primeira sala funciona um tipo de *showroom* — ali se provam os vestidos e se testam os penteados e a maquiagem perfeita. Lá atrás está o escritório. E a sala do meio é equipada com *flipcharts* com listras magnéticas coloridas para distribuir convidados nas mesas da festa. Há diversos tipos de louça e decorações de mesa e várias fileiras de talheres de prata, bem como taças e guardanapos dobrados artisticamente. Adorei as arrojadas cadeiras brancas da mesa de prova de casamento. Elas são cadeiras de balanço de plástico que fazem lembrar os filmes antigos de James Bond.

Provavelmente, tudo seria mais descontraído sem a intromissão da Madame Zita. Ela é o comandante dessa festa: ela aprova a lista de convidados, ela decide para quem devem ser reservadas as primeiras fileiras na capela, ela cuida de quem vai sentar perto de quem no jantar da festa, define o que será servido no *brunch* pós-casamento. A gerente da agência de casamento de Berlim também não parece muito satisfeita desde que Madame Zita deu as caras por aqui.

Minha sogra a colocou no jogo. Ela disse que estava insegura com a gerente da agência. Afinal de contas, eles estão acostumados a outro tipo de clientela. Não estão acostumados à nobreza, e sim à classe alta das capitais. Secretários de Estado saindo da igreja de braços dados com tradutoras. Relações públicas de grandes grupos farmacêuticos que dizem sim a jornalistas de revistas de Munique. Estilistas bissexuais que festejam um breve sucesso internacional e se dão ao luxo de dar uma gigantesca festa de casamento bissexual. Para todos eles, há uma só regra geral: o casamento deve sempre ter o aspecto da cidade grande. Para que todos os convidados de outras cidades comentem depois como Berlim é uma cidade cosmopolita, que os berlinenses são realmente cidadãos do mundo e que nem dá para imaginar que o casal vem de alguma outra província. Sem tradições, sem brincadeirinhas de casamento ou projeções de slides constrangedores. Sem passado. Apenas futuro.

O nosso casamento, ao contrário, se localiza na outra ponta dos estilos de casamento possíveis. Ele não vai acontecer na rápida e esquecível Berlim, e sim em um hotel-castelo no coração da província do oeste alemão. Apesar de não termos *slideshows* constrangedores, haverá muitos discursos de membros da família, colegas de fraternidade da época da faculdade e várias pessoas públicas que vangloriarão o valor da família. Tudo precisa correr de forma bastante tradicional. Madame Zita não deixa sobrar nada para o contemporâneo. Para ela, vale o tripé: estiloso, tradicional, discreto. Todo o resto é dispensado de forma impiedosa.

— Este vestido é estufado — digo em voz alta na sala.

As duas costureiras de joelhos olham para cima, assustadas. Sorrio para acalmá-las e sussurro que minha afirmação não se dirige a elas. Sei que estão apenas seguindo à risca as instruções passadas por instâncias superiores. Rapidamente, as duas voltam a olhar para baixo e continuam o trabalho.

Agora sei do que esse vestido me faz lembrar. A princesa Máxima, que casou em Amsterdã com o príncipe da coroa holandesa em um vestido de noiva pavoroso. Nenhuma mulher do mundo se casaria de boa vontade em um vestido daqueles. Com uma gola canoa alta, o vestido a deixou com um aspecto volumoso, pareccia com o hábito de monge de Obi-Wan-Kenobi em *Guerra nas Estrelas.*

Eu também tenho que suportar uma gola alta recortada, que se abre com um decote em V na altura da clavícula. Não, não um V maiúsculo. Meu decote é um pequenino v de vovó. Talvez consiga ao menos um decote um pouco maior. Não se trata de mostrar os fartos atributos da noiva. Mas, neste vestido, os meus seios parecem com os de uma patinadora no gelo. Com o dedo indicador, puxo o decote um pouco mais para baixo para ver se ainda dá para salvar alguma coisa.

— Nina, criança, você não é uma rainha do silicone.

Madame Zita aparece em um traje Chanel. Ela veste apenas Chanel, tem conjuntos de todas as cores. Rosa antigo, azul-celeste, amarelo-limão, verde-menta, marrom-café e preto. Na verdade, ela mal tem dinheiro para comprar roupas da cara marca. Não há dúvidas de que Madame Zita pertence à nobreza antiga, mas ela vem de um ramo empobrecido. Os comunistas húngaros levam a culpa por isso. Em 1949, eles obrigaram a família da Madame Zita — na época, quase uma jovem mulher — a deixar o espaçoso castelo sobre o Danúbio do dia para a noite; logo eles tiveram de ir para um orfanato. Em seguida, conseguiram se mudar para um simples apartamento de três cômodos em Budapeste. Hoje, Madame Zita melhora sua renda como consultora para festas de casamento da nobreza. Isso não prejudica a reputação dela na sociedade. A nobreza funciona segundo outras leis.

— Madame Zita, o vestido está pesado demais — reclamo, dessa vez com mais insistência. Deixo escapar um tom levemente histérico.

Mesmo assim, é como se eu falasse com uma parede.

— O peso do vestido confere à noiva dignidade e o tecido rígido ajuda a postura — ela diz resoluta, virando-se em seguida.

Então, se volta para mim novamente. Do bolso do *tailleur*, ela tira um celular, abre o *flip* e começa imediatamente a apertar os botões, como louca. Alguma coisa não está certa. Em voz baixa, ela sibila algo em húngaro e, se Madame Zita não estivesse na minha frente, pensaria que ela está xingando alguém. O que ela está fazendo? Preciso de um tempo para entender onde está o problema. Madame Zita procura a função de câmera do celular. Ela quer me fotografar, provavelmente minha sogra está esperando impaciente pelas primeiras imagens no vestido de noiva. O conhecimento de Madame Zita é irrefutável quando se trata de qual tipo de letra deve ser usada para um convite de casamento ou se o texto deve ser impresso em dourado, prateado ou azul, mas de tecnologia não entende nada. Ela segura o celular no ar, mas acho que ele está de ponta-cabeça. Por sorte, a gerente da agência se compadece. Sem uma palavra, ela toma o celular de Madame Zita e começa a me fotografar.

Na frente do espelho, a assistente verifica pela milésima vez a ordem das mesas definida no *flipchart*. A logística desse casamento é um desafio. Trezentos e cinquenta convidados precisam ser divididos em trinta mesas. Do lado de Enno, o "quem é quem" da sociedade alemã: muitos nobres, altos executivos, um redator-chefe, dois apresentadores de televisão famosos, políticos importantes — entre eles, até um ex-presidente. Para mim, foram permitidos apenas cinquenta convidados. Minha lista não é nada espetacular. Parentes, velhos amigos, minha prima do México e o *barman* do meu antigo bar preferido que hoje não existe mais. Um dia, meio bêbada, prometi a ele que iria convidá-lo para o meu casamento. Convidei até o meu diretor, que já confirmou a presença. Ele vem com a Helga, a secretária. Sabia que eles tinham alguma coisa.

O estagiário ajuda com o posicionamento do *flipchart*. Como um comandante, Madame Zita observa por um momento a ordem das mesas e precisa de poucos segundos para encontrar uma grave gafe.

Indignada, ela balança a cabeça.

— Queridinho, você não pode colocar um príncipe ao lado de uma cantora popular. Será que você não tem um pingo de bom-senso? — ela pergunta com um tom de crítica.

Desamparada, a assistente olha para a gerente, que apenas dá de ombros. Acho que ela já se resignou.

— Esse casamento está muito em cima da hora. Nunca vamos conseguir dentro de um prazo tão curto. Por que eles não podem se casar depois? — murmura a gerente da agência, e em seguida olha para a minha barriga. Ela supõe que eu esteja grávida. É claro que não estou.

Madame Zita, muito atenta, percebe o olhar da gerente.

— Sommerlath, 1976 — ela dispara, só isso.

A gerente me encara com uma expressão confusa e tenta decifrar o significado dessas palavras. Nesse meio-tempo, consigo desvendar o código. Madame Zita se refere ao casamento do rei da Suécia Carl Gustaf com a anfitriã dos jogos olímpicos Silvia Sommerlath, em 1976. Silvia é considerada uma das pioneiras entre as mulheres da plebe a entrar para a alta nobreza. Até então, o "casamento com a plebe" era um tema delicado no círculo social. Na Alemanha, príncipes e condes deserdados por terem levado uma mulher do povo para o altar contra a lei da família podiam se juntar e formar um bem frequentado grupo de autoajuda. Mas preferiam esbravejar sozinhos, com os dentes cerrados de raiva e se deixavam riscar da linha de sucessão da família. Os suecos, ao contrário, indiferentemente progressivos não só na área de construção de estantes, trataram de forma diferente o seu rei apaixonado por uma mulher do povo. Na primavera de 1976, a corte sueca informou o noivado com a moça alemã, e o casamento aconteceu no verão. Apenas quatro meses separaram o noivado do casamento — com isso, eles queriam se antecipar às críticas. O plano deu certo, os suecos amaram a linda rainha à primeira vista.

Esse exemplo fez escola. E, por isso, Enno e eu devemos nos casar o mais rápido possível. Assim se contêm as fofocas — com um planejamento de casamento na velocidade da luz.

A campainha toca e o florista entra carregado de buquês de flores. Um é mais bonito do que o outro. De forma ágil, o estagiário puxa uma mesa e eles montam tudo na nossa frente. Que flores suntuosas! Arranjos com rosas brancas, lírios cor de creme, papoulas em tons de rosa e lilás, até girassóis fazem parte do buquê. Acho os lírios maravilhosos, mas Madame Zita não concorda. Lírios são reservados para casamentos de famílias reais. As papoulas são muito populares e os girassóis nem entram em questão, podem ser comprados em qualquer supermercado. Ela escolhe um arranjo branco de rosas e esporinhas para a mesa e — essas um pouco mais alegres — folhagens claras com margaridas para a igreja. De qualquer forma, como meus protestos são apenas pura formalidade, o florista fecha o pedido.

Tarde demais, entendo que não tenho voz no meu próprio casamento. Basicamente, os procedimentos já foram definidos há séculos. O que pode ser comparado a um casamento turco em Berlim. Sempre a mesma coisa. Aluga-se um grande salão de casamento para seiscentos convidados, contrata-se um artista solo, o noivo faz a barba antes do matrimônio e a noiva recebe do irmão uma faixa vermelha amarrada na cintura do vestido como sinal de virgindade. Em seguida, o casal de noivos faz a cena da entrada no salão, os recém-casados são cobertos de dinheiro e ouro. Todos comem e dançam muito — e as mães com filhos ficam de olho nas moças solteiras e atraentes que se tornariam boas noras. Nenhum turco que se preze alteraria um milímetro desse programa. A nobreza pensa da mesma forma. É engraçado, porque todo o resto da humanidade tenta se superar continuamente com casamentos cada vez mais personalizados. As pessoas se casam em qualquer lugar: em um salto de paraquedas, com roupas de mergulho debaixo d'água, na torre de televisão, no aeroporto entre fusos horários ou em um vilarejo africano.

Ouço um apito, o celular da Madame Zita recebe um SMS. De imediato, ela coloca os óculos de leitura que sempre carrega pendurados no pescoço por um colar prateado e lê a mensagem. Ela ri.

— Nina, a sua futura sogra está encantada com o vestido de noiva. Agora é só colocar o véu de renda de Bruxelas antiga e a tiara, e a noiva estará perfeita.

Uma coroa e um véu de renda na cabeça? Quem sou eu, Lady Di? Como em um passe de mágica, a gerente tira de algum lugar uma coroa falsa. Provavelmente que sobrou do casamento de algum travesti. Com um sorriso cínico, ela me espeta a coroa nos cabelos. Agora estou definitivamente fantasiada. No jardim de infância imaginava me casar assim. Com um príncipe, claro.

O estagiário vem correndo com o telefone nas mãos. Parece que o nosso renomado cozinheiro precisa fazer as primeiras encomendas. Qual opção de menu vamos escolher? Lavagantes ou lagostas?

— Lagostas — Madame Zita responde. — Desde que os russos voltaram para a Europa, os lavagantes se tornaram vulgares.

A assistente me estende o menu com as lagostas, para que eu também leia o que será servido no meu casamento.

Salada de lagostas com alcachofras recheadas

*

Terrine de galinha-d'angola na gelatina e parfait de fígado com legumes, manga e pimenta brasileira

*

Essência de rabo de boi

*

Medalhões de lombo de corça com funghi porcini, couve-de-bruxelas e gnocchi

ou

Medalhões de tamboril com risoto de frutos do mar, espinafre e espuma de manjericão

*

Suflê de avelã com figos marinados e sorvete de vinho tinto

Pelo menos com o menu a gerente parece estar satisfeita também. Ela enfia o papel no caderno, possivelmente para copiar a ideia da galinha-d'angola com pimenta brasileira. Pimenta brasileira é bem-vista em Berlim, soa cosmopolita. É um milagre a Madame Zita não ter substituído a pimenta exótica por ervas nacionais. Nem acredito que essa tendência foi aceita no nosso menu.

Mas o curto momento de suposta benevolência já ficou para trás. A gerente está sendo informada de que as arrojadas cadeiras brancas da mesa não podem ser usadas no casamento de jeito nenhum.

— Já estou vendo a princesa Luisa da Prússia caindo dessa cadeira. Ela mal superou a quebra do fêmur, e não vai agora arriscar a vida com uma cadeira que talvez seja ótima para professores de alguma academia de artes, mas não para pessoas que querem se sentar adequadamente para conduzir uma conversa.

Trazem uma nova cadeira mais convencional que receberá um revestimento de lençol branco para parecer mais apropriada ao casamento.

Amuada, observo a cena. Há alguns dias, a gerente da agência ainda tentaria convencer Madame Zita. Mas ela está calada desde a discussão de ontem, sobre se deveriam ser lançados pombos brancos no ar depois da cerimônia na igreja. A gerente da agência é uma grande defensora de pombos brancos em casamentos. Ela tem até o contato de um criador que garante que nenhum dos seus pombos execute suas necessidades na área do casamento, ou seja, sem cocô de passarinho no fraque do noivo. Madame Zita a deixou falar, riu, fez vários movimentos positivos com a cabeça e, quando a gerente acreditou que finalmente havia vencido Madame Zita, ela disse:

— A maioria dos convidados do casamento, incluindo eu, tem paixão por atirar em pombos. E não me refiro a pombos de barro. Portanto, não podemos garantir a segurança dos bichinhos.

Com isso, o tema foi esquecido.

A campainha soa novamente, dessa vez entram Kitty e Linda na sala. Eu as convidei para conhecer o meu vestido. Linda suspira quando me vê. E coloca as mãos no rosto, comovida. Há dias, parece que está no mundo da lua. Esse casamento está mexendo com os limites emocionais dela. É uma overdose de Europa antiga para Linda.

— Nina, você é a minha Cinderela — ela grita.

O olhar censurador de Madame Zita a captura agilmente. Ela demonstra uma indignação clara, acho que não vai com a cara dos americanos.

— Este é um casamento da nobreza. Não é a Eurodisney — ela adverte austera.

Mas Linda não dá ouvidos. Ela pega a minha mão e a segura no ar, totalmente distraída. Ela deve estar pensando no próprio casamento que está por vir.

Olho para Kitty, ela olha para mim. Não precisamos falar muito, na maior parte das vezes sabemos o que a outra está pensando.

— Um pouco estufado? — pergunto a Kitty.

Ela responde exatamente como esperei.

— Totalmente estufado.

Capítulo 21

A PARTIR DE hoje me sinto como uma noiva. Tudo bem, só me caso depois de amanhã. Mas a partir de hoje viajo como noiva — na mala, o vestido de noiva, a liga azul, lindos sapatos de cor champanhe e milhares de detalhes essenciais e triviais. Madame Zita me acompanha. Amanhã ao meio-dia vamos nos encontrar com o cabeleireiro, a maquiadora e a gerente da agência, acompanhada do estagiário.

Sou uma noiva! Mas, sendo noiva ou não, preciso fazer o *check-in* no balcão do hotel. Vestindo o meu novo *tailleur* bege Donna Karan, estou em pé na recepção preenchendo o formulário. Nome, data de nascimento, endereço, número da carteira de identidade. A propósito, o *tailleur* Donna Karan é para a minha sogra. Ela me pediu com insistência para que eu me vestisse de forma "digna" durante todo o fim de semana do casamento. Acho que ela estava pensando em Chanel. Mas não me sinto madura nem rica o suficiente para vestir Chanel. Então, Madame Zita e eu nos decidimos por Donna Karan. Em compensação, meu amado vestido Diane von Fürstenberg foi reprovado. Extravagante demais!

Enno, o noivo, está ao lado e olha sobre meu ombro enquanto escrevo. Até a cerimônia, ele não vai dormir no hotel, e sim com os pais na mansão localizada ali perto. Assim deve ser. Os noivos não devem passar as noites antes do casamento juntos — ele pode querer espiar o vestido ou, desastre completo, ver a noiva com uma máscara de beleza no rosto e rolos nos cabelos. Ficarei sozinha na nossa suíte de casamento pelas duas primeiras noites. Nunca pensei que isso me deixaria feliz. Vou respirar um pouco antes de começar o estresse.

Atrás de mim, ouço Madame Zita organizando as malas e a segurança do vestido de noiva escondido em uma capa. Minha profecia é que, em 24 horas, a equipe do hotel não ouvirá mais o diretor do estabelecimento e obedecerão às ordens de Madame Zita. E depois de mais um dia, os funcionários reagirão ao mínimo movimento da sobrancelha esquerda dela. Prevendo isso, o diretor do hotel já nem fica mais ao lado dela. Ele teme um golpe hostil.

Enquanto preencho o número da carteira de identidade, não consigo conter o riso. Enno não reage, ele está ocupado. Os primeiros convidados do casamento chegaram. Não os conheço. Ele os cumprimenta com um aceno e caminha na direção deles. A linda recepcionista percebe o meu riso.

— Não sabia que nossos formulários são engraçados — ela comenta simpática.

Explico que ri porque estou entrando no hotel como "Nina Peters", mas sairei três dias depois como "Baronesa Nina von Rufenberg". Isso é estranho.

A recepcionista sorri também. Ela tem cabelos cacheados como eu, temos mais ou menos a mesma idade. Ela me mostra a aliança dela. Um arco estreito com um brilho prateado, provavelmente de platina. Junto com ele, outro anel, da mesma espessura, cravado de pequenos diamantes. A combinação é encantadora. Acho que até prefiro um anel discreto e fino ao meu grande e chamativo diamante. Os pequenos diamantes são mais apropriados para serem usados todos os dias. Meu anel, em compensação, sempre causa agitação.

— Alguns dias depois do meu casamento — a recepcionista conta — abri um vinho à noite, me sentei na cozinha com papel e caneta e fiquei escrevendo meu novo nome. Acho que treinei a nova assinatura umas cem vezes. Me senti como uma perita em caligrafia.

A placa no uniforme dela diz "Krawzowitsch". Bem, devo estar um pouco boba pela proximidade do casamento, porque caio na gargalhada mais uma vez.

— Você se casou com o Sr. Krawzowitsch? — pergunto entre risos. Nem sei se pronunciei o nome corretamente.

A recepcionista sorri e concorda com a cabeça.

— E qual é seu nome de solteira?

— Marotske — ela diz com um sotaque de Berlim.

É o cúmulo. Nós duas começamos a rir até eu ter de enxugar lágrimas no rosto. Assim como eu, ela tenta se recompor. Alguns hóspedes olham para nós. Talvez eles também sejam convidados do meu casamento. Uma das mais incomodadas é uma cinquentona de terninho amarelo-limão, adornada por pesadas joias de ouro. O homem ao lado dela apenas lança uma expressão esnobe.

Recupero o controle e continuo preenchendo o formulário. Sem olhar para cima, pergunto à recepcionista:

— Você também ficou tão ansiosa antes do seu casamento?

Ela responde com a voz abafada para que não causemos outra cena.

— Foi horrível. Na manhã anterior à cerimônia tive um eczema terrível. Manchas vermelhas enormes por todo o colo. Felizmente, um amigo meu é médico. O diagnóstico dele? Psicossomático. Ele me receitou uns comprimidos verdes, e então me tornei a noiva mais relaxada do mundo.

— Por acaso você ainda tem um ou dois desses comprimidos? Eles seriam muito úteis para mim. Imagine, não conheço a maior parte dos convidados do meu casamento.

— Vai dar tudo certo — a recepcionista diz, solidária.

É fácil para ela falar, já que ela se casou com o Sr. Kra-sei-lá-o-quê-itsch e não com um barão. Mas, enfim, me sinto bem com a solidariedade.

Atrás de mim, ouço alguém tossir de leve. É Enno.

— Você já está terminando? — ele pressiona.

Enno não dirige o olhar para a recepcionista. Termino rapidamente de escrever e recebo uma pesada chave dourada para acessar o quarto. Que lindo! Não sobraram muitos hotéis que utilizam chaves de verdade. Faço novamente um movimento de cabeça agradecido para a recepcionista, ela sorri de volta e sei que tenho alguém para conversar se as coisas ficarem feias.

— O quarto fica no andar térreo. Siga o corredor até o fim, é a última porta à esquerda. Desejo uma estada inesquecível! E, é claro, um maravilhoso casamento! — ela diz enquanto deixamos a recepção.

Enno já está longe demais para ouvir. E eu me apresso atrás dele. Em silêncio, andamos um atrás do outro pelo longo corredor até a porta do meu quarto.

Um lindo hotel, sem dúvida. A construção serviu antes à família Von Rufenberg para abrigar as visitas convidadas para as grandes caçadas. O hoje falecido avô de Enno vendeu a propriedade nos anos 1960. Os custos eram muito altos. Eles aceitaram um renomado hoteleiro como comprador, mesmo ele não tendo oferecido a maior quantia. Mas agora a família de Enno tinha disponível um maravilhoso hotel na vizinhança, com uma equipada área de lazer e um restaurante duas estrelas.

Do jeito com que Enno se movimenta pela casa, com intimidade e autoconfiança, é como se o hotel ainda fosse de propriedade dos Rufenberg. Isso é ótimo para mim. Após o casamento, não apenas terei um título de nobreza e poderei passar as férias em uma linda mansão, mas também terei um restaurante renomado no qual sempre conseguirei uma mesa.

Enno já está na frente da porta 101 e estende a mão. Ele quer a chave. Apesar de ele se comportar da mesma maneira solícita de sempre, percebo que ele está um pouco diferente. Fiz algo errado?

Atrás da porta, está a minha suíte. Quero pular de alegria. O quarto não é gigante, mas os móveis antigos são de tanto bom gosto que em um segundo dá para esquecer que este é um quarto de hotel. Na parede esquerda reina uma grande cama de dossel de madeira escura. Para que ela não pareça imponente demais, o dossel é de um tecido leve, quase transparente. Do outro lado do quarto há uma pequena cômoda, sobre ela um vaso antigo com um buquê de flores brancas, azuis e amarelas. Acima da cômoda está pendurado um retrato de uma senhora e, pelas roupas dela, a fotografia tem mais de 150 anos. Toco a parede, um papel de parede de seda de verdade, listrado de vermelho e bege. Mas o móvel mais bonito do quarto é um sofá no estilo Biedermeier. Sentada nele, posso observar através das portas de venezianas o interior do parque, com um grande gramado, canteiros de flores preparados pelos jardineiros para resistir ao inverno e um chafariz, naturalmente sem água nesta estação fria do ano. Mais ao longe, campos e a fachada escura da floresta. Sobre a mesinha do sofá há frutas frescas e uma pequena garrafa de champanhe em um *cooler*.

Empolgada, tento puxar Enno para a cama de dossel. Um momento só para nós dois, antes de começar a balbúrdia com os nossos pais. Não vamos encontrar tempo para nós dois nos próximos dias. Um absurdo. Quem se casa com grandes pompas perde o noivo de vista. Mas podemos fazer um pequeno aquecimento.

Estou tão exaltada que preferiria rasgar as roupas do corpo.

Mas Enno se livra do meu abraço e me deixa sozinha na cama. Vejo a expressão do rosto dele, ele está furioso. O que o deixa tão nervoso?

— Como é que você fala assim com os subordinados? — ele pergunta sério, a voz num tom glacial.

— Que subordinados? — questiono, confusa.

— A mulher da recepção. Vocês duas riram e mostraram os anéis uma para a outra. Quando cheguei perto, ainda pude ouvir você reclamando por não conhecer quase ninguém no seu próprio casamento — ele balança a cabeça, sem compreender.

Do jeito que ele descreve a cena, soa realmente impróprio. Mas eu mesma acho que não preciso me desculpar por ser simpática com alguém. Então, tento explicar a Enno que sou uma noiva normal, totalmente ansiosa. E a recepcionista havia acabado de se casar. A conversa foi praticamente inevitável.

Enno não se deixa convencer. Com um ar reprovador, ele balança a cabeça.

— Devemos ser educados com eles, mas jamais — você está entendendo a palavra, Nina? — jamais confidenciar segredos. Não procuramos a compreensão deles, não explicamos nosso comportamento, não conversamos sobre os nossos sentimentos. Nem com uma recepcionista, nem com um garçom, uma enfermeira ou um motorista de táxi. Subordinado é subordinado.

Se ele usar essa palavra ridícula mais uma vez, não sei o que vou fazer. Subordinado! Como assim, subordinado? Percebo o incômodo crescendo dentro de mim. De alguma maneira, essa palavra me incomoda. E mais ainda o jeito como ele a pronuncia. O seguinte pensamento surge na minha cabeça: o que eu seria se não fosse a noiva dele, mas apenas um colega profissional? O que mais eu seria para ele, senão uma subordinada? Será que Enno divide o mundo entre subordinados e não subordinados? E, em caso positivo, de que lado a noiva dele está? Posso realmente sentir que estamos no mesmo nível, ou sou apenas uma subordinada exclusiva — comprada por um preço alto, com joias e um grande casamento? Uma subordinada que, após o casamento, estará sempre à disposição como um tipo de assistente de luxo para o marido e, mais tarde, para as crianças?

Enno caminha na minha direção, talvez ele queira me abraçar porque percebe a minha irritação. Acho que agora poderíamos nos jogar na cama de dossel. Mas não estou mais com vontade.

— Eu converso com quem eu quiser — contesto, provocadora.

Enno coloca a mão sob o meu queixo e puxa meu rosto um pouco para cima, de modo que eu consiga olhar da cama diretamente nos olhos dele.

— Você ainda tem um longo caminho pela frente até se tornar uma verdadeira baronesa Von Rufenberg. Não acho que uma simples aliança de casamento vá bastar — então, ele se vira e alcança a chave da porta. — Vamos encontrar nossos pais agora para o chá — ele diz, segurando a porta para mim.

Ele continua agindo da mesma forma educada de sempre, mas agora os gestos dele me parecem frios e sem sentido. Será que Lady Di se sentiu assim também quando o infiel Charles abriu para ela a porta da carruagem na frente de todos? Do que serve o maior cavalheirismo do mundo se você não se sente amada de verdade?

Em raras ocasiões me alegrei tanto por ver meus pais. Eles chegaram hoje, porque minha mãe achou que alguém íntimo deveria estar comigo desde o começo. Kitty, Linda e minha irmã, com Rüdiger e as crianças, chegarão apenas amanhã. Mas meus pais não mediram custos para estar comigo logo cedo. Abraço os dois e — estou enganada? — o abraço deles também parece mais forte que o normal. Somos como marinheiros enjoados em alto-mar, procurando o apoio um do outro. Minha mãe foi ao cabeleireiro, as luzes de hena na franja brilham novinhas, e ela veste uma complexa combinação de calça e blusa em cinza e preto. A costureira da vizinhança deles que fez a roupa. Ela se orienta, como sempre ressalta, "pelos japoneses". Isso é o que se pode chamar de conexão da moda. Como sempre, o resultado é bastante peculiar.

Por outro lado, minha futura sogra parece bem diferente. Ela veste uma saia muito conservadora de seda e a clássica combinação de blusa e blazer feminino. Cecília aplicou botox mais uma vez. Dessa vez, o médico conseguiu fazer com que o rosto dela não mostrasse aquela expressão entediada e desinteressada de antes, mas um inflexível sorriso. O que é mais adequado ao casamento do filho mais velho. Meu pai está com o seu escuro paletó usado de professor, que ele sempre usa em festas de formatura. É claro, sem gravata. Meu pai nunca vestiu uma gravata na vida dele, pelo menos não desde que ele se vê como ativista político. Hubertus, o pai de Enno, analisa meu pai com atenção. Eles já se apresentaram. O clima é distante, apesar de cortês. Apenas Enno levanta as sobrancelhas com uma leve irritação, como se a simples presença dos meus pais o desagradasse. Estou exagerando?

Pelo menos não descubro nenhum outro vestígio de recusas indelicadas. Tomamos lugar na mesa posta para o café. Os pais de Enno são muito mais versados na arte da clássica conversa social, embora minha mãe os acompanhe bem. Mas a conversa não se desenvolve com naturalidade. Enno e eu ainda estamos brigados, meus pais visivelmente irritados, e os pais de Enno distraídos na maior parte do tempo. A cada dois minutos, novos convidados recém-chegados se sentam à mesa. Eles todos se conhecem, é óbvio, os pais de Enno são pessoas requisitadas. Eles se abraçam, apertam as mãos, trocam gracejos e examinam com mais ou menos discrição a noiva, ou seja, eu. Educadamente, meus pais também são apresentados a todos — aos duques, ex-ministros de Estado, celebridades da televisão. Os dois tentam parecer animados, mas vejo como eles se sentem deslocados.

Olho para meus pais e tenho pena deles. Não sabia o quão humilhante pode ser presenciar a desorientação dos próprios pais. Este aqui não é o mundo deles. Também não é o meu, mas estou prestes a entrar nele. E a minha família? Devo deixá-los de lado nessa transição?

Agora o pai de Enno está cutucando o ombro do meu pai. Ele deve achar que é assim que o povo faz.

— Então, Klaus. Posso chamar você de Klaus? A vida da filha de vocês vai mudar completamente, não é verdade? Em breve ela terá um título de nobreza. Vocês não haviam pensado nisso antes, não é? — ele pisca para mim. Meu futuro sogro puxa meu pobre pai de lado. — Enno me contou sobre o seu passado político. Precisamos conversar algum dia desses. Também tenho uma ou outra história para acrescentar. Naturalmente, do outro lado das trincheiras — ele dá uma gargalhada.

Meu pai sorri timidamente e empalidece. Todos sabem que Klaus é um pacifista. A palavra "trincheiras" não consta no dicionário dele. Toda essa nobre trivialidade dos Rufenberg está acabando com ele, eu sei disso.

Meu instinto diz que precisamos terminar esse primeiro encontro o mais rápido possível. Sem overdose de nobreza logo da primeira vez. Isso poderia causar uma reação alérgica.

Da maneira mais simpática possível, menciono que meus pais fizeram uma longa viagem e gostariam de descansar. Minha mãe lança um olhar de agradecimento. Ela sussurra no meu ouvido que os dois estarão à minha disposição amanhã. Se eu quiser, poderemos fazer uma caminhada até a capela, provavelmente já decorada. Mas, por hoje, papai e ela já estão fartos. Tudo bem? Eu concordo com a cabeça.

Enno e os pais também se despedem. Eles querem voltar para a mansão. Suponho que eles tenham chamado alguns dos convidados para um jantar hoje à noite — entre eles Chichi e os pais. Não tenho mesmo a menor vontade de participar. Pela primeira vez na frente dos pais, Enno se despede de mim com um beijo e me pede em voz baixa para eu não ficar brava com o que "aconteceu antes". Ele só estava um pouco irritado. Então, meus pais desaparecem no elevador do hotel e a família Rufenberg passa pela porta automática. Quando estou prestes a me virar e seguir para a minha suíte, o pai de Enno volta inesperadamente. Ele tira um envelope marrom do bolso do casaco e o estende para mim. Que distração, quase me esqueci, é o que ele diz. Só uma pequena formalidade. E eu posso devolver os papéis assinados amanhã.

Minha testa se franze de leve. A mulher de negócios dentro de mim assume o comando.

— Acordo pré-nupcial? — pergunto a Hubertus.

— Chamamos de lei de nobreza — ele balança a cabeça e vai embora.

De volta ao meu quarto, coloco o envelope fechado na mesa do sofá. Com quem eles acham que estão lidando? Tanto faz o que está nos papéis, o prazo é uma insolência. Qualquer um que trabalha com negócios sabe que nunca se deve assinar um contrato sob pressão. Este casamento foi preparado com muita rapidez, reconheço, mas houve, sim, tempo suficiente para me apresentar essa tal de lei de nobreza. O que é isso, afinal? Precisarei me comprometer a usar apenas saltos com no máximo cinco centímetros de altura? Ou chamar minha primeira filha de "Anna Luisa Clara Matilde" e o filho de "Ferdinand Carl Johann Frederik"?

Sento no lindo sofá, olho para fora e aprecio o anoitecer invadindo o quarto. Quem imaginaria que eu estaria tão perdida a dois dias do meu casamento? Tento entrar em contato com Enno pelo celular, mas "o número não está disponível". O sinal é ruim na mansão. Devo beber uma taça de champanhe? Ah, ele ficou quente. Abro a porta veneziana que dá para o parque e coloco a garrafa no frio. O ar gelado me faz bem. Decido fazer uma caminhada noturna. Talvez meu humor melhore.

Este casamento é um erro? Minha vida era melhor antes?

Já de casaco, tiro o anel de noivado pela primeira vez em semanas. Quero estar comigo mesma pela última vez. A velha Nina, só mais uma vez. Coloco o anel de diamante sobre a cômoda antiga, abaixo do retrato da mulher desconhecida. Então, passo para fora pela porta do terraço. Se quero ficar sozinha, é melhor evitar o *lobby* do hotel. Os convidados do casamento estão lá jogando cartas. Do jeito que são curiosos, vão me convidar para sentar com eles. Não estou no clima.

Um caminho estreito conduz ao parque, longe do grande caminho iluminado. O caminho desemboca em uma trilha não pavimentada e o percurso está escuro, mas atrás das árvores vejo a luz de um vilarejo. Poderia chegar ao vilarejo pela estrada iluminada que vai até o hotel. Mas então correria o risco de dar de cara com os faróis de algum convidado chegando no hotel. Isso só geraria mais boatos. Não quero aumentar os problemas com Enno.

Então, sigo sozinha pela trilha. Estou me sentindo como a Maria dos contos de fada, só que sem o João. Gostaria de me sentir diferente, mas temo que não esteja tão feliz quanto deveria estar esta noite.

Felizmente, a trilha é curta, porque me sinto assustadoramente sozinha entre os sulcos no solo e os vultos de grandes árvores retorcidas. O pequeno vilarejo no qual entro por uma viela paralela parece bonito. Muitas construções de madeira. Na esquina de um cruzamento maior vejo um bar. A propaganda da marca de cerveja está acesa. Na verdade, tomar uma cerveja antes de ir para o hotel é uma boa ideia. Subo cinco lances de escada e chego à porta de vidro do bar.

Primeiro preciso lutar contra a pesada cortina de tecido atrás da porta. Durante um breve momento, sou capturada entre o vidro e o feltro vermelho que devem manter o frio para fora. Enquanto luto com a cortina para encontrar a entrada, pareço a única convidada de uma despedida de solteira.

O bar está bem vazio, só um grupo de três pessoas jogando cartas numa mesa. Na mesa, um batalhão de pequenos copos de alguma bebida destilada. O cinzeiro também está cheio — a proibição ao fumo não é muito levada a sério por aqui. O proprietário, atrás do balcão, limpa os copos com um pano de prato xadrez. Em um dos bancos está sentado um cara de casaco de couro que se afasta um pouco do balcão para ter espaço suficiente e virar na minha direção. Todos olham para mim.

Percebo que sou a única mulher no bar. Não sei o porquê, mas, conforme vou ficando mais velha, acho essas situações cada vez mais desagradáveis. Devo mentir e dizer que meu carro quebrou e estou sem telefone? Bobagem, isso só vai me complicar ainda mais. Decidida e sorridente, me dirijo ao balcão no ponto mais distante possível do sujeito de casaco de couro, cumprimento o dono do bar e me sento no banco.

O dono do bar aponta um copo de cerveja vazio — o menor e mais fino. Concordo com a cabeça. Ele joga o pano de prato sobre o ombro e começa a tirar a cerveja. Ninguém mais se preocupa comigo. Isso é ótimo.

Mais uma movimentação na porta do bar, mais uma luta contra a cortina pesada. Quem quer que seja, com certeza não é daqui. Os locais sabem por que parte da cortina devem passar. Essa cena tem um quê de entrada no palco: a cortina farfalha e se movimenta, e então aparece um novo desconhecido. Tenho certeza de que todos vão olhar para a porta. Principalmente o dono do bar e o cara do casaco de couro. Eu não. Nada é mais importante que o primeiro gole de uma cerveja recém-tirada. Já estou sentindo a espuma nos lábios quando ouço alguém dizer em voz alta:

— Saúde, Pescoço de Cisne!

É o Sr. Martini que aparece ao meu lado, sorridente.

— O que você está fazendo aqui? — eu gaguejo.

Mas já imagino o porquê. A única explicação plausível para a presença dele se alastra na minha cabeça como uma febre acelerada à milésima potência: o Sr. Martini é um dos trezentos e cinquenta convidados — um dos meus trezentos e cinquenta convidados.

Quero dizer alguma coisa, mas não sei o quê. E não tem nada a ver com esse ataque surpresa do meu passado. É uma sensação estúpida e fraca, mas incontestável: há algo errado, imensamente errado, com o meu lindíssimo casamento com a nobreza. Nina! Recomponha-se! É uma simples coincidência, nada mais. Não faça uma tempestade em copo d'água. Se tivesse memorizado o nome dele durante o verão passado, eu o teria descoberto na lista de convidados e estaria preparada para o encontro.

Meu novo e inesperado parceiro de balcão também pede uma cerveja. E, sem cerimônia, dirige-se ao dono do bar e informa:

— Nós nos conhecemos em Berlim. Ela já me deu um fora.

Esse homem pelo menos não hesita em compartilhar assuntos privados com os subordinados...

O dono do bar sorri compreensivo como se ele já tivesse também sido dispensado por mim, e o consola com a cerveja recém-tirada. Nós brindamos. Bebo um grande gole e já me sinto um pouco melhor. Parece que esta será uma noite de conversa agradável.

— Suponho que você também tenha sido convidada para o casamento do Enno — o Sr. Martini inaugura a conversa. Então os olhos dele se arregalam. — Me diga uma coisa, a noiva por acaso é você? A futura esposa do Enno também não se chama Nina? — ele pergunta de repente, um tanto desconfiado.

Sem pensar duas vezes, começo a tagarelar. Esta é a minha noite — sem anel de noivado, sem Enno.

— Não, sou apenas uma amiga próxima dela. Nós nos conhecemos há muito tempo. Para falar a verdade, desde os tempos de escola.

Nina, do que você está falando? Você está maluca? Foi justamente para evitar complicações que você preferiu a trilha em vez da estrada iluminada, e agora está se arriscando com essa bobagem.

Tarde demais. O Sr. Martini não parece estar convencido da explicação. Afinal de contas, ele é um bom estatístico, como todo consultor de negócios deve ser. Qual é a probabilidade de duas Ninas terem sido amigas próximas nos anos 1970, em uma época dominada por Heikes, Steffis e Petras? Tento melhorar a mentira:

— Os professores mal conseguiam distinguir uma da outra. Por isso, éramos conhecidas pelos nossos apelidos, Hanni e Nanni.

— Hanni e Nanni? — Ele me observa com uma expressão divertida. — Faz bastante tempo, mas se me lembro bem, Hanni era uma chata. Ao contrário da simpática irmã Nanni. Você era a Hanni?

Bem, li em minúcias meus exemplares de *Hanni e Nanni*, eram quase vinte volumes na edição alemã. Aliás, Kitty e eu tivemos nossa apaixonada fase *Hanni e Nanni*. Por algum tempo, todos os dias nos vestíamos com as mesmas roupas, usávamos o mesmo penteado e reencenávamos os livros de Enid Blyton. Mas como o Sr. Martini conhece esses livros?

— As gêmeas Sullivan — ele diz apenas isso.

Ao menos agora ele parece estar acreditando na história das duas Ninas. Amanhã vou procurá-lo durante o dia e confessar que foi tudo uma brincadeira. E vou me desculpar dizendo que a noite foi muito agradável. Ele já sabe como sou espirituosa.

O Sr. Martini me olha, curioso.

— Você também não queria se casar de qualquer jeito? A última vez que nos vimos, você estava totalmente decidida, só faltava o noivo. Mas não estou vendo nenhum anel de noivado agora. E sua melhor amiga e xará se casa com um príncipe de contos de fada. Isso é... — ele hesita por um instante, procurando a palavra certa — triste.

A voz dele soa terna, quase cuidadosa.

— Isso passou. Deve ter sido algum tipo de ataque hormonal. Já não acho o caminho para o altar tão desejável assim — continuo a mentir.

Mal posso acreditar, as palavras saem da minha boca sem que eu tome consciência delas. Em dois dias estarei casada e há semanas não penso em outra coisa. E agora estou agindo nesse balcão como se não estivesse interessada em me casar. Parece que amanhã vou precisar explicar muita coisa ao Sr. Martini. As noivas também têm permissão de fazer qualquer coisa, assim como os aniversariantes? Até mentir?

— Que bom. Da última vez que nos encontramos naquela recepção, você me deixou chocado. Não sabia que mulheres determinadas como você estavam tão desesperadas à procura de um noivo. Depois disso, passei a sair apenas com garotas de vinte anos, por precaução. Mas logo me irritei com aquela maldita linguagem criptografada de SMS. Os e-mails também eram tão difíceis de entender, com milhões de abreviações. Uma delas tinha até capas protetoras de coelho de pelúcia nos cintos de segurança do carro. Esse não é mais o meu mundo.

— Pobre homem velho — respondo e peço mais uma rodada de cerveja.

Enquanto esperamos, o Sr. Martini coloca a mão no bolso da calça e retira o guardanapo no qual havia analisado a eficácia das minhas regras durante a recepção de negócios. Ele o empurra para mim sobre o balcão.

— Desde aquela época, sempre o tenho comigo como um aviso.

Observo o guardanapo. Estou enganada ou ele acrescentou outro item na coluna de contras? Acho que lembro com exatidão que o último item da lista de argumentos contra as *rules* de Linda era "sem sexo rápido". Abaixo desse item está escrito agora "como fica o destino?". Com a palavra "destino" sublinhada. Quem diria, ele refletiu sobre isso. Surpreendente.

Nesse momento, volto a entender por que quase fui para a casa dele naquela noite morna de verão. Olho para o Sr. Martini. A aparência dele não é tão impecável quanto a de Enno, mas é mais ousada — os cabelos escuros e grossos nunca aceitariam ser divididos por uma risca. O Sr. Martini está com os cabelos mais curtos do que da última vez que o vi. O novo corte fica bem nele.

Nina, você precisa frear esses pensamentos, pare de admirá-lo. E pare de achá-lo charmoso. Com um sujeito como o Sr. Martini, primeiro você vai para a cama e depois cai no esquecimento — tanto faz o que ele diga antes. Além disso, pensamentos como esse nem podem entrar em questão, vou me casar depois de amanhã. Preciso fazer alguma coisa para não perder o controle da situação. É melhor conversarmos sobre Enno, o meu noivo! Se conversarmos sobre Enno, é quase como se ele estivesse presente no balcão. Pergunto ao Sr. Martini sobre Enno. Provavelmente, ele o conhece há mais tempo do que eu.

O Sr. Martini conta sobre os tempos da faculdade, que Enno sempre foi um cara bacana. Era ótimo ir às festas com ele. Mas essas coisas de fraternidade estudantil, isso às vezes o irritava. E também quando ele se exibia demais com sua distinta educação. Por outro lado, o Sr. Martini precisava admitir que aprendeu muito com Enno. Por exemplo, o truque da floresta.

— Da floresta? — pergunto.

Agora o Sr. Martini entra na parte interessante. Sendo um caçador, em pouco tempo Enno conhecia todas as florestas na vizinhança de onde morava e estudava. Em cada um desses lugares, ele logo preparava, como uma carta na manga, uma maravilhosa clareira para um jantar romântico à luz de velas sob o céu estrelado.

— Duas coisas eram importantes para ele: a clareira deveria ser acessível de carro para que ele pudesse descarregar todas as tralhas do piquenique com facilidade. Ele sempre tinha tudo, mesa, cadeira, um candelabro de prata e ótimas coisas para comer. Na maioria das vezes, nós, os amigos, ajudávamos com a montagem na clareira e bebíamos a primeira garrafa de vinho. Chichi sempre era a primeira a abrir o vinho e provar a comida. Você conhece a Chichi?

— E qual era o segundo item importante? — pergunto quase sem voz. De repente, sinto frio.

— Deveria haver um estacionamento de floresta, não muito longe da clareira. Ele gostava de conduzir as mulheres pela floresta escura durante um tempo. Isso sempre as impressionava. Elas ficavam à mercê dele, isso parece agradar vocês. Enfim, não conheço ninguém que não tenha morrido de amores por Enno depois desse piquenique romântico.

— A floresta é o truque dele? — minha voz imprime agora um leve tom de pânico. Mas o Sr. Martini não percebe nada. Ele continua lembrando com prazer do passado.

— Sim, e elas gostavam. Enno seduzia as mulheres em grande estilo. Não como eu, sou o clássico sedutor de barzinho. Mas você sabe que isso não funciona mais tão bem.

Não ouço mais nada. Tudo está girando. Nunca passou pela minha cabeça por que aquela noite na floresta estava tão perfeita. A mesa posta, tudo decorado com tanta maestria — posso até ver na minha frente as baguetes simetricamente colocadas na cesta, os potes de patê e molho arranjados com sofisticação sobre a mesa, os guardanapos dobrados de maneira refinada, o vinho na temperatura perfeita e as velas acesas. Essa é a assinatura de uma mulher! Chichi! Provavelmente, ela também estava sentada em algum lugar entre os arbustos nos observando. Estou me sentindo traída. Como uma turista que cai no golpe barato de um mulherengo seboso na praia. Todo verão ele leva as pálidas turistas ao pequeno restaurante do penhasco, conhecido apenas pelos locais, é claro, e de onde se tem uma linda vista do pôr do sol. Todas o idolatram, todas se sentem tratadas como uma rainha. Mas em segundo plano o garçom sorri, porque já viu a cena dúzias de vezes. Amanhã ele está lá com outra garota. E na próxima semana também. Até o próximo verão.

Não me sinto bem. Enno e Chichi sabem exatamente quantas mulheres se sentaram naquela maldita cadeira da floresta. Todas nós, exaltadas garotinhas inocentes, admirando o céu estrelado e pensando que, finalmente, o príncipe encantado estava ali sentado na nossa frente. Como sou idiota. Mais uma vez, tento me chamar à razão: mesmo assim, ele fez uma proposta de casamento. Não uma proposta de casamento. A proposta de casamento. O truque da floresta de Enno termina comigo. Por quê?

É provável que Kitty tenha razão, eu me encaixo perfeitamente no plano de vida dele. No momento em que se abriu para mim a possibilidade de iniciar uma grande carreira profissional, ele quis me ter de qualquer jeito. Ele me cobiçou tanto que ficou de joelhos. Talvez ele queria liderar uma pequena revolta na casa Rufenberg? Ele ficou farto das garotas da nobreza e suas vidas direcionadas ao casamento e aos filhos. Não é mais chique se casar com uma lobista da cidade grande? Mas a pequena insurreição já deu sinais de fracasso antes do casamento. Há poucas horas no quarto do hotel, ele fez a primeira cena de muitas que provavelmente se seguirão. "Você ainda tem um longo caminho pela frente até se tornar uma verdadeira baronesa Von Rufenberg." Essas foram as palavras dele. O longo processo de reeducação já começou. Nunca serei boa o suficiente sob os olhos dele.

Atordoada, escorrego do meu banco. Quero ir embora.

O Sr. Martini percebe que alguma coisa está errada.

— Enno também fez o truque da floresta com a sua amiga Nina? — ele pergunta aterrorizado.

Mas já estou de casaco e caminho em direção à porta sem me despedir. De longe, ainda ouço o Sr. Martini pedir a conta. Ele vai me seguir. Só quero ir embora o mais rápido possível e ficar sozinha.

A porta do bar se fecha atrás de mim, desço as escadas com pressa e corro na direção do campo. Quero desaparecer antes que o Sr. Martini me veja. Não estou a fim de conversa fiada. Passo pelas últimas casas, agora estou na escura trilha. Lá atrás da floresta consigo ver as luzes do hotel brilhando. Estou lúcida e um pouco bêbada ao mesmo tempo. E me sinto miserável, revoltada e traída. Com certeza, o contrário de uma noiva feliz.

Um animal pula sobre a trilha e some dentro de um buraco. Era um gato? Ou uma raposa? A trilha está ainda mais escura, o céu nublado, sem lua nem estrelas. Meus olhos precisam de um instante para se acostumar à escuridão. O que devo fazer quando chegar ao hotel? Chorar? Ir embora? Simplesmente esquecer o piquenique na floresta? O pai de Chichi tinha razão: fui uma presa fácil para Enno. As regras de Linda me fizeram acreditar que eu estava tornando a conquista mais complicada para os homens, mas na verdade foi muito fácil para eles: era uma mulher desesperada para se casar.

Nada é mais fácil no mundo do que capturar uma mulher tão estúpida.

Nunca deveria ter recusado Bombaim. Se Enno gostasse realmente de mim, teria voado para me ver. Quem sabe teria até se mudado para lá. Em vez disso, assim que vi o gigantesco anel de noivado, aceitei prontamente me comprometer com o desejo dos outros. Enno queria que eu ficasse em Berlim. Eu fico! A mãe de Enno queria que eu alisasse meus cachos? Então aliso! O pai de Enno quer que eu desista da minha profissão quando as crianças chegarem? Ótimo, então vou ficar em casa por alguns anos cuidando de eventos sociais. Quantas concessões já fiz até agora! E nunca teria comprado este ridículo conjunto bege Donna Karan de livre e espontânea vontade. Nem comento sobre o vestido de noiva.

Mais algumas centenas de metros e já estou no parque. Não posso nem ao menos me afogar de desgosto no chafariz privativo do hotel, ele está sem água. Pelo menos a garrafa de champanhe da minha suíte deve estar fria. Enno deve tomar cuidado para eu não jogar a garrafa vazia na cabeça dele. Ele vai achar um escândalo!

Ouço passos apressados na trilha atrás de mim. Assim que viro, vejo o Sr. Martini correndo. Resolvo parar, sabendo que não vou conseguir evitar o encontro. Já sem fôlego, ele me alcança.

— Por favor, não conte nada à sua amiga. Não quero estragar esse casamento. Nem todas as histórias de amor têm um começo perfeito — ele me diz.

— É verdade. Um leva centenas de mulheres para a floresta. O outro seduz suas vítimas em bares junto ao Rio Spree. Soa similarmente vulgar — afirmo.

— Mas juro que nunca estive com uma mulher nesse bar antes. Você foi a primeira — e então me puxa para junto dele e me beija.

Talvez ele só queira desviar o assunto do Enno. Talvez ele queira mesmo me beijar. Tanto faz. Ele continua beijando tão bem como no verão passado. Sinceramente falando, o motivo pelo qual permito esse beijo não contribui em nada para comprovar o meu bom caráter. É o doce gosto da vingança. Se quero de alguma maneira sobreviver com alguma decência ao casamento com Enno, preciso encontrar um equilíbrio interno. Ele me traiu, agora eu também o estou traindo. Se queremos ter alguma chance um com o outro, precisamos estar quites. Talvez eu tenha sido burra na floresta. Agora, sou mais esperta.

A traição é provavelmente a forma mais atraente de vingança. Pelo menos, não acho desagradável o que está acontecendo aqui, a céu aberto. O Sr. Martini e eu estamos agarrados um ao outro, uma das mãos dele está na minha bunda e a outra se enterra nos meus cabelos. Minhas mãos escorregam para dentro da jaqueta dele, e o corpo sob a camisa parece promissor. Que homem esportivo, bem estruturado. Lembro-me da sombra da esteira delineada na janela da cobertura dele. Do jeito que o Sr. Martini me beija, posso esquecer o resto do mundo tranquilamente. É desse tipo de homem de que preciso agora.

Então me solto do abraço, pego a mão dele e o conduzo pelo pequeno caminho de volta para o hotel. A esta hora, não tem mais ninguém no jardim. Aliás, também não há muitas luzes acesas nos quartos, a maioria dos convidados já foi dormir. Vez ou outra, o Sr. Martini me puxa para trás, me abraça e beija a minha nuca. A mão dele procura o caminho até os botões do meu casaco, e não enfrenta problemas para encontrar o caminho sob a blusa de manga comprida. Quando sinto a mão gelada dele sobre a pele nua da minha barriga, quase enlouqueço de desejo, e mal sei como vamos vencer os últimos metros até o quarto do hotel. Finalmente, passamos pela porta aberta do terraço da minha suíte.

Já faz tempo que perdi o controle desse plano de vingança.

Começamos a tirar as roupas um do outro — rasgamos, puxamos, tropeçamos, caímos. As peças de roupa estão espalhadas por todo o quarto. Meu casaco está atrás da porta do terraço, a jaqueta dele voou sobre a cama, a blusa de manga comprida e a camisa aterrissaram sobre e sob a mesa do sofá, a calça, o conjunto e os sapatos estão jogados em algum lugar do quarto, assim como as roupas íntimas — sei apenas onde está o meu sutiã, que ficou pendurado em um canto da cômoda.

Agora estamos nus, mas agitados demais para deitar. Os dois sentados, ele sobre o carpete, entre o sofá e a cômoda antiga, e eu em breve sobre ele. Não é nenhum Kama Sutra como consta nos manuais, mas, pela primeira vez, um sexo bom. Aliás, finalmente um sexo bom, como há tempos não fazia! Não temos pressa. Em um momento, nos movimentamos com paixão, e em seguida paramos e nos olhamos, apesar de explodirmos de desejo. Nossos olhares se encontram, imóveis, até que começamos a rir de felicidade e nos atiramos de novo um sobre o outro. No fim, quando ele chega ao êxtase, estamos deitados no chão, entre a mesinha à frente do sofá e o pé da cama.

Nesse momento, penso que não quero mais viver sem esse corpo. Não consigo mais imaginar como era a vida antes do Sr. Martini. E sei que esses não são os pensamentos frios de uma vingadora.

Mais tarde, quando estamos abraçados na cama de dossel e penso que o Sr. Martini já adormeceu, ele murmura:

— Talvez eu deva me casar com você amanhã. Afinal, se a Nanni já tem dono, alguém precisa se casar com a Hanni.

Nós transamos de novo, dessa vez quase civilizadamente. Então, ele beija a minha testa e adormece.

Pouso a cabeça no ombro dele, observo a escuridão e sei que tenho um enorme problema.

Capítulo 22

A PRIMEIRA COISA que vejo de manhã são Kitty e Linda na frente da minha cama de dossel. Elas devem ter batido na porta, mas eu estava ferrada demais no sono para ouvi-las. Esse é o problema de ter uma chave de verdade em vez de um cartão. Você precisa fechar a porta à noite se não deseja encontrar intrusos pela manhã. Tarde demais. As duas estão paradas na minha frente como fantasmas. Na verdade, elas chegaram cedo para me ajudar com os preparativos do casamento, conforme combinamos. Mas é impossível não ver que a situação mudou radicalmente.

— Esse não é o seu noivo — Kitty comenta com acidez e aponta para o adormecido Sr. Martini.

Linda ameaça desmaiar. Os primeiros sinais de histeria já são perceptíveis. Ela abre e fecha as mãos alternadamente, e com isso estende a musculatura de forma grotesca. Tenta se controlar, mas parece que enfrenta dificuldades com a tarefa.

— *Oh my God, oh my God* — ela repete desesperada. Então, se vira bruscamente para Kitty, segura os braços dela, começa a chacoalhá-los e grita: — Precisamos fazer alguma coisa!

O Sr. Martini não toma conhecimento disso. Ele continua dormindo e sorrindo, parece feliz.

Ao olhar para o rosto dele, o mesmo sentimento logo me invade em uma onda de calor, que se esfria assim que vejo as caras feias das minhas amigas. Não posso me iludir, estou no olho do furacão, prestes a voar pelos ares. Hoje. Agora. Neste momento. O meu casamento dos sonhos vai para o brejo, não importa o que eu fizer agora. É simplesmente tarde demais.

Linda larga a impassível Kitty e corre para o lado da cama — não para o meu lado, para o lado do Sr. Martini, e tenta acordá-lo com sacudidas.

— Acorde, acorde! — ela grita desesperada, mas ele não reage. Será que ele tomou cerveja demais? Ou esvaziamos a garrafa de champanhe também? Linda olha para mim, irritada. — Qual é o nome dele? Talvez ele reaja se eu gritar o nome dele.

Admito, não faço ideia de como ele se chama. É surpreendente, Linda consegue aumentar a histeria ainda mais. Pensei que ela já tivesse chegado ao nível mais alto da escala, mas agora está até tremendo e não tem mais controle sobre os movimentos. E está com a boca aberta. Eu riria se a situação não fosse tão séria.

Mas Kitty ri.

— Uma noite com um desconhecido na antevéspera do seu casamento. Que sofisticação, Nina.

Linda desistiu do Sr. Martini e, totalmente fora de si, passa por cima dele para me agarrar.

— Você não aprendeu nada com as *rules* nos últimos meses? Para que me esforcei tanto? Queria que você se tornasse uma mulher, uma mulher de verdade. Esse casamento deveria ser a coroação do meu trabalho, e é assim que você me agradece? Você continua exatamente como...

Enquanto ela falava, pulei da cama para não ser pega. Provavelmente, ela teria puxado os meus cabelos de tanta raiva.

— ... como antes.

Kitty fica contente.

— Finalmente, como antes! Senti muita falta da velha Nina nos últimos meses.

Como estou totalmente nua, puxo a colcha adornada com ornamentos orientais e me enrolo nela. Que horas são? Lá fora, o tempo está maravilhoso. Perfeito para um casamento. Um corvo saltita pela grama do parque, ainda dá para ver as gotas congeladas brilhando nos caules das plantas. Um dia perfeito — a não ser pelo homem nu na cama da noiva.

O Sr. Martini se mexe, ele está acordando. Um beijo de bom-dia seria impróprio no momento, assim como um "bom dia, querido". Afinal de contas, sou a noiva. Minha cabeça dói. Estraguei tudo.

Estou no meio do quarto. Na minha frente, a risonha Kitty; Linda, totalmente histérica e descontrolada, está sentada na beirada da cama; ao lado dela, o Sr. Martini, semiacordado e sem saber direito o que está acontecendo. A porta da suíte se abre pela segunda vez. É minha futura sogra que entra. Cecília traz nas mãos a tiara que devo usar na cerimônia. A máscara de verniz da operação plástica está perfeita. Então, ela observa o quarto.

Não é necessário ser da equipe do CSI para reconhecer os vestígios da paixão neste quarto. E não estou me referindo apenas ao sutiã decorando lindamente o canto da cômoda. Todo o resto das peças de roupa espalhadas é uma rica fonte de informações, a saia do meu conjunto está visivelmente rasgada. A conclusão imediata é que dois amantes andaram se divertindo bastante por aqui.

Cecília olha devagar pelos cantos do quarto. Assim que os olhos dela retornam para mim, acontece algo muito peculiar, que só achava possível com efeitos especiais de cinema. A boca continua rígida e sorridente, ela não consegue se livrar dessa forma paralisada por injeções. Mas os olhos se arregalam a cada segundo, cheios de puro horror.

— Enno!

É um grito de arrepiar a espinha. Um grito do qual você se lembra pelo resto da vida. Um grito que se espera ouvir à meia-noite junto aos muros de uma cidade feudal da Idade Média. No entanto, não sei ao certo o motivo da agitação de Cecília: pelo filho ter sido traído pela noiva antes do casamento, ou porque aqui um pequeno público já verifica os vestígios do escândalo — duas mulheres totalmente desconhecidas, Linda e Kitty.

— Enno!

Para antecipar o único fato positivo, não vou precisar me explicar duas vezes. Enno e o Sr. Martini vão se reconhecer ao mesmo tempo. Enno, que se apressou com passos rápidos pelo corredor do hotel, abre a porta e agora se encontra parado no quarto. Naturalmente, ele precisa de um instante para se orientar.

O Sr. Martini também se endireitou com rapidez e, agora, já tenta compreender onde está. Na frente da cama, formou-se um grande grupo de conhecidos e desconhecidos que o encara. Ele coloca a mão ao lado da cama, supondo que eu ainda esteja lá. Mas estou enrolada em uma colcha oriental, enquanto uma americana loira e completamente histérica recolhe as roupas espalhadas no chão, numa tentativa comovente, mas totalmente inútil, de me salvar da situação.

Enno e o Sr. Martini se reconhecem. Este seria o momento ideal para desaparecer no ar.

O Sr. Martini é o primeiro a recuperar a faculdade da fala. Ele diz algo como "que diabos está acontecendo aqui...", e olha ao redor. Seus olhos acabam encontrando o meu vestido de noiva, que Madame Zita pendurou com tanto bom gosto na porta do armário. Agora ele começa a entender. O olhar que ele lança para mim em seguida não pode ser descrito como afetuoso. Mas está cheio de emoção, isso sim.

Enno continua encarando o Sr. Martini. Ele ainda não olhou para mim. Percebo que ele está cerrando os punhos.

— Fred — ele sibila.

Que bom, assim está finalmente resolvida a questão do nome. O Sr. Martini se chama Fred. Eu nunca teria imaginado. Christian, Thomas, Tobias, Lucas, Benjamim, Florian, todos são nomes comuns... Mas, Fred?

Agora é a minha vez.

— Com certeza você quer me explicar o que significa isso — Enno se dirige a mim, e o tom da voz dele me dá calafrios.

O que parecia um ousado e seguro plano de vingança ontem agora é repulsivo. O que devo dizer?

Faço o que milhões de mulheres teriam feito no meu lugar. Parto para o ataque.

— O truque do piquenique na floresta, você já o usou com milhares de mulheres, não é? Você é nojento — lanço contra ele.

Mas não me sinto bem. Está claro para todos ali que a culpada sou eu. E o pior: eles têm razão.

Com isso, Fred volta para o centro das atenções. Enno quer partir para cima dele, mas Kitty se coloca entre eles. Desde que assumiu o cargo de médica na área mais problemática de Berlim, ela conhece alguns movimentos impressionantes. Kitty poderia ser segurança em um estádio de futebol.

— Você contou para ela? — Enno esbraveja. — Que baixeza de caráter, Fred! Nunca pensei que você fosse capaz disso!

— Não sabia que Nina era a sua noiva — Fred tenta de defender. — Ontem no bar ela jurou que quem se casaria hoje era outra Nina, a melhor amiga dela.

Ainda bem que Fred não está choramingando, ele parece tão furioso quanto Enno. Nada é mais deprimente que um amante chorão.

Kitty se vira para Fred e solta Enno, que já havia se acalmado.

— Você realmente acreditou que a melhor amiga dela se chamava Nina e iria se casar com Enno depois de amanhã? — ela sorri.

Fred parece atordoado.

— Admito, agora também me parece estranho. Mas ela olhou diretamente nos meus olhos quando disse isso. — Ele vira a cabeça para mim e me encara furioso: — Nina, você é uma mentirosa nata!

Enno se retira de toda a confusão. Ele se deixa cair sobre uma poltrona e entra em colapso. Não fala mais uma palavra, e tampouco levanta o olhar. Com isso, Kitty começa a ajudar a recolher as coisas do chão. Ela estende para Fred as peças de roupa dele. Ele levanta da cama, se afasta de nós e se veste apressado. Cecília não consegue tirar os olhos dele.

Kitty me leva para o banheiro, provavelmente para que eu me vista também. Ela fecha a porta atrás de nós. Ainda ouço Cecília falando: "Então é isso. Vamos anular o casamento. Essa situação é muito comprometedora".

Sob o olhar de Kitty, que me passa as peças de roupa sentada na borda da banheira, eu me visto novamente. Dentro e fora de mim tudo parece ter ensurdecido, como depois de uma grande explosão. Depois de me vestir, começo a arrumar os meus pertences no banheiro e sinto como se estivesse num sonho. Ou melhor, num pesadelo.

Kitty me ajuda. Ela percebe como estou tremendo. Suavemente, ela acaricia meu rosto.

— Não importa o que aconteça, eu sempre serei sua amiga.

Agradecida, olho para ela e mordo meus lábios. Não quero começar a chorar. Tudo, menos lágrimas. Esse caos é responsabilidade minha, quero sair dele de cabeça erguida.

Quando saímos do banheiro, noto que Fred não está mais lá. Não posso condená-lo por isso. A porta do terraço está encostada, suponho que ele tenha escolhido o caminho pelo parque, a salvo dos olhares.

Enno continua sentado na poltrona, na mesma posição. Linda já começou a fazer minhas malas. Cecília supervisiona o que ela guarda. Ela exige de volta tudo o que está relacionado com o casamento: o véu e os sapatos de noiva, o conjunto para o *brunch* do dia seguinte ao casamento. Tanto faz, não vou brigar por esses detalhes.

A nova presença no quarto é Madame Zita, vestindo um *tailleur* Chanel como sempre, hoje na cor chocolate. Ela precisa passar por mim para alcançar a capa do vestido de noiva. Madame Zita parece triste. Quando ela se aproxima, segura minhas mãos.

— Criança, no nosso círculo social se trai apenas depois do casamento. Não antes — ela diz com um tom reprovador. Com razão.

Desamparada, dou de ombros. Ontem à noite, parecia tudo tão lógico — a raiva contra Enno, o sentimento de que uma traição antes do casamento conseguiria equilibrar tudo, a decepção e a humilhação a que ele me submeteu. Mas a noite foi boa demais. Uma aventura amorosa com um cara que se gaba por ter uma agenda cheia de nomes de mulheres de todos os continentes. O que passou pela minha cabeça?

De repente, Linda grita.

— Agora sei de onde conheço esse Fred. Daquela recepção de negócios em Berlim. Ele é o seu ex — ela anuncia indignada.

— Não — Kitty e eu respondemos em uníssono.

Cecília toma a palavra.

— Então você escondeu de propósito o seu caso adúltero na lista de convidados. E enganou meu filho desde o começo — ela lança o veneno.

— Isso não é verdade — me defendo com rapidez. Mas falando sério, como vou explicar essa confusão?

Balançando a cabeça, Linda fecha a mala.

— Acho que é melhor irmos embora — digo para minhas amigas, e pego minha bolsa.

Enno não reage. Devo ir até ele? Mas o que digo? Não há desculpas para o que fiz. Então me afasto.

Estou quase saindo do quarto, quando Enno pergunta pelas minhas costas:

— Ela ainda está com o anel da nossa família?

Minha quase sogra segura meu braço com força.

— Não está no dedo. Nina, você o colocou na mala?

Eu me solto dela. Pelo menos fisicamente sou superior a essa mulher. Faço um sinal com a cabeça, apontando para a cômoda. O diamante está lá desde ontem, puro e inocente. Se não tivesse tirado o anel de noivado, tudo teria sido diferente. O bracelete, último presente de Enno, está ao lado. Ao sair, vejo Cecília tomar as joias.

De algum modo, a notícia da minha traição se espalhou pelo salão de café da manhã. No corredor do hotel, dou de cara com meus pais, totalmente estupefatos.

— O que está acontecendo, Nina? — pergunta minha mãe de longe, mas acho que ela já sabe.

Assim como todo mundo. Uma multidão de convidados se reuniu na recepção. Isso vai ser uma viagem pelo inferno. Preciso passar pela multidão e fazer o *check-out*.

Caminho para a recepção o mais diretamente possível. Atrás de mim, um pequeno séquito — Kitty, a furiosa Linda, meus agitados pais. Os convidados se espalham e liberam o caminho para a recepção. Lá, a recepcionista e meu sogro, Hubertus, me esperam.

A recepcionista já aprontou todos os papéis, preciso apenas entregar meu cartão de crédito.

— Sinto muito por tudo — ela sussurra em voz baixa. Então, some para passar o cartão na máquina.

Estou sozinha com o meu sogro e um grande número de convidados curiosos. A atmosfera está contra mim. Lógico, como poderia ser diferente?

— Você está proibida de manter qualquer tipo de contato com meu filho — diz o barão Hubertus von Rufenberg num tom austero.

— Não se preocupe — respondo.

Então me ofereço a arcar com todos os custos do casamento frustrado, o que acabaria com toda a minha poupança. Mas é uma atitude que devolve o meu orgulho. Não quero ficar em débito com os Von Rufenberg. Como se estivesse em uma reunião de negócios, estendo o meu cartão de visita a Hubertus e digo que ele deve enviar todas as faturas para o meu endereço comercial.

Hubertus balança a cabeça. Ele tira o seu próprio cartão de visita do bolso e escreve no verso os dados de uma conta bancária.

— 50 mil reais, e estamos quites. Assumimos o resto dos custos — diz objetivamente.

Eu seria capaz de fechar bons negócios com esse homem. Ele me dá o cartão com os dados bancários.

— Mulheres como você pensam apenas no próprio divertimento. Talvez você não saiba se comportar de maneira diferente. Estávamos levando esse casamento muito a sério. Espero que algum dia você entenda o que nos causou — ele diz.

Engulo em seco. De alguma maneira, sei que ele tem razão. Mas ele também não está totalmente certo.

— Eu o entendo melhor do que me julga capaz. Mas você também precisa compreender que apresentar um contrato pré-nupcial na véspera do casamento é uma indecência. Mesmo que camuflado como lei de nobreza. E seu filho precisa aprender que não deve enganar uma mulher como eu com um truque barato. Não sou qualquer uma.

Hubertus me encara surpreso. Ele não esperava uma resposta tão furiosa. Mas, por dentro, sinto que minha raiva é superficial. Meus argumentos são inúteis, traição permanece extremamente vulgar.

Apesar disso, o chefe da família parece impressionado.

— Você sabe o quanto eu gostaria de ter visto você ao lado do meu filho. Mas não assim. Cresça, Nina — ele diz em voz baixa.

A recepcionista devolve meu cartão de crédito. Para alcançar a porta do hotel, preciso enfrentar novamente a turba de convidados. A multidão cresceu? Desta vez eles não abrem caminho para mim. As pessoas estão bravas, e com razão. Eles viajaram de longe até aqui, reservaram uma hospedagem cara, devem até ter comprado roupas novas para a festa. E agora os deixo a ver navios, sem casamento. Nos filmes, parece sempre muito divertido quando a noiva é roubada do casamento. Na realidade, é um sentimento deplorável. Meus joelhos estão frouxos.

Nesse momento, meu pai aparece do meu lado. Em perfeita forma, como nunca pensei que ele fosse capaz de fazer, ele me estende o braço e me guia pela multidão irada e silenciosa. Ele não sorri, mas sei que este momento é um sonho se tornando realidade para o meu pai.

Durante toda a vida, ele quis ser rude com os poderosos — e agora eu estou sendo. Nossa grande cena revolucionária. É o meu presente para ele, e é tudo o que tenho para dar. Que pensamentos estúpidos. Apenas estou feliz por ter meu pai ao lado, e contar com o braço dele para me segurar. Vejo um empresário famoso, o ex-presidente e sua esposa e, se não me engano, até a irmã do rei Juan Carlos está presente.

As pessoas cochicham atrás de nós. Ouço como elas espalham os detalhes sobre a minha traição. Uma mulher afirma ter reconhecido barulhos selvagens vindos do meu quarto à noite. Um homem diz em voz alta ter saudades do tempo em que se mantinham mulheres como eu na condição de amantes, e não era necessário casar logo de cara. Eu serviria perfeitamente bem como uma amante. Não preciso ouvir esse tipo de coisa! Mas o que posso fazer, nem conseguiria reconhecer essa pessoa na multidão. Continuamos a andar.

Agora é só colocar as malas no carro dos meus pais e podemos ir embora. Minha mãe já está na frente do porta-malas aberto. O diretor da minha empresa está encostado no carro. Com um largo sorriso. Finalmente, alguém para reconhecer o lado humorístico dessa história.

— Nina, suponho que uma longa estadia em Bombaim cairia como uma luva para você neste momento. Pelo bem da empresa, você deveria evitar Berlim por algum tempo, já que o secretário de Estado mais relevante para nós é um amigo próximo do noivo traído. O trabalho na

Índia começa em quatro semanas, segunda-feira o contrato estará na sua mesa. Naturalmente, as condições não são tão boas como antes.

Desgraçado! Mas ele sabe muito bem que vou assinar o contrato. Preciso ir embora. Se tiver sorte, não estarei estampada nas capas de revistas e jornais de fofoca dos próximos dias. A elite alemã não vai perdoar esse deslize tão cedo. E a Alemanha não será um lugar acolhedor pelos próximos anos.

A última visão que tenho do castelo e do casamento é Chichi, com um sorriso de desdém, acenando para mim, toda alegre. Ela é a vencedora, é claro. Pelo celular, minha mãe entra em contato com a minha irmã e o resto da família, avisando para eles voltarem. Um telefonema atrás do outro. E, a cada vez, ela explica novamente o que aconteceu.

— Nina foi pega com outro homem. Sim, é isso mesmo que você entendeu. Com outro homem!

Soa terrivelmente vulgar.

Linda está sentada ao meu lado no carro, mas ela não diz uma palavra e tampouco olha para mim. É como se ela tivesse esquecido subitamente como se fala alemão.

No voo de volta para Berlim, observo o céu pela janela. Minha cabeça está recostada no vidro da escotilha. Estou sozinha neste voo, os outros ficaram para trás. Kitty se ofereceu para me acompanhar, mas recusei. Sei que depois do casamento ela queria emendar um fim de semana prolongado com Frank. Não vou estragar a viagem dos dois. Além disso, é melhor eu ficar sozinha.

Tento ver o lado positivo da situação. Talvez esse casamento não fosse o melhor para mim. Talvez eu seja mesmo apenas uma profissional prestes a engatar uma grande carreira. O caminho para Bombaim está livre agora. Sempre digo que posso alcançar o topo, mas desta vez a sensação não é boa. Não sou uma mulher na trilha do sucesso. Uma mulher assim nunca teria terminado um noivado com uma traição barata. Ela teria simplesmente intimado Enno no dia seguinte para saber a verdade sobre a estratégia de mau gosto dos piqueniques na floresta. O que fiz foi o cúmulo! Quanto mais penso sobre essa noite, mais difícil fica o meu monólogo interior. Vejo o rosto do Fred na minha frente, cada vez mais nítido. Os olhos. Os lábios. Oh, meu Deus, Nina, vai começar tudo de novo?

Soa o aviso de apertar os cintos, estamos descendo. Essa dolorosa surdez nunca vai desaparecer? Bombaim não é mais um trampolim para o sucesso, é uma tábua de salvação. Sei que não vou festejar o sucesso com o novo emprego. Do lado de fora da janela oval, escorrem gotas tremidas de chuva. Nosso avião aterrissa abruptamente. Sem neve aqui embaixo, apenas uma chuva fria. Tudo está cinza.

Não tem ninguém me esperando quando entro no terminal em Berlim. Já sabia disso. Mas, lá no fundo, alimentei uma esperança de que Fred viesse me buscar. Quis que ele estivesse em pé em frente à porta automática de vidro leitoso, com um cobertor em uma mão e um buquê de flores na outra. Cheguei mesmo a acreditar que ele fosse me perdoar por tudo o que fiz. Por eu ter mentido, tê-lo exposto na frente de todo mundo e destruído a amizade entre Enno e ele para o resto da vida. Acho que era exatamente isso o que eu esperava, como em um livro romântico.

Fora o grupo de faxineiros turcos trabalhando, não tem mais ninguém aqui. Esse foi o último voo de Frankfurt. As mulheres de lenço na cabeça não olham para cima enquanto esvaziam as lixeiras e os cinzeiros. Vou em direção à saída para pegar um táxi. A máquina de limpeza continua encerando o chão sarcasticamente atrás de mim.

Capítulo 23

Aeroporto, mais uma vez. Todos vieram para se despedir. Kitty e Frank fizeram uma placa transparente com as palavras "Volte logo, garota", que eles mantêm no ar, determinados — sem se incomodar com os comentários imbecis de um grupo de homens prestes a embarcar num voo de companhia *low-cost* para Tenerife. Minha irmã tenta ficar de olho nos gêmeos. Com sete meses, eles já estão ligeiros para engatinhar, e querem de qualquer jeito escalar os suportes cromados nos quais estão fixadas as fitas de isolamento na frente dos balcões de *check-in*. O marido Rüdiger grita "Cuidado!" e "Bete, preste atenção!", mas não intervém. Agora, um dos suportes cai no chão fazendo um grande barulho e passa perto da cabeça de Albert. Primeiro ele faz cara de bobo, e em seguida começa a chorar.

Meus pais foram buscar alguns jornais para eu ler durante a viagem. Desde o casamento arruinado, meu pai não para de sorrir. Além disso, ele repete sem parar que está confiante de que algum dia tudo vai se ajeitar. Não sei de onde ele tirou essa confiança toda.

As últimas quatro semanas desde o fiasco do casamento foram unicamente destinadas para preparar a viagem. Precisei providenciar um visto, revogar contratos, vender os móveis. Em Mumbai, vou me instalar num apartamento da empresa, totalmente mobiliado. Fiquei muito feliz com isso.

Foi um alívio me livrar de tudo. Não queria mais comer na mesma mesa em que havia jantado com Enno. Usar a mesma cadeira em que estava sentada quando ele me propôs em casamento. Deitar na mesma cama em que nós — argh, nem quero pensar nisso. Vendi todos os móveis pela internet por um preço de banana. No porão da casa dos meus pais, deixei uma única caixa com objetos particulares. Um novo começo. Só assim vou poder continuar minha vida.

Linda também veio se despedir. Não contava com isso. O fiasco do casamento afetou sensivelmente nossa amizade. Estamos decepcionadas uma com a outra. Linda não consegue entender de jeito nenhum como pude me envolver com Fred dois dias antes da cerimônia. Bem, nem eu consigo mais entender. Mas o que realmente me magoou é que Linda colocou em xeque o meu caráter. Ela não fala abertamente, mas sinto a desconfiança dela. Acho que pensa seriamente que eu talvez seja uma má pessoa. Linda cresceu no Texas. A escola de lá ensina que existe apenas o bom e o mau.

Tanto faz, ela veio. E está vestida com o mesmo conjunto de chefe de torcida que usou na noite do meu primeiro encontro com o Karl do marketing. Com essa roupa, parece que ela pulou de um anuário do ensino médio. Acho que ela sabe disso.

Linda me entrega um envelope.

— Meu presente de despedida. — Abro o envelope

e retiro mais uma das familiares fichas. Linda explica: — Uma última *rule* para você.

"Regra número 15: se um homem a pedir em casamento e você disser que "sim", case-se com ele de uma vez, sem hesitar."

Não me aventuro a sorrir no primeiro instante, mas então Linda dá uma gargalhada. Nós nos abraçamos. Pela primeira vez em semanas conversamos sem aquela desconfortável insinuação de desconfiança.

— Enno não era o cara certo — digo a ela.

— Pode ser — Linda responde, mas ainda ouço a dúvida na voz dela. Posso conviver com isso.

Durante a parada em Frankfurt, compro uma máscara de dormir e um travesseiro inflável. O avião rumo à Índia está bem vazio, felizmente não preciso dividir a minha fileira com ninguém e posso sentar à janela. Ainda tenho oito horas de voo. Em Mumbai, a previsão é de 34º C. Algum contato da empresa vai me buscar, para mim, tanto faz. O avião levanta voo, lá embaixo vejo os contornos do aeroporto de Frankfurt, a floresta, os campos e as pequenas cidades do estado de Hessen. Não sinto absolutamente nada — nenhum sentimento eufórico por estar indo morar na Índia.

A sensação de surdez desde o casamento melhorou um pouco, mas ainda me sinto mal. A Índia vai consertar tudo isso. Geralmente, os turistas voltam da Índia dizendo que o país lhes pareceu quase irreal, de tão diferente. Comigo, vai ser o contrário. A Índia precisa me marcar com força suficiente para que a minha vida na Alemanha pareça irreal. Só assim vou conseguir me curar.

A comissária de bordo passa com o carrinho de bebidas. Uma mulher extremamente atraente, com um coque preto bem firme na cabeça. Um tipo de Uma Thurman morena, como em *Pulp Fiction*. Ela me chamou a atenção logo que entrei no avião. A voz também é rouca e sensual. Do outro lado do corredor, um viajante de negócios pede um suco de tomate. Quando a comissária abre a pequena gaveta do carrinho para pegar a lata, vejo um grande diamante na mão dela. Um anel de noivado! A visão me dá enjoo. Coloco o travesseiro na nuca, abaixo a máscara sobre os olhos e encosto a cabeça na parede da janela. O avião vibra de leve. Talvez eu consiga dormir algumas horas seguidas. A comissária diz um breve "senhora?", e continua pelo corredor.

A vibração do avião está diferente. Ele começa a sacudir um pouco, deve ser alguma turbulência. Devemos apertar o cinto novamente, mas como eu nunca o solto, nem preciso tirar a máscara. Antigamente, os diferentes barulhos do avião me deixavam nervosa, sempre tinha curtos ataques de pânico. Agora já me acostumei, tanto faz. Mas isso não é totalmente verdade, afinal de contas não tenho tendências suicidas — uma queda não me deixaria feliz.

Naturalmente, Enno não entrou mais em contato comigo. E nem esperava que ele fizesse isso. Já transferi os 50 mil, não temos mais nenhum assunto pendente. Li na coluna de fofocas que Chichi e ele estão noivos; o casamento deve acontecer no verão. A notícia não foi nenhuma surpresa. Ela deve usar a tiara, provavelmente. Será que vão fazer um novo vestido de noiva? Fico feliz que Madame Zita tenha outra grande tarefa em um espaço de tempo tão curto. Essa é outra leitura do acontecido. Fiz um bem ao menos para Madame Zita.

O que me deixa realmente triste é não ter notícias de Fred. Depois de duas semanas de silêncio, consegui o telefone dele. Não foi difícil, já que ele estava na lista de convidados, com endereço comercial e residencial. Liguei algumas vezes, mas sempre desligava em seguida. Fui atendida pela secretária eletrônica uma única vez, mas que tipo de recado deveria deixar? Fred nunca me ligou de volta, embora eu saiba que o meu número está gravado na memória do telefone dele. É óbvio que ele não quer mais nada comigo.

Por que eu me surpreendo com isso? Ele deixou mais do que claro, não está interessado em relacionamentos longos. E depois do escândalo que arranjei, não serviria nem mesmo como candidata séria.

Mas, por um piscar de olhos, fomos tão felizes... Ele também parecia feliz. Poderia até dizer que nos apaixonamos aquela noite.

Meus pensamentos rodam em círculos. Por sorte, tomei um comprimido para dormir antes da decolagem. Ele está começando a fazer efeito. Tudo o que eu quero é dormir. Dormir, dormir, dormir.

No meu sonho, estou perdida e corro por uma densa floresta. À distância, descubro um ponto mais elevado. Quando me dirijo para lá, vejo o brilho da mira de um telescópio. Alguém está mirando em mim. O deus-elefante hindu aparece de trás de um carvalho e me puxa para um arbusto. Não sei se ele pertence ao grupo dos bons. Eu o acho um pouco impertinente.

Este é o tipo de sonho que me deixa exausta quando acordo. Com sonhos assim, meus medos e sensações crescem absurdamente. Vamos acordar, então! Não é tão fácil. Ainda sonolenta, ouço vozes e os motores do avião. A comissária de voz sensual está novamente por perto. Ela distribui aquela toalha superquente que os passageiros recebem um pouco antes da aterrissagem. Uma dessas seria excelente agora, penso, mas estou tão entorpecida que não consigo acordar direito para tirar a máscara do rosto e me dirigir à comissária. Nessas condições, acredito que não vou conseguir fazer nada em Mumbai. A voz da comissária se aproxima.

Junto forças para me recompor e retiro a máscara de dormir dos olhos. Esses malditos comprimidos, o efeito deles demora a passar. Quase todas as janelas já estão abertas, só a minha ainda não. Empurro o plástico para cima e a luz do sol clara e brilhante passa pela placa transparente e arranhada. Ofuscada, viro a cabeça para o lado. E fico paralisada. No assento ao meu lado, livre quando adormeci, está sentado... Fred. Ou o Sr. Martini, como preferir.

Fred? Ainda estou sonhando? A comissária chega à nossa fileira. Continuo encarando o Fred.

— Uma toalha para a sua acompanhante também? — a comissária pergunta, com sua voz sensual.

Fred faz um charmoso movimento de cabeça, os dois parecem íntimos, talvez tenham trocado uma ou outra palavra durante o voo. Talvez tenha até rolado um clima.

— O que você está fazendo aqui? — gaguejo.

Mas ele não responde. Ele desenrola a toalha e começa a passá-la com cuidado no meu rosto.

— Você parece abatida — ele diz, depois de um breve intervalo.

Então, volta a recostar na poltrona e olha para fora. Sobre o colo, um livro amassado. *Wu Wei —A arte de viver o Tao*. Ele não pretende se explicar.

— Fred, por que você está neste avião? — volto a perguntar.

Eu me reclino para a frente, para que ele me veja. Devo me alegrar com isso? Ou ele só quer me magoar? O que está acontecendo?

— O seu pai me disse qual era o seu voo.

O avião começa a descer. Passamos pelas primeiras nuvens, dá para perceber a pressão diminuindo na cabine. Fred retira um pacote de chiclete do bolso do paletó e me oferece um. Parece que ele está se divertindo com a situação. Ele está incrivelmente bonito. O nariz curvado de ave de rapina confere ainda mais personalidade do que antes, ele tem esse rosto masculino que de alguma forma sempre transparece controle total da situação. E ainda os cabelos escuros. Ele vai se dar bem em Mumbai. As indianas vão amá-lo. Recuso o chiclete.

— Você ligou várias vezes para mim — ele comenta com um tom marcadamente casual enquanto abre a embalagem do chiclete —, suponho que gostaria de me explicar o que aconteceu naquele dia. E acredite, querida, você tem realmente muito que explicar!

— Posso começar agora? — pergunto surpresa.

Lá embaixo, entre pedaços de nuvens, a Índia aparece pela primeira vez. As pessoas conversam dentro do avião.

— Teremos bastante tempo para isso em Mumbai.

Ele coloca o chiclete na boca e desvia de mim para olhar pela janela. Quando penso que vou enlouquecer de tão confusa, ele segura a minha mão.

Ele está aqui, segurando a minha mão. Não pode ser um mau sinal. Olho para fora e vejo Mumbai. De cima, a cidade é uma enorme superfície de casas, cursos d'água e litoral. Uma megacidade. Dá para ver arranha-céus, templos, minaretes das mesquitas. Baixamos mais um pouco, agora posso reconhecer o labirinto de ruas, as favelas largas se estendendo como neve por toda a cidade.

Sem fôlego, olho para baixo, para a minha nova e excitante vida. Minha? Fred aperta a minha mão. Pela primeira vez em semanas sou capaz de sentir alguma coisa, ainda que não saiba se exatamente boa.

— Se algum dia nós nos casarmos, vou deixá-la trancafiada nas noites antes do casamento — ele sussurra de repente no meu ouvido.

Meu corpo dói de felicidade. Coloco o braço dele em volta do meu corpo. O avião desce no aeroporto. Desta vez, a aterrissagem é suave.

Esta obra foi composta na fonte Minion Pro em
corpo 14/16 e impressa em papel
Offwhite Luxcream 70 gramas nas oficinas gráficas da Prol
Editora Gráfica para a Editora Europa.
São Paulo, abril de 2012